风云初记

孙 犁/著
韩英群/缩写

吉林美术出版社 | 全国百佳图书出版单位

图书在版编目（CIP）数据

风云初记 / 孙犁著；树人缩写. — 长春：吉林美术出版社，2018.7

（无障碍阅读红色经典系列丛书）

ISBN 978-7-5575-4094-4

Ⅰ．①风… Ⅱ．①孙… ②树… Ⅲ．①长篇小说－中国－当代 Ⅳ．①I247.5

中国版本图书馆CIP数据核字(2018)第134576号

无障碍阅读红色经典系列丛书

风云初记

FENGYUN CHUJI

著　　者	孙　犁
缩　　写	树　人
出 版 人	赵国强
责任编辑	陈　鸣
责任校对	王　岩
装帧设计	刘　淼
开　　本	710mm×1000mm　1/16
字　　数	200千字
印　　张	16
印　　数	1—10000册
版　　次	2018年7月第1版
印　　次	2018年7月第1次印刷
出　　版	吉林美术出版社
发　　行	吉林美术出版社图书经理部
地　　址	长春市人民大街4646号
	邮编：130021
网　　址	www.jlmspress.com
印　　刷	吉林省金昇印务有限公司

ISBN 978-7-5575-4094-4　　　　定价：29.80元

一	1
二	5
三	9
四	13
五	17
六	21
七	25
八	30
九	33
十	37
十一	40
十二	44
十三	48
十四	53
十五	57
十六	62
十七	65
十八	69
十九	74
二十	78
二十一	83

目录

二十二	87
二十三	91
二十四	94
二十五	97
二十六	100
二十七	103
二十八	107
二十九	110
三十	114
三十一	116
三十二	119
三十三	123
三十四	126
三十五	130
三十六	133
三十七	136
三十八	139
三十九	142
四十	145
四十一	148
四十二	150

四十三……………………153
四十四……………………156
四十五……………………159
四十六……………………162
四十七……………………165
四十八……………………167
四十九……………………170
五十………………………174
五十一……………………178
五十二……………………181
五十三……………………184
五十四……………………187
五十五……………………191
五十六……………………194
五十七……………………197
五十八……………………200
五十九……………………202
六十………………………204
六十一……………………207
六十二……………………210
六十三……………………213

目录

六十四 216
六十五 219
六十六 222
六十七 224
六十八 227
六十九 231
七十 233
七十一 237
七十二 240
七十三 245
后记 249

风云初记

一

> 冀中平原的一个小村庄里，有一对姐妹，姐姐虽然出嫁，但姐夫离家十年，音讯全无，姐姐只能守田相望……

1937年春夏两季，冀中平原大旱。五月，滹沱河底晒干了，热风卷着黄沙，吹干河滩上蔓延生长的红色的水柳。三棱草和别的杂色的小花，在夜间开放，白天就枯焦。【写作借鉴点：寥寥几笔，一幅天干物燥的大旱场景便跃然纸上了。】农民们说：不要看眼下这么旱，定然是个水涝之年。可是一直到六月初，还没落下透雨。从北平、保定一带回家歇伏的买卖人，把日本侵略华北的消息带到乡村。

河北子午镇的农民，中午躺在村北大堤埝的树阴凉里歇晌。在堤埝拐角一棵大榆树下面，有两个年轻的妇女对着怀纺线。从她们的长相和穿着上看，好像姐妹俩，小的十六七岁，大的也不过二十七八。姐姐脸儿有些黄瘦，眉眼带些愁苦；可是，过多的希望，过早的热情，已经在妹妹的神情举动里，充分地流露出来。

远处有一辆小轿车，在高的矮的、黄的绿的庄稼中间，红色的托泥和车脚一闪一闪。两个乌头大骡子，在中午燥热的阳光里，甩着尾巴跑着。

两个妇女仄着身子看，姐姐说："又有人回家了！"

"我看是不是俺姐夫？"妹妹站起身来。

"你就不想念咱爹？"姐姐说。

"我谁也想，可是想不回来！"妹妹提着脚跟，仔细看了一会儿，赶紧坐下拧起纺车来，嘟囔着说："真败兴！那是大班的车，到保府去接少当家的，死着回来了。【阅读能力点：从妹妹不善的语气中可以看出她对少当家的厌恶。】咱的人，一个也不回来，今年不知道能回来一个也不？"

轿车跑到村边，从她们眼前赶进了寨门。大把式老常从前辕跳下来，摇着带红缨的长苗鞭，笑着打了个招呼。少当家的露着一只穿着黑色丝袜子的脚，也从车里探出头来望了她们一眼。她们低着头。

这姐妹两个姓吴，大的叫秋分，小的叫春儿。大的已经出嫁，婆家是五龙堂。

五龙堂是紧靠滹沱河南岸的一个小村庄，河从西南上滚滚流来，到了这个地方，突然拘挛一下，转了一个死弯。五龙堂的居民，在河流转角的地方，打起高堤，钉上桩木，这是滹沱河有名的一段险堤。

大水好多次冲平了这小小的村庄，或是卷走它所有的一切，旋成一个深坑；或是一滚黄沙，淤平村里最高的房顶。【阅读能力点：大水给这个村庄带来了很多灾难。】小村庄并没叫大水征服，每逢堤埝出险，一声锣响，全村的男女老少，立时全站到堤埝上来。他们用一切力量和物料堵塞险口，他们摘下门窗，拆下梁木砖瓦，女人们抬来箱柜桌椅，抱来被褥炕席。传说有一年，一切力量用尽了，一切东西用光了，口子还是堵不住，有五个青年人跳进大流里去，平身躺下，招呼着人们在他们的身上填压泥土，堵塞住水流。

他们救了这一带村庄的生命财产，人民替他们修了一座大庙，就叫五龙堂。年代久了，就成了村庄的名字。

秋分的公爹叫高四海，现在有60岁年纪了。这一带村庄喜好乐器，老头儿从光着屁股就学吹大管，不久成了一把好手。他吹起大管，十里以外的行人都能听到，在滹沱河夜晚航行的船夫们，听着他的大管，会忘记旅程的艰难。他的大管能夺过一台大戏的观众，能使一棚僧道对坛的音乐像战败的画眉一样，耷翅低头，不敢吱声。【阅读能力点：可见高四海吹大管的功力之深。】

这老人不只是一个音乐家，还是有名的热情人，村庄活动的组织家。

十年以前，这里曾有一次农民的暴动，暴动从高阳、蠡县开始，各个村庄都打出了红旗，集在田野里开会。红旗是第一次在平原上出现，热情又鲜明。

高四海和他18岁的儿子庆山，17岁刚过门的儿媳秋分全参加了，因为勇敢，庆山成了一个领袖。

可是只有几天的工夫，暴动很快地失败了。一个炎热的日子，暴动的农民退到河堤上来，把红旗插在五龙堂的庙顶。农民作了最后的抵抗，庆山胸部受了伤。到了夜晚，高四海拜托了一个知己，把他和本村一个叫高翔的中学生装在一只小船的底舱，逃了出去。

在那样兵荒马乱(荒、乱，指社会秩序不安定。形容战争期间社会混乱不安的景象)的时候，送庆山出走的只有两个人。年老的父亲扳着船舱的小窗户说："走吧！出去了哪里也是活路，叫他们等着吧！"

高四海用力帮着推开小船，就回去了。他还要帮着那些农民，那些一起斗争过、现在失败了的同志们，葬埋战死在田野里的难友。

另外送行的是17岁的女孩子秋分，当父亲和庆山说话的时候，她站在远远的堤坡上，从西山上来的黑云，遮盖住半个天的星星，谁也看不见她。【阅读能力点：秋分是偷偷来送行的，她不想被人发现。】

当小船快要开到河心了，她才跑下去，把怀里的一个小包裹，像投梭一样，扔进了小船的窗口。躺在船舱里的庆山，摸到了这个小包包，探身在窗口叫了一声。

秋分没有说话，她只是傍着小船在河边上走，雨过来了，紧密的铜钱大的雨点，打得河水啪啪响。西北风吹送着小船，一个亮闪，接着一声暴雷。亮闪照得清清楚楚，她卷起裤脚，把带来的一条破口袋折成一个三角风帽，披在头上，一直遮到大腿，跟着小船跑了十里路。

风雨锤炼着革命的种子，把它深深埋藏在地下，嘱咐它等待来年春天，风云再起的时候……【阅读能力点：暗示着这次庆山远离家乡也是对秋分爱情的考验。】

庆山出去，十年没有音讯，死活不知。和他一块逃出的那个学生，在上海工厂里被捕，去年解到北平来坐狱，才捎来一个口信，说庆山到江西去了。

高四海只有四亩地，全躺在河滩上，每年闹好了，收点小黑豆。他在堤埝上垒了一座小屋，前面搭了一架凉棚，开茶馆卖大碗面。这里是一个小小的渡口。

秋分擀面，公公拉风箱。老人从村里远远挑来甜水，卖给客人，又求过往的帆船，从正定带些便宜的大砟(无烟煤)，这样赚出两口人的吃喝。

秋分在小屋的周围，都种上菜，小屋有个向南开的小窗，晚上把灯放在窗台上，就是船家的指引。她在小窗前面栽了一架丝瓜，长大的丝瓜从浓密的叶子里垂下来，打到地面。又在小屋的西南角栽上一排望日莲，叫它们站在河流的旁边，辗转思念着远方的行人……【阅读能力点：望日莲寄托着秋分对庆山平安归来的希望。】

每年春夏两季，河底干了，摆渡闲了，秋分就告诉公公不要忘记给望日莲和丝瓜浇水。她回到子午镇，来帮着妹妹纺线织布。

【读品悟】

滹沱河畔的五龙堂，虽然屡次遭受大水的侵袭，但村民们非但没有因此而搬离此地，而是继续着与大水的斗争，越挫越勇，他们的大无畏精神值得我们学习。

二

18岁的芒种，已经给地主做了6年小工，却没有攒下可以娶媳妇的钱，那么他有喜欢的人了吗？那个人又是谁呢？他是怎样表达自己的爱意的呢？

子午镇和五龙堂隔河相望，却不常犯水，村东村北都是好胶泥地，很多种成了水浇园子，一年两三季收成，和五龙堂的白沙碱地旱涝不收的情形恰恰相反。【阅读能力点：只是一河之隔，两个村子百姓的生活却相差甚远。】

子午镇的几家地主都姓田，田大瞎子在村里号称"大班"，当着村长。他眼下种着三四顷好园子地，雇着四五个大小长工。小做活的芒种和打杂的老温，在柳树下面铡草，切碎的草屑，从铡刀口飞起来，不久就落成大堆。一只毛腿老母鸡在草堆旁边找食，红着脸张皇地叫了几声，丢出一个热蛋，叫碎草掩埋了。【写作借鉴点：母鸡下蛋的普通场景，让作者写得妙趣横生，可见作者笔力深厚。】

轿车赶到梢门（临街的门）口，老常打了几声焦脆（形容声音十分响亮）的鞭花，进了场院，把鞭子往车卒上一插。少当家田耀武拍拍衣裳下来，老常帮着往里院搬行李。芒种放下铡刀跑过来，把牲口卸下，牵到外面井台上去打滚饮水，老温卷着长套。

田耀武的母亲，穿着一身白夏布出来，到车跟前探身看了看，有没有丢下儿子的东西，告诉老温："不要摘套，明儿还得去接人家佩钟哩！没见过当媳妇的这么尊贵，不请不接就不回来！"

说着，又到东墙根鸡窝里摸了摸，回头看见芒种牵着牲口进来就问："叫你歇晌看着鸡，把蛋都丢到哪里去了？"

"天热！"芒种赶紧说，"它们在窝里卧不住，净去找凉快地方，看也看不住！"

"看你会说！先去打肉，回来村边村沿，绕世界找找去！"【阅读能力点：田耀武的母亲认为芒种是在狡辩。】

田耀武的母亲说着家（在本书中，"家"有进屋、回屋、回家的意思）去了。

一家团聚。田耀武把从北平买来的、日本走私的丝绸衣料拿出来，孝敬父母。又带回一些乡下还没见过的新鲜物件：暖壶、手电棒儿和保险刀。

把一部《六法全书》陈列在条案上。他在北平朝阳大学专学的是法律，在一年级的时候，就习练官场的做派：长袍马褂，丝袜缎鞋，在宿舍里打牌，往公寓里叫窑姐儿。临到毕业，日本人得寸进尺（得了一寸，还想再进一尺。比喻贪心不足，有了小的，又要大的），北平的空气很是紧张，"一二·九"以后，同学们更实际起来，有的深入到军队里进行鼓动，有的回到乡下去组织农民。田耀武一贯对这些活动没有兴趣，他积极奔走官场，可也没能攀缘上去，考试完了，只好先回家里来。

父亲安慰他说："能巴结上个官儿，自然很好，实在不行哩，咱家里也不是愁吃愁穿，就在家里吧。供你上学原不过是叫你学会写个呈文状纸，能保住咱这点家业过活就行了！"【阅读能力点：这是父亲对田耀武的安慰之语，怕他有心理负担。】

晚上，二门以外也有个小小的宴会。老常和老温坐在牲口棚里的短炕上，芒种点着槽头上的煤油灯，提着料斗，给牲口撒上料。老常说："芒种！去看看二门上了没有，摸摸要是上了，轿车车底下盛碎皮条的小木箱里有一个瓶子，你去拿来！"

芒种一丢料斗子就跑了出去，提回一瓶酒来，拔开棒子核，仰着脖子喝了一口，递给老温。老常说："尝尝我办来的货吧，真正的二锅头！"

"等等！"芒种小声说，"我预备点儿菜。"

他抓起喂牲口的大料勺，在水桶里刷洗刷洗，把两辆车上的油瓶里的黑油倒了来，又在草堆里摸着几个鸡蛋，在炕洞里支起火来炒熟了，折了几根秫秸尖当筷子。【阅读能力点：娴熟的动作，说明芒种不是第一次做这种事情。】

老常说:"小小的年纪,瘾头挺大,别喝多了!"

老温说:"老常哥,保府热闹吧!"

"我看着很乱腾,人心不安。"老常说。

"看样子,得和日本人打打吧?"

"车站上军队倒是不少,家眷可净往南开。"

"那是不打呀!日本人到了什么地方?咱这里要紧不?少当家的怎么说?"老温着急地问。【阅读能力点:这句问话表现了老温对未来生活的担忧。】

"他知道什么?"老常笑着说,接着叹了口气,"我看咱们少当家的成不了气候,虽说上的是大学,言谈行事,还不如他媳妇。一家子苦筋拔力,供给着这么个废物!"

"苦什么筋,拔什么力呀?"老温说,"地里有的是大车大车的粮食,铺子里放债有的是利钱,还有油坊花店,怕不够他糟吗?一抽一送,倒不费劲。我们这些人,再加上城里打油轧花的那一帮子,可得一点汗一点血干一整年哩!"

"你看俺们这个,"老温又摸着芒种的头说,"别说大学,连小学也没进过!"【阅读能力点:通过对比,体现了地主和穷人的贫富差距之大。】

芒种露天睡在场院里,地下铺着一领盖垛的席。天晴得很好,刮着小西北风,没有蚊虫,天河从头上斜过去,夜深人静,引导着四面八方的相思。

这孩子,已经到了入睡以前要胡思乱想一阵的年龄。今年18岁了,在这个人家已经当了六年小工。他原是春儿的爹吴大印在这里干活时引进来的,那一年大秋上,为多叫半工们吃了一顿稀饭,田大瞎子恼了,又常提秋分的女婿是共产党,吴大印一气辞了活,扯起一件破袍子下了关东,临走把两个女儿托靠给亲家高四海,把芒种托靠给伙计老常。告诉两个女儿,芒种要是缝缝补补,短了鞋啦袜的,帮凑一下。芒种也早起晚睡,抽空给她姐俩担挑子水,做做重力气活。

农村的贫苦的青年,一在劳动上结合,一在吃穿上关心,就是爱情了。【阅读能力点:这就是农村穷苦人民简单而诚挚的爱情了。】

芒种想:什么时候才能置得起一身新人的嫁装,才能雇得起一乘娶亲的花轿?什么时候才能有二三亩大小的一块自己名下的地,和一间自己家里的房?【阅读能力点:芒种想着等自己攒够了钱再去迎娶春儿。】

半夜了，春儿躺在自己家里的炕头上，睡得很香甜，并不知道在这夜深的时候，会有人想念她。

【读品悟】

本节对田大瞎子的家产，以及他对自己儿子挥霍钱财的纵容进行了描写，并提及了在他家做工的老温等人的光棍生活，两相对比，生动地反映了当时农村的社会面貌，深刻地揭露了旧社会巨大的贫富差距。

三

名师导读

田大瞎子想替儿子谋个一官半职，于是请了全区的村长村副过来吃酒席，他在席上的游说成功了吗？

话虽这么说，田大瞎子还是替儿子张罗。他家和张荫梧沾点亲戚，他写了一封信，叫田耀武到博野杨村去一趟。那时张荫梧管辖着附近几个县，要组织民团，还要"改选"区长，就叫田耀武回到本县本区服务效力。

田大瞎子随着办了几桌酒席，把全区的村长村副请来，吃到半截腰里，把儿子的名片发下去，又叫田耀武敬了酒，他才把请客的意思说明："请各位老兄老弟照应照应你们的侄儿！"

那时的村长村副差不多都是田大瞎子一流人，就说："不照应他还照应哪个去？可是一件：耀武当了区长也得照应着我们哪！"【阅读能力点：官官勾结，互利互惠，受害的只能是老百姓。】

田大瞎子说："那是当然。听张专员说：不定哪天日本人就会过来。这，我们谁也没有办法。国家养着那么些军队，都打不过，你们说我们老百姓可有什么能耐，挡住人家？可是，我们得防备一件：到了那个时候，地面上一不安稳，我们就要吃亏，我们是吃过亏的人了。放耀武在区上总好一些。张专员又要组织民团，不久这些公事就要下来了，各村殷实户主，都得出钱买枪，这是件风火事儿，区上要没个靠近的人儿，咱们可有很多事不好办哩！"

"今年这么旱，大秋好不了，哪里有富余钱买枪啊。一杆湖北造就要七八十块大洋哩！"有几个村长村副发起愁来。

"这是张专员委派给耀武的命令，我们也没法驳回。"田大瞎子说，"可是也犯不上为这件事情发愁作难。各位回到村里掂对(斟酌)着办就是了，叫那些肉头厚的主儿买几支，其余的就摊派给那些小主儿们。可有一件：钱叫他们出，买回枪来，还得拿在我们手里！"【阅读能力点：田大瞎子的建议真可谓投其所好，给村长村副们吃了一颗定心丸。】

宴会完毕，村长村副都说在改选区长那天，投耀武的票。

天很热，送客出门，田大瞎子就搬一把藤椅，放在梢门洞里，躺着歇凉。

东头有一个叫老蒋的，这人从小游手好闲(指人游荡懒散，不愿参加劳动)，专仗抱粗腿吃饭。他摇着蒲扇，放轻脚步走到田大瞎子身边说："我说呀，老天爷也瞎眼，这么热天，他还不下场雨叫你老人家凉快凉快！"

田大瞎子眼皮也没抬，只把中跷起来的一只挂在大脚趾头上的鞋摆动摆动，半笑半骂地说："滚蛋吧！又跑来喝我的剩酒了！"

"叫我看呀，你还是不会享福。"老蒋说，"大地方不是有了电扇吗，怎么还不叫耀武买一台回来呀？我们也站在旁边，跟着凉快凉快。"

田大瞎子不说话，老蒋就冲着他扇起扇子来。田大瞎子坐起来说："算了，你去把管账先生叫来，有点剩酒菜，你们吃了吧！"【阅读能力点：老蒋拍马屁拍到了田大瞎子心里。】

老蒋跑去把先生叫了来，田大瞎子告诉他们派款买枪的事。

先生抱着大账算盘，和老蒋先从尽西头敛起，到了春儿家里。

秋分和春儿正为冬天的棉衣发愁，每天从鸡叫，姐妹两个就坐在院里守着月亮纺线，天热了就挪到土墙头的阴凉里去，拼命地拧着纺车，要在这一集里，把经线全纺出来。一见又要摊派花销，秋分就说："大秋就扔了，正南巴北(方言。正经的，正式的)的钱粮还拿不起呢，哪里来的这些外快？"

老蒋说："你说这话就有罪，咱村大班的支谷，收成就不赖！"

春儿说："那是大水车灵验。我们这些穷人里，谁家收成好了？再说了，他家地多，该让他家出大头！"

"这是全村的事，我不和你小丫头子们争吵。"老蒋说，"你不拿也行，到大众面前说理去！"

"你们是什么大众！"春儿冷笑着，"还不是一个茅坑里的蛆，一个山沟里

的猴！"【阅读能力点：春儿早就看透了他们的恶劣本质。】

管账先生说："你这孩子，不要骂人，这次摊钱是买枪，准备着打日本。日本人过来了，五家合使一把菜刀，黑间不许插门，谁好受得了啊？"

"打日本，我拿。"春儿从腰里掏出票来，"这是上集卖了布的钱。我一亩半地，合七毛二分五，给！"说着扔给老蒋。【阅读能力点：春儿对于打日本鬼子要出的钱掏得非常痛快，可见她有一颗爱国之心。】

"这是咱村的一大害，刺儿头！"老蒋走出来，和管账先生嘟囔着。

听说山里的枪支子弹便宜，老蒋在那边又有个黑道上的朋友，写了封信，田大瞎子派芒种先去打听打听。这孩子吃得苦，受得累，此去西山一百多里，两天一夜，就能赶回来。【阅读能力点：田大瞎子总搞一些投机倒把的事情，还懂得"知人善用"。】

芒种轻易不得出门，听说叫他办事，接过信来，戴上一顶破草帽，包上两块饼子就出发了。

这时已是起晌以后，农民们都背上大锄下地去了，走到村边，从篱笆门口望见春儿和秋分，正在葫芦架下面纺布，春儿托着线子走跳着，还挂好一边的橛子。芒种想起身上的小褂破了，就走了进来。听见脚步声，春儿转过身来，没有说话。秋分抬头看见，就说："起晌了，你倒闲着？"

"我求求你们，"芒种笑着说，"给我对对这褂子！"说着把饼子放下，把褂子脱下来。

"什么要紧的事，你这么急？"春儿停下手来问。

"到山里送封信。"芒种说。

"颠颠跑跑的事，就找着你了？"春儿盯着他说。【阅读能力点：春儿一针见血地说出了田大瞎子一有要奔波的事就找芒种的事实。】

"没说吃着人家的饭嘛，就得听人家的支唤。"芒种低着头。

"叫春儿给你缝缝，"秋分说，"她手上戴着顶针。"

春儿回到屋里，在针线笸箩里翻了一阵，纫着针走出来，一条长长的白线，贴在她突起的胸脯上，曲卷着一直垂到脚下。她接过褂子来，说："这么糟了，衬上点布吧！"

"粗针大线对上点，不露着肉就行了。"芒种说。

春儿不听他，又回到屋里找了一块白布，比了比，衬在底下，密针缝起来，缝好了，用牙轻轻咬了咬，又在手心里平了平，扔给芒种："别处破了，这个地方再也破不了啦！"【阅读能力点：春儿做事很认真，尽善尽美。】

芒种穿在身上，转身到墙根水瓮那里探头一看，说："又干了！我去担挑子水来！"

他担起她们的小筲桶就出去了，担了一挑又一挑，小水瓮里的水波都漫了出来，又去担了一挑，浇了浇葫芦。

春儿在他背后笑，刚刚给他缝好的褂子，又有一个地方，像小孩子张开了嘴。

"来！再对上几针，"她招呼着芒种，"就穿着缝吧，给你叼上一根草棍儿！"

"叼这个干什么？"芒种说。

"叼上，叼上！要不就会扎着你，要不咱两个就结下冤仇了！"春儿笑着，把一根笤帚苗放在芒种的嘴里。【阅读能力点：虽然是迷信的说法，但春儿宁可信其有，说明了她对与芒种的关系非常在意。】

两个人对面站着，春儿要矮半个头，她提起脚跟，按了芒种的肩膀一下，把针线轻轻穿过去。芒种低着头，紧紧合着嘴。他闻到从春儿小褂领子里发出来的热汗味，他觉得浑身发热，出气也粗起来。春儿抬头望了他一眼，一股红色的浪头，从她的脖颈涌上来，像新涨的河水，一下就掩盖了她的脸面。她慌忙打个结子，扯断了线，背过身去说："先凑合着穿两天吧，等我们的布织下来，给你裁件新的！"

【读品悟】

本节主要通过语言描写为我们塑造了一个大胆、坦率、通透、心思细腻，并且有一颗爱国心的农村姑娘形象——春儿，她敢爱敢恨，嫉恶如仇，对待身边的人非常真诚，让人一见倾心。

四

名师导读

芒种在去山里送信的路上，遇到一个操着深泽味儿口音的红军。于是两人攀谈起来，红军好像认识村子里的好些人。这个红军到底会是谁呢？

芒种拿起饼子，连蹦带跳地跑下堤埝去，他头一回听见子午镇村边柳树行子里的小鸟们叫得这样好听。小风从他的身后边吹过来，他走在路上，像飞一样。前边有一辆串亲的黄牛车，他追了过去；前边又有一个卖甜瓜的小贩，挑着八股绳去赶集，他也赶过去了。他要追过一切，跑到前边去。有一棵庄稼，倒在大路上，他想："这么大的穗子，糟蹋了真可惜了的！"扶了起来。车道沟里有一个大水洼："后面的车过来，一不小心要翻了哩！"把它填平。走到一个村口，一个老汉推着一小车粮食上堤坡，用着全身的力气，推上一半去，又退了下来，他赶上去帮助。到街里，谁家的孩子栽倒了，他扶起来，哄着去找娘。【写作借鉴点：动作和心理描写表现了芒种的善良、热心。】

当天晚上，他就过了平汉路，在车站上，他看见了灰色的水塔和红绿色的灯，听见了火车叫。一火车一火车的兵马，在他眼前往南开去了，车顶上挤着行李、女人和孩子。

他走在山地里的石子路上，爬过一个山坡，又一个山坡，一打听道儿，老乡总是往前面山顶上一指说："翻过这个小梁梁儿就到了，一马平川（平川，地势平坦的地方。能够纵马疾驰的一片广阔平地。指广阔的平原）！"

尽量抬着脚步走，还不断踢起小石块，不久鞋底磨出窟窿来，石子钻到里面去，芒种想："回去又该求春儿了！"

中午，他走到一个大镇店，叫作城南庄。村边河滩上有一片杨树，一个中年妇女坐在大道旁边纳着鞋底儿，卖豆腐和红枣。芒种坐在一块石头上，脱下鞋来休息。

不久，从山后转出一支队伍来，稀稀拉拉，走得很不齐整，头上顶着大草帽，上身披着旧棉衣。这队伍挤在河边脱鞋，卷裤子，说笑着飞快地蹚过来，在杨树林子里休息了。芒种问那妇女："大嫂子，这是什么军头啊？"

"老红军！"妇女说，"前几天就从这里过去了一帮，别看穿得破烂，打仗可硬哩，听说从江西出来，一直打了二万多里！"

"从江西？"芒种问，"可有咱这边的人吗？"

"没看见。"妇女说。

"怎么火车上兵往南开，他们倒往北走哩！"芒种又问。

妇女说："那是什么兵？这是什么兵！往南开的是蒋介石的，吃粮不打日本，光知道欺侮老百姓的兵。这才是真心打日本的兵，你听他们唱的歌！"【阅读能力点：连妇女都知道国民党和红军的不同，可见红军的形象已深入民心。】

芒种听了听，那歌是叫老百姓组织起来打日本的。队伍散开，有的靠在树上睡着了，有的跑到河边上去洗脸。有一个大个子黑瘦脸的红军过来，看了看芒种说："小鬼！从哪里来呀？看你不像山地里的人。"

"从平地上，"芒种说，"深泽县！"

"深泽？"那红军愣了一下笑了，"深泽什么村啊？"

芒种听他的口音一下子满带了深泽味儿，就说："子午镇。老总，听你的口音，也不远。"

"来，我们谈谈！"红军紧拉着芒种的手，到林子边一棵大树下面，替芒种卷了一根烟，两个人抽着。

"我和你打听一个人。"红军亲热地望着芒种，"你们村西头有个叫吴大印的，你认识吗？"

"怎么不认识呀！"芒种高兴起来，"我们在一个人家做活。"

"他有一个女儿……"红军说。

"有两个，大的是秋分姐，小的叫春儿。"芒种插上去，"你是哪村的呀，你认识高庆山吗？"

红军的眼睛一亮，停了一下才说："认识。他家里的人还都活着吗？"【阅读能力点：我们不禁猜想：这个红军会不会是高庆山呢？】

"怎么能不活着呢？"芒种说，"生活困难点也不算什么，就是想庆山想得

14

厉害。你知道他的准信吧？"

"他也许过来了。"红军笑了一下，"以后能转到家里去看看，也说不定。"【阅读能力点：虽然很想念家人，但庆山知道现在不是相认的好时机。】

芒种说："那可就好了，秋分姐整天想念他，你见着他，务必告诉他回家看望看望。"

红军说："你这是到哪里去呀？"

"我去给当家的送封信。"

"你们当家的叫什么？"

"田大瞎子。"

"你们村里谁叫这个？"

"就是村北大班里，那年闹暴动，叫红军打伤了眼的。"

"是他！"红军的眼睛里的热情冷了，宽大的眉毛挑动一下，"那些闹暴动的人们，眼下怎么样？"【阅读能力点：确认了田大瞎子的身份，庆山最关心的还是当年闹暴动的人的消息。】

"那些人有的死了，有的出外去了。"芒种说。

"老百姓的抗日情绪怎么样？"红军又问。

"高。"芒种说，"我这就是去买枪，回来就操练着打日本。"

"村里是谁主事？"

"田大瞎子。"

"咳！"红军说，"武器掌握在他们手里，是不会打日本的。你们要组织起来，把枪背在自己肩上。"【阅读能力点：庆山一下子就猜出了田大瞎子买枪的目的。】

他给芒种讲了很多抗日的道理。天气不早，芒种要赶道，红军又送了他一程，分别的时候，芒种说："同志，你真能见着庆山吗？"

"能。"红军说，"你告诉他家里人们放心吧，庆山在外边很好，不久准能家去看看。"说完，就低着头回到树林子里去了。

芒种一路上很高兴，想不到这一趟出差，得着了庆山的准信，回去一告诉，她们不定多高兴哩。他把信交了，把事情办妥当，第二天就赶回来，路过城南庄，部队不见了，卖豆腐的妇女说连夜又往北开了。

回到子午镇，看见秋分和春儿在堤埝上镶布，芒种老远就合不上嘴，走到跟前小声说："秋分姐，家来！我说给你句话。"

"什么事啊，这么偷偷摸摸的？"春儿仰着头问。

"家来，你们全家来！"芒种说着先走了。【阅读能力点：虽然急于分享庆山的消息，但芒种还是小心谨慎地让秋分和春儿回家再说，生怕走漏了风声。】

到家里，芒种坐在炕沿上说："天大的喜事，庆山哥快回来了！"

秋分靠在隔扇门上问了又问，芒种说了又说。好容易把那个红军的身量、长相、眉眼、口齿，告诉明白，秋分哭了起来。

"这是怎么了？"芒种着了慌。

"你见着的恐怕就是他！"秋分说，"怎么这样狠心，见着了靠己的人，还不说实话呀！"【阅读能力点：此刻秋分的心情异常复杂：既有着得知庆山活着的激动、喜悦，又怀着庆山不肯相认的埋怨。】

春儿抱着线子家来，也斥打芒种："你怎么就不知道好好儿叮问叮问？他穿着什么衣裳？"

"衣裳顶破旧。"芒种说。

"什么鞋袜？"

"没穿袜子，我看那也不叫鞋，是用破布条子拧的！"芒种比画着。

"他有胡子没有？"春儿还是问。

"一脸黑胡子碴儿。"芒种说。

"我看那不是。"春儿说。

"他离家十几年，你还不叫他长胡子？"秋分说着笑了，她站立不住，就到五龙堂去了。春儿在后边暗笑：姐姐像好了一场大病，今天走得这么轻快。【写作借鉴点：侧面烘托了秋分此刻的雀跃心情。】

【读品悟】

庆山虽然通过芒种打探了好多秋分一家的事情，但是没有说出自己的身份，说明他将革命事业放在了第一位，儿女私情摆其后；而秋分确认了庆山的身份后，虽然也有埋怨，但更多的是理解和高兴，只要庆山活着，她都会默默地等着他归来。

五

名师导读

得到了庆山还活着的消息，秋分一家人分外高兴，那么他们都是如何表达自己兴奋、激动的心情的呢？

走到五龙堂，秋分把芒种带回来的好消息告诉了公公，还加上她的猜想。老人说："那一定是他。他还不能明说呀，这个地面还是归人家辖管着哩！"【阅读能力点：高四海一下子就猜到了庆山不愿意暴露身份的原因。】

他披上褂子，拿起烟袋来："你在家里看门，我到村里去转转！"

秋分嘱咐着说："不要见人就告诉啊，等他真的回来了吧！"

"我知道！"老人说，"我不是那缺谋少算、眼薄嘴浅的人，我不过是去告诉几个真心实意和咱相好的人，人家也整天惦记着庆山哩！"

直到天黑，高四海还没有回来，秋分把门锁上，也到村里去了。

她到和庆山一块出走、现在在北平坐狱的高翔家里去。高翔家里有爹有娘，一个和秋分年岁差不多的媳妇和一个小女孩。秋分在婆家住的时候，好到他家坐坐，和高翔媳妇说说话儿。【阅读能力点：因为有着相同的遭遇，两个人有共同语言。】

打从高翔坐狱起，这个女人就没有畅快地欢笑过，没有穿过新衣裳，一家人过年不挂红灯，中秋不买月饼，一到天黑，就关门睡觉。

这天秋分来到她家里，正是掌灯的时候。窗纸上闪着亮光，十年以来，她第一次听见了高翔媳妇的笑声。【阅读能力点：十年以来的第一次笑声意味着绝对是天大的惊喜。】

走进屋里，这一家人正围着桌子看一封信哩，谁也没有看见她进来，秋分说："什么事，一家子这么高兴？"

高翔的媳妇转脸看见是秋分，笑着说："喜事！"

"俺爹从狱里出来了！"趴在桌子上的小女儿望着秋分夸耀。

"你这个爹可是个稀罕！"高翔的媳妇轻轻拍了女儿一下，对秋分说："高翔出来了，信上还打听你们的人哩，你来得正好，快坐在炕上听听吧！"

秋分只好先把自己的喜讯收起来，坐到炕上去，听她家的喜讯。【阅读能力点：说明秋分是一个善解人意的好姑娘。】

其实，这信白天已经念过一次了，吃过晚饭，小孩子要求爷爷再念一次。高翔的父亲把信纸铺在桌子上，把花镜擦了又擦，拿起信纸，前挪挪后退退，像对光一样，弄了半天，才念起来。

高翔的母亲靠在炕头被垛上，不耐烦地说："你看你，真比戏子扮角还费工夫哩！"

"你落俐（方言，利索），你来！"父亲把信又放在桌子上，把眼镜摘下来拿在手里，"你不知道我上了年纪，眼力不行，又加上你儿子写的这笔字，真不好认，我就怕看这个钢笔信！"

"算了！念吧，念吧！"母亲闭上眼专心听着。小女孩子还要往上挤，用两只小手使劲儿扯着耳朵。

高翔的信是写给父亲和母亲的，可是不用说秋分，就是这个十来岁的孩子也能听得出来，有好多言语，是对她的母亲说的。【阅读能力点：信写给父母，表现高翔对父母的敬重；信中说给妻子听的语言，透露着他对妻子的思念。】爷爷念着，她看见母亲不断地红脸。

信上写着：

我出狱后，就兼程赶到延安，现住瓦窑堡，在毛主席的亲自领导下进行学习，不久就北上抗日。十年以来，奔走患难，总算得到了报偿！

高翔的母亲叹气说："在外边十几年，叫人跟着担惊受怕，好容易出来了，还不先到家里看看老娘，怎么又跑到延安去了哩！"

父亲说："你老不明白，一准是那里有你儿子更想念的人儿！"

信上也提到庆山，说他可能从江西长征过来，北上抗日了。秋分把芒种带回来的消息说了，一家子替她高兴。老人把信装好，交给儿媳妇，媳妇像捧着金银玉宝一样，递给婆婆，婆婆把它塞到被垛底下去。【阅读能力点：一家人对信的珍惜，透露着他们对高翔的无尽思念。】

春儿吃过晚饭，到姐姐家去看了一下，她替姐姐高兴，盼望着姐夫回来。姐姐不在家，她又一个人回来，过河的时候，天就大黑了。月亮升上来，河滩里一片白，闲在河边的摆渡鼓鼓的底儿向上翻着，等候着秋天的河水来温存。

她还要走过一片白沙岗，一带柳子地。

柔细光滑的柳子，拂着她的手和脸，近处有一只新蜕皮的蝈蝈儿，叫得真好听。【写作借鉴点：运用拟人手法表现了春儿此时的好心情。】她停下来，轻轻拨动着柳子，走到里边去，想把它捉住。忽地一个黑影子从她脚底下跳起来，她叫了一声。

原来是芒种，他嘻嘻地笑着说："我吃了后晌饭，喂饱了牲口，到菜园子井台上洗了洗脚，站在高处一望，有一个白色的东西在柳子地里浮游，我想：准是一只大鸟，要在柳子地过夜，我去捉住它。走近了，原来是你的白褂子！"

春儿说："你吓了人，还编歪词儿！"

"我是说来接接你，四海大伯高兴吧？"

"亲人快回来了，还有不高兴的？明儿还许请请你哩！"春儿说。

"请我什么？"芒种说。

"请你吃大碗面，多加油醋！"【阅读能力点：春儿要将家里最好的东西拿出来请芒种，可见对芒种的感激。】春儿笑着说，"看你把我的蝈蝈儿也闹跑了，快回家吧！"

"紧着家去干什么，我要在这里玩一会儿！"芒种说。

"漫天野地，有什么玩儿头？怪害怕的。"春儿说着往前走了。

"等等我呀！"芒种小声叫着，"等等我去捉住这个蝈蝈儿，它又叫哩。"

芒种拨着柳子里面去了，听见蝈蝈儿的叫声，春儿也跟了进去。

芒种紧紧拉住她的手，春儿急得说不出话来，用力摆脱，倒在柳子树的下面。

密密的柳子掩盖着，蒸晒一天的沙土，夜晚一来，松软发热，到处是突起的大蚂蚁窝，黄色的蚂蚁，夜间还在辛勤地工作着，爬到春儿的身上，吸食甜蜜的汗。

最后，春儿哭了，她说："这算是干什么？你有什么话就说吧！"

芒种说："听见庆山哥的消息，大家都在高兴。我是问问你，我们能不能成了夫妻……"【阅读能力点：芒种借机说出了自己期盼已久的心声。】春儿低着头，用手抓着土。她刨了一个深坑，叫湿土冰着滚热的手。

半天工夫，她说："成不了，你养活不起我。"

芒种说："要是庆山哥回来了呢？假如我也有了出头之日……"

"那我们就指望着那一天吧！"春儿说，"我又没有七老八十，着什么急哩！"

【读品悟】

本节用重笔墨描写了高翔一家得到高翔来信后的情形，突出了一家人对他的期盼，这也正是旧中国穷苦人民对在外抗战的亲人的殷切期盼的真实写照。

六

名师导读

子午镇发生大事了——大水来袭，随之而来的是一群群无家可归的难民，还有日本人的飞机。一时间，狂轰乱炸，血色四溅，哀鸿遍野……

春儿回到家里，月亮已经照满了院，她开开屋里门，上到炕上去，坐在窗台跟前，很久躺不下。她感到有些后怕，又有些不满足。她侧着耳朵听着，远远的田野，有起风的声音。

她出来，西北角上有一块黑云，涌得很快，不久，那一面的星星和树木，就都掩盖不见了。干燥的田野里，腾起一层雾，一切的庄稼树木、小草和野花，都在抖擞，热情地欢迎这天时的变化。【写作借鉴点：采用拟人手法，表现了干旱的万物对大雨的渴望。】

半夜里下起大雨来，雨是那样暴，一下子就天地相连。远远的河滩里，有一种发闷的声音，就像老牛的吼叫。

今年芒种还没有给她们抹房顶，小屋漏了，叮叮当当，到处是水，春儿只好把所有的饭碗、菜盆，都摆在炕上承接着，头上顶了一个锅盖，在屋里转来转去。

堤埝周围，不知道从哪里钻出了这么多的蛤蟆，一唱一和，叫成了一个声音，要把世界抬了起来。春儿一个人有些胆小，她冒着雨跑到堤埝上去，四下里白茫茫的一片。有一只野兔，张皇地跑到堤上来，在春儿的脚下，摔了一个跟头，奔着村里跑去了。

"看样子要发大水了。"春儿往家里跑着想。

第二天，雨住天晴，大河里的水下来了，北面也开了口子，大水围了子午镇，人们整天整夜，敲锣打鼓，守着堤埝。【阅读能力点：对于发大水，子午镇的人们已经做了充分的准备。】开始听见了隆隆的声音，后来才知道是日本人占了保定。大水也阻拦不住那些失去家乡逃难的人们，他们像蝗虫一样涌过来了。子午镇的人们，每天吃过饭就站在堤埝上看这个。

那些逃难的人，近些的包括保定、高阳，远些的从关外、冀东走来。

从家里带出来的东西，越走越少，从这些人的行囊包裹、面色和鞋脚上，就可以判定他们道路的远近、离家日子的长短。远道逃来的人，脚磨破了，又在泥水里浸肿了，提着一根青秫秸，试探着水的深浅，一步一步挪到堤埝跟前来。他们的脸焦黑，头发上落满高粱花，已经完全没有力量，央告站在堤坡上的人拉他们一把。【写作借鉴点：细节描写，表现了逃难的人们的悲惨状况，痛斥了日本人的惨无人道。】

有一个年轻的女人，把一个小孩子背在背上，手里还拉着一个。孩子不断跌倒在泥水里，到了堤埝边上，她向春儿伸伸手："大姑，来把我们这孩子接上去！"

春儿把她娘儿们扶了上来，坐在堤埝上，一群妇女围上来，春儿跑回家去，拿些饽饽来，给两个孩子吃着，那个女人说："谢谢大姑。我们也是有家有业的人啊，日本人占了我们那个地方。"

春儿问："你们家是哪里呀？"

"关外。当时指望逃到关里，谁知道日本人又赶过来，逃得还不如他们占的速度快。你们说，跑到哪里是一站呀？"

"孩子他爹哩？"春儿问。

"走到京东就被折磨死了。"女人擦着泪。

"日本人到了什么地方？"人们问。

女人说："谁知道啊，昨儿个我们宿在高阳，那里还是好好儿的，就像你们现在一样。可是今天早晨一起来，那里的人们也就跟着我们一块儿逃起来了。"

【写作借鉴点：语言描写，突出了日本人占领中国领土之迅速。】

人们都不言语了，那个女人叫小孩子吃了吃奶，就又沿着堤埝，跟着逃难的大流走了。

天晴得很好，铺天盖地的水，绕着村子往东流。农民们在水里砍回早熟的庄稼，放在堤埝上，晒在房顶上。

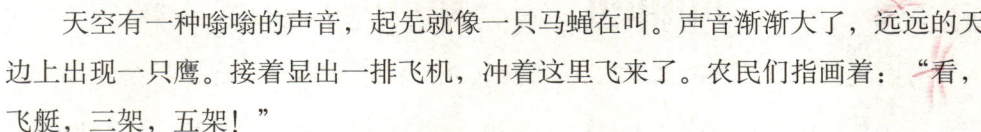

天空有一种嗡嗡的声音,起先就像一只马蝇在叫。声音渐渐大了,远远的天边上出现一只鹰。接着显出一排飞机,冲着这里飞来了。农民们指画着:"看,飞艇,三架,五架!"

他们像看见稀罕物件一样,屋里的跑到院里来,院里的上到房顶上去。

小孩子们成群结队地在堤埝上跑着,拍着巴掌跳跃着。【阅读能力点:无知的人们还在看稀奇,却不知危险已然降临。】

逃难的女人回过头来说:"乡亲们,不要看了,快躲躲吧,那是日本人的飞机,要扔炸弹哩!"

没有人听她的,有些妇女还大声喊叫她们的姐妹们,快放下针线出来看:"快些,快些,要不就过去了!"

飞机没有过去,在她们的头顶侧着翅膀,转着圈子,她们又喊:"飞鸡,要下蛋了,你看着急找窝哩!"

"轰!轰!"飞机扫射着,丢了几个炸弹,人们才乱跑乱钻起来,两个人炸死在堤埝上,一头骡子炸飞了。

飞机沿着河口扫射,那里正有一船难民过河。河水很大,流得又急,船上一乱,摆渡整个翻到水里去。大人孩子在涌来涌去的大浪头中间,浮起来又淹没下去,一片喊救人的声音。

日本人的飞机扫射着,轰炸着,河里的水带着血色飞溅起来。【阅读能力点:河里的水也被穷苦百姓的鲜血染成红色,突出了日本人的残酷暴虐。】

五龙堂能凫水的人全跳到水里去打捞难民。高四海老头子脱得光光的,拍打着浪头,追赶一个顺流而下的小孩子。他一个猛子扎了一里多远,冒出头来,抓住了小孩子的腿,抱到岸上来。他在搭救出来的水淋淋的难民中间走着喊:"谁是孩子的娘,这是谁家的孩子,没有主吗?"

他找不到小孩子的娘,把孩子嘴朝下放在河滩上,又跳到水里去了,他专门打捞着女人,打捞一个上来就问:"别哭,快吐吐水,你的小孩我给你打捞上来了!"

当女人摇头说不是她的小孩的时候,他就又跳进水里去了。

一直打捞到天黑,有很多人是叫大水淹死了。人们点着一堆堆的柴火,烘烤那些打捞上来的人们。高四海穿上衣服，逢人就打听小孩的母亲。

有人说：这是从关外逃来的那个黑脸的年轻女人的孩子，她恐怕是在水里炸伤了，没有力量浮起来淹死了，还有她那个大些的孩子。高四海听了，叫过秋分来说："抱着这孩子到有奶的人家吃吃去，他娘死了，我们收养着吧！"

秋分说："这个年月，收养这个干什么呀？"

"你不抱他，我就抱他去。"高四海说，眼里汪着热泪，"这年月，这年月，还哪里的这些废话呀！"【阅读能力点：对话描写，表现了高四海的善良，他看不得这个孤苦无依的孩子流落街头。】

夜晚，逃难的人们就在熄灭的柴火堆旁边睡下了，横倒竖卧。河水汹涌地流着，冲刷着河岸，不断有隆隆的声音。月光照着没边的白茫茫大水和在水中抖颤的趴倒的庄稼。

"日本！日本！"在各个村落，从每一个小窗口里，都能听到，人们在睡梦里，用牙齿咬嚼着这两个字。

【读品悟】

日本人狂轰乱炸后，高四海奋不顾身地一次次跳下水打捞难民，并在这个兵荒马乱、食不果腹的年代收养了一个嗷嗷待哺的孤儿，他的正直、善良、让人敬佩。

七

名师导读

日本人来了，县政府的县长和科长们半夜里就雇上大车南下了，枪支钱粮全带走了。田耀武也雇船南下，结果半路上被劫了……

前些日子，子午镇也曾买回几支枪来。田大瞎子自己带一支八音子，把一支盒子交给田耀武。有两支大枪叫村里几个富农地主子弟背着，每天早晨起来，在十字街口集合出操，田耀武是指挥。这些子弟对出操跑步没有兴趣，又怕以后真的挑兵，总是等到巳牌时还到不齐，随便报报数也就散了。并且，指挥虽然是大学毕业，也受过暑期军训，对于操法口令却非常生疏。【阅读能力点：表现了这些人都是应付差事，根本没把操练当回事。】

自从那天好容易分作前后两行，他喊："前排不动，后排向前五步走！"结果后排的人顶了前排的屁股，田耀武在全村老百姓面前羞了个大红脸，也就懒得再集合这些人了。

这些子弟们对枪还是有兴趣的，他们夜晚背上枪支去串女人门子，对相好的夸耀，说他不久就是一个官儿了。田耀武因为自己的媳妇一直没有回来，和老蒋的女儿俗儿交接上了，每天晚上就住在她那里。

俗儿是老蒋的第三个女孩。两个姐姐全出嫁了，长得也都平常；唯独这个老三，从小就显出是全村的一个人尖儿。十五六上就风流开了，在集上庙上，吃饭不用还账，买布不用花钱。今年才19岁，把屋里拾掇得干干净净，糊上雪白的窗纸，铺上大红的被褥。【阅读能力点：通过俗儿的生活条件的优越，暗示了她放荡不羁的个性。】这天前半夜田耀武又来了，把盒子放在炕沿上吓唬她说："小心着！你要再和别人好，这个玩意儿可不饶你！"

25

俗儿笑着说："你觉得我怕那个吗？我摸过的比你见过的还多哩！你瞎背着，会使吗？你能这样——"她说着一只手抓起盒子枪来，抬起穿着红裤衩的大腿，只一擦就顶上了子弹，对准田耀武。田耀武赶紧躲到炕头里面去说："别闹，别闹！看走了火打着人。"

俗儿关上保险，把枪放在桌子上，说："你用不着拿这个唬我们，我们不怕这个。你这样说：你再和别人好，我就不给你钱花了——那我就没有话说了。"

【阅读能力点：俗儿要的只是物质享受，其他的都不在乎。】

田耀武说："别废话了，你愿意和谁好就和谁好，我也快走了。"

"你到哪里去？"俗儿把灯挑亮，歪到炕上来。

"到南边做官儿去。"

"这个东西也带走吗？"俗儿问，她指指放在桌子上的枪。

"带着，道路上不平静。"田耀武说。

"你们有钱的人，哪里也能去，你也带我去吧，给你搓搓洗洗的。"俗儿笑着说。

田耀武只是笑了一下。俗儿说："和你说着玩儿哩，我跟你去干什么？我人穷命苦，活该受罪，日本人来了再说他来了的，在劫的难逃，天塌了还有地接着呢！可是，你这趟出去，盘川脚给（方言。犹脚钱），也得花不少的钱吧？"

田耀武说："家里有些现洋，老头子全埋起来了，我还得到城里铺子里去拿钱。"【阅读能力点：俗儿几句话就套出了田耀武家钱财的去处，表现了她的精明。】

"穷家还富路哩，何况你们是有钱的主儿。"俗儿说，"哪天走，规定了日子没有？我还得给你送送行哩！"

"不要你送行。"田耀武说，"快脱衣裳睡觉吧，什么时候走再告诉你！"

俗儿慢慢脱着衣服，又问："路上不平安，你有个伴没有？"

"没有。"田耀武说，"平汉路不通了，叫老常送我到濮阳，再从那里坐火车。"

"也得在五龙堂过河吧？"俗儿问。

"嗯。"田耀武答应着把灯吹灭了。

风云初记

半夜里，村里住了兵，人们乱了起来，田大瞎子派芒种把田耀武从热被窝里叫走了。俗儿刚刚合上眼，就听见有人轻轻敲打着窗棂说："走了吗？"

"走了。"俗儿说。

"问清楚了没有？"

"问清楚了：有枪有钱，老常送他，在五龙堂过河。"【阅读能力点：俗儿这是在给谁透露信息？她要干什么？】

"日期哩？"

"没有定准。"俗儿说，"你每天在河口上留点意就是了。得了便宜，可别忘了我。"

"你的大功一件。"窗外的人压着嗓子笑着，"给你买件花袄。"

村里住的是骑兵，起初人们以为是日本，不敢开门，军队砸开了门子，才知道是53军。马跑得四蹄子流水，披着鞍子就都在街里卧倒了。村公所赶紧预备吃喝草料，军队绕家串游，乱放枪，一条狗在街上跑，一枪打死。【写作借鉴点：将53军的飞扬跋扈体现得淋漓尽致。】

田大瞎子把营长请到自己家里，好酒好菜应酬着，有兵闯进来，他就出来说："老总别闹，你们官长在这里！"

"什么官长，"那些兵用枪托子顿着田大瞎子的胸脯，"你叫他出来认认我们！是官长就该领我们和日本子打仗，王八蛋狗命的就会领着我们跑，把马都快跑死了，还是官长哪！"

军队乱夺乱抢一阵，不到鸡叫就又下命令往南开，那些军队，大声骂着街，爬上马去，歪歪斜斜地跑走了。

"我看不行了，"田大瞎子把耀武叫到屋里说，"你马上准备动身吧！"

田耀武到铺子里支了几百块钱，到县政府去转了一下，县政府的牌子也摘了，大堂的正门堵起来，一个顶事的人也不见，转了半天，才遇见一个认识的听差，说县长和科长们半夜里就雇上大车南下了，枪支钱粮全带走了。【阅读能力点：县政府不顾人民的死活，只顾自己逃生，这种不为民办事的政府要它有什么用？】

等到天黑，田耀武和老常从家里出来，父亲和母亲怕叫人看见，也没有送他。他们从村边蹚着水，抄着小道，并没有遇见一个人。到了五龙堂河口，老常先到头里去，招呼一声摆渡。

摆渡靠在对岸，上边好像没有人。老常用两只手卷成喇叭，大声喊叫，在水雾茫茫里，好半天才听见有人答应："听见了。"

田耀武和老常站在河边等着，河水落了些，水流还是很大，小船从上游下来，像漂着的一片树叶。船靠了岸，船上只有两三个人，黑影里跳下一个女人来，和船夫们打趣着："劳你们的大驾了，我也不掏船钱了！"

女人上了岸，望了田耀武一眼，说："这不是田区长吗？"【写作借鉴点：俗儿的出现虽说意外却不唐突，她怎么会出现在这里？为下文剧情的发展埋下伏笔。】

田耀武早就听见是俗儿，冷冷说了一句："我到五龙堂去有点公事。"

"有什么公事啊？"俗儿笑着，"县长全跑了，你这区长还不交待了吗？"

田耀武顾不得和她搅缠，就催着老常上船，老常上去说："今天净是谁呀，怎么听口音都生乎乎的。"

小船开动了，船夫们一句话也没说，把舵的人背着身子，眼望着滚滚的河水。很快到了对岸，田耀武先跳下去，就要掏船钱。这时那个把舵的说了话："不要船钱了，把你带的枪留下来！"【阅读能力点：呼应了上文俗儿透露信息的目的，原来是要抢田耀武的枪。】

"为什么给你们枪？"田耀武吃了一惊。

"枪是老百姓掏钱买来打日本的，你带着上哪里去？"把舵的跳下来，就拧住了田耀武的胳膊。

"你们这不是明抢明夺吗？"田耀武挣扎着。

"眼下很难说清是谁抢谁的了，县政府的八辆大车，全叫我们留下了，你还想怎样？不想走旱道，就到河里去。"说着就把田耀武悬空举起来。

"我给，我给。"田耀武把枪摘下来。

"钱。"掌舵的人又说。

"这是我的路费。"田耀武说，"你们拿了去我怎么走路呀？"

"你用不了那么多。给你留下点，花到濮阳。"【阅读能力点：这人并没有对田耀武赶尽杀绝，给他留了一条生路。】

过来几个人把他搜了，丢了摆渡走了。掌舵的人在水皮上试着新得来的枪，连发一排子弹。

"哪来的这么一班强盗？"田耀武哆哆嗦嗦地说。

"我听着像和俗儿相好的高疤。我们还走不走？"老常说。

"不走怎么办？"田耀武说，"这个地面我更不能待了，钱也不多了，送我一程，你就回去吧。"

【读品悟】

高疤能夺取田耀武的东西，俗儿的作用非同小可，但她没有引起田耀武的怀疑，可见俗儿心机颇深。

八

名师导读

春儿拒绝了老蒋要她缝制日本旗迎接日本人的活,而是跑出去修整抗日的战壕了。后来碰上了一个逃兵,逃兵向她讨要吃的,并以枪支作为交换,她会怎么做呢?

传说日本已经到了安县。县城里由一个绅士、一个盐店掌柜的、一个药铺先生组成维持会,各村的村长就是分会长,预备八月十五就欢迎日本人进城。田大瞎子领回红布白布,叫老蒋派下去做太阳旗,还要在地亩里派款收回布钱。

又是从西头派起,老蒋拿着一块白布一块红布告诉春儿:"把红布剪成圆的,贴在白布上,就像摊膏药一样。"

"我不做这个,"春儿说,"你愿意欢迎,就叫你们俗儿去做呀!"

老蒋说:"我们自然要做一个,还得做一面漂亮的,挂在大门上。日本人过来了,没有这个旗儿,可要杀个鸡狗不留,你合计合计吧!"【阅读能力点:说明老蒋是个毫无爱国之心,只知苟且活命的人。】

"不用合计,我不做。"春儿扭头出去了。她拿了一把小锄,又抓了一把油菜籽装在口袋里,到她那块地里去。

前半月,县里曾经派人下来压着,挖了一条长长的战壕,说是军队要在这里和日本打仗。战壕的工事很大,挖下一丈多深的沟,上面棚上树木苇席,盖上几尺厚的土,隔几丈远,还有一个指挥部。

那些日子正下连阴雨,地里的庄稼也待收拾,农民们心气很高,每天在大雨里淋着,在水里泡着,出差挖沟。战壕是一条直线,遇到谁家的地,就连快熟的庄稼挖去,春儿这一亩半地,种的支谷,挖了多一半,地头上一棵修整得很好的小柳树,也刨下来盖了顶棚,别人替她心疼,芒种挖沟回来告诉她,春儿说:

"挖就挖了吧，只要打败了日本，叫我拿出什么去也行。"【阅读能力点：春儿对于抗日是全力支持的，不惜任何代价。】

现在，战壕顶上铺盖的树枝还发着绿，泥土还发着松，春儿用小锄平了平，在上面撒上了晚熟的菜种。有一只苍鹰在她头顶盘旋着。

近处的庄稼，都齐着水皮收割了，矮小的就烂在泥水里。远处有几棵晚熟的高粱，在晚风里摇着艳红的穗子。有一个人，一步一拐地走过来。春儿渐渐看出是一个逃兵，把枪横在脖子上，手里拄了一根棍，春儿赶紧藏在树枝后面。逃兵已经看见她，奔着这里来了，春儿害怕，抓紧手里的小锄。

等到看清这个逃兵又饥又渴，没有一丝力气，春儿才胆壮起来，直着身子问："你要干什么？"

"不用怕，大姑。"逃兵说着，艰难地坐下来，他的脚肿得像吹了起来，"我跟你要些吃喝。"

"你不会到村里去要？"春儿说。

"我不敢进村，老百姓恨透了我们，恨我们不打日本，还到处抢夺，像我这样孤身一个，他们会把我活埋了！"逃兵说。【阅读能力点：这个逃兵还算有自知之明。】

"为什么你们不打日本呀？"春儿问。

"大姑，是我们不愿意打？那真冤枉死人。你想想我们这些当兵的都是东三省人，家叫日本人占了，还有不想打仗的？我们做不得主，我们正在前线顶着，后边就下命令撤了，也不管我们死活，我们才溃退下来。"

"说得好听。"春儿撇着嘴，"背着枪不打仗，有吃喝也不给！"

"你家去给我拿一点。"逃兵把枪摘了下来，"我愿意把这支枪给你留下，我把它卖掉也能换几十块大洋，这是国家的东西，留给你们打日本吧！"【阅读能力点：虽然是逃兵，但他良心未泯，心中还是为自己的国家着想的。】

"我们一个女孩儿家，怎么打日本？"春儿笑着说。

"总归是有人要打的。我们那里有抗日联军了，我要想法投奔他们去了。"

春儿看了看他那支枪，低头想了一会儿说："你在这里等等，我家去给你拿些吃喝去。"

逃兵说："咱们都是中国人，你行好就行到底吧，家里有男人穿不着的破衣烂裳，拿给我两件，我好换了走路。"

春儿点点头，逃兵又说："千万不要对别人说呀，你们这一带难缠，叫他们知道，我就别想活了。"

春儿说："你放心吧！"

春儿回到家里，找了芒种来，偷偷告诉他有这么件儿事，问问他可行不可行。

芒种说："行了。这个年头，咱们有支枪也仗仗胆儿，你拿着东西前边去，我在远处看着，免得他疑心。"【阅读能力点：芒种担心春儿的安危，却只在远处看着，说明他是个谨慎的人。】

春儿找出她爹的一身破裤褂，又包上几个饼子和一些咸菜，就去了。

逃兵把枪支给了她，换上便衣，就绕着村边走了。等到天黑，春儿才把枪拿回家来。

芒种说："今年冬天活儿不多，地面上又乱腾，田大瞎子装蒜装穷，打算不用我了。我也不想再当奴才了，咱们有了一支枪，我背着它去参加高疤的队伍吧！"【阅读能力点：对于以后的生活，芒种有着自己的主意，却事先同春儿商量，可见他已把春儿看得很重要。】

春儿说："先别忙，他的行为不正，你准知道他能成事？要是俺姐夫过来了，不用说，我就叫你背着走。"

她把枪紧紧藏了。

【读品悟】

春儿拒绝做日本旗，跑去继续修整抗日战壕，而且跟逃兵以食物换了一支枪，她的抗日决心非常坚定，这也是我们抗日战争中一个抗日农民形象的缩影。

九

名师导读

高疤犹豫着要不要参加红军，听说红军纪律很严，官兵一致吃小米，不许拿老百姓一针一线，当官的也要受训学习，团里还设政治委员。自己底子不正，怕受管束，心里很是彷徨不定。那么他最后决定参加红军了吗？

高疤以前是这一带有名的大贼，以门窗不动能盗走大骡子出名。自从在城南地面截下了县政府的八辆大车，收了南逃官员们的枪支，又接连在五龙堂河口卡了几伙逃兵，就自称团长，委了几个连长，到各村镇吊打村长富户，把埋藏了的枪支起出来，有的主儿舍不得枪支，叫子弟背着，参加了这个队伍，在冀中说起来，就有了很多"跟着枪出来的"兵士。高疤每天在子午镇大街二丰馆大吃大喝，夜晚就住在俗儿家里，过了些时，人马越多声势更大，就向俗儿提出来：要正式娶她。

各村送了喜幛来，挂满了老蒋的屋子院子，一直挂到大街上来。八月十五这天过事，定了两抬官轿，两抬花轿，前后几十匹顶马，后面跟随着一个营的步兵。顶新奇的是不放花炮，一路上连放排子枪，闹得这样红火的排场，没人敢看，路过哪村，哪村关门闭户，路上断绝了行人，子弹皮撒了满道满街。

【阅读能力点：结婚不放花炮放枪，说明了高疤的奢侈和讲排场，也暗示了他不是真的为了抗战。】

这一天，老蒋穿戴很体面，招呼着各村来送礼的人，饭庄上送来几桌酒席，送礼的站不住脚，放下东西就惊惊慌慌地走了，可就便宜了他，喝了个醉里糊涂。

只有村里管账的先生陪他，晚上，新女婿睡了觉，两个人又喝了一场，老蒋说："也不知道是我哪块地里的风水，竟出了个女婿团长。"

管账先生说:"这叫时来运转,这还不算到头哩,团长升旅长,旅长升师长,你这老爷子是当上了。"

　　"人家俗儿,"老蒋像是说别人家的孩子,"算是有眼力。你说,从十五六岁,说媒的没离过门儿,她就是一个也不如意,到底看上了高团长。你说高团长的福气到底在哪个地方?"

　　管账先生说:"我看就在那块疤上,不分冬夏阴晴,都在发红发亮,更加上有胆气、有智谋,遇见这个时候,自然就升发起来。"

　　两个人正说着,田大瞎子绊绊磕磕走了进来,老蒋赶紧让座说:"来,村长,上座上座。从前我净是吃喝你的,今天算我还个席儿。"【阅读能力点:这句话体现了老蒋的圆滑世故。】

　　"我不喝酒,"田大瞎子愁眉不展地说,"我是来向你托个人情。你什么时候背私里和高团长讲一声,就说我请他到舍下吃个便饭。"

　　"不用了。"老蒋说,"咱们又不见外,你费那个事干什么?"

　　"一定请他去,你们两位陪客。"田大瞎子说,"自从张专员南边去了,咱们就连个依靠也没有了,幸亏和高团长结了亲,这地面儿上的事,总得请他多照看着点。"

　　"那有什么,"老蒋一口应承,"自己的嫡亲女婿,还不是我说怎样他就得怎样。"【阅读能力点:虽然老蒋未必能在高疤面前说得上话,可谱摆得挺足。】

　　过了两天,在子午镇的十字街口,出现了一张盖着大红关防的布告,有三四个月不见官方的告示了,凡是认字的都围上来看。

　　出告示的是人民自卫军司令部和政治部,号召人民团结起来,武装抗日,司令员是吕正操。

　　有人从高阳回来,说在城门洞看见了真正的红军,胳臂上戴着红五星。

　　芒种就跑去告诉秋分说:"他们真的过来了,高阳离咱这里不远,你自己去看看吧,不要再错过了。"

　　秋分愿意去一趟,就收拾着找伴动身。

　　这几天,高疤心里不大痛快,他派手下人到高阳打听一下,听说吕正操委派了各支队的司令,正整编各地的杂牌队伍,又听说红军纪律很严,官兵一致吃小

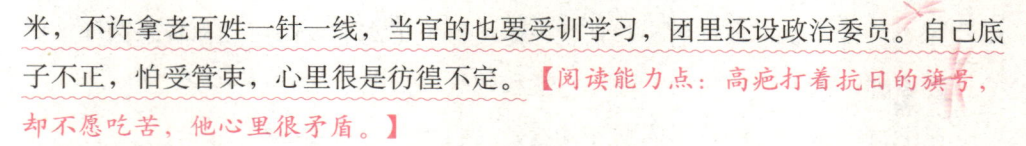

米，不许拿老百姓一针一线，当官的也要受训学习，团里还设政治委员。自己底子不正，怕受管束，心里很是彷徨不定。【阅读能力点：高疤打着抗日的旗号，却不愿吃苦，他心里很矛盾。】

夜晚对俗儿一讲，俗儿笑着说："这有什么难处，你去领个委任不就完了吗？"

"谁知道他委你一个什么呀！"高疤说，"素日和他们又没有联络，不定哪天他来缴了你的枪哩！"

"我和他们倒有点关系。我认识五龙堂的高庆山。现在，高阳不是驻的红军吗，你到那里去说，当年曾经和高庆山一块闹过事，也是红军底子，这牌子多吃香，管保委你个司令。"【阅读能力点：俗儿也是赞成高疤入编当红军的。】

高疤一想，虽说把不定，倒也是条门路，就说："咱们和他家素日没有来往，空口白话，人家也许不信哩！"

"这好办。"俗儿说，"我去给你拉关系。"

说着就出溜下炕来，到了春儿家里，一听说秋分正要找高庆山去，俗儿高兴极了，忙说："秋分姐！路上不平安，离高阳城又这么远，你走着去，多么不方便？我们那个也正要到高阳会吕司令去，你就跟他一块去吧！路上前呼后拥（前面有人吆喝开路，后面有人围着保护。旧时形容官员出行，随从的人很多），有人保护着你，多么威风？再不就叫他们备上一匹走马，脚手不沾地，就送你到了高阳城。这些年，你受苦受难，当男变女，可不容易！别人不知道，我可眼见来哩。见了俺庆山姐夫，二话别说，先跟他要身好衣裳换了，他做着那么大官儿，一呼百应，要什么有什么。【阅读能力点：俗儿在乎的还是物质生活，在她眼里只有吃饱穿好才是生活幸福。】"

一场话说得秋分蒙头转向，不知道怎么回答，春儿说："我看还是自己走着去吧，大脚五手的，又不是没出过门。"

俗儿拍打着春儿的肩膀头说："我的妹子，你年纪小，知道事儿少，咱姐姐到了那里就是太太，有多少人要来请，有多少人要来瞧？走着去，多不好看。咱要没有，也说不上，要着饭千里寻夫的多着呢。可是谁叫咱有这么现成的大走马哩！骑上去，像坐花轿，一点也不颠，那天我还骑了一趟哩！"

不容分说，拿了秋分的小包袱就先走了，见了高疤就说："你看怎么样，比算卦还灵哩，人家正要找男人去，你就和她一块去吧！"

高疤派人备了一匹花马叫秋分骑着，还叫一个兵在旁边牵着。

路过附近几个村庄，那些村长村副们又在街口上摆下茶果桌子，站立在两厢恭身施礼，欢迎高团长的队伍。高疤一见就恼了，骂："混蛋！谁叫你们又弄这个，以后免了！"

村长村副们闹不清怎么回事，赶紧指挥着人们把桌子抬走，又看见队伍里有个骑马的妇女，以为是高疤霸占的谁家的妻女！【阅读能力点：这才是高疤在村长村副们心里的真实形象。】

【读品悟】

从俗儿与秋分的对话中可以看出，俗儿觉得高庆山是大官，秋分就应该跟着他享福，可见她的势利和物质。

十

> **名师导读**
>
> 秋分跟着高疤的队伍一起到高阳去找高庆山，他们能否顺利到达高阳？秋分有没有见到庆山呢？

天快黑下来，秋分一行才到了高阳，离着城门还有老远，就出来一队兵，枪支服装都很整齐，臂上果然挂着小红星儿。问清了原由，叫高疤的队伍在城外扎住，只叫他一个人进城。高疤说："这妇女是来找丈夫的，也得让她进去。"

讲说了半天，城里的兵才答应了，前后围随着他们进了城门。街上很热闹，买卖家都点上灯了，饭铺里刀勺乱响，街上来来往往的尽是队伍，有的军装，有的便衣，有的便衣军帽，盒子枪都张着嘴儿，到处是抗日的布告、标语和唱歌的声音。【写作借鉴点：场景描写，表现了此处抗日活动非常活跃。】

先到了司令部，把高疤带进去，把秋分带到政治部来。走进一家很深的宅子，正房大厅里摆着几张方桌，墙上也满贴着标语、地图，挂着枪支弹药。几个穿灰色军装的人正围着桌子开会，见秋分进去，让她坐下，一个兵笑着问："你是从深泽来的？"

"是。"秋分说，"我来找一个人，五龙堂的高庆山。"

"高庆山？"那个人沉吟了一下，"他参加过那年的暴动吗？是你的什么人？"

"是我们当家的。"秋分低着头说，"那年我们一块儿参加了的。"

"这里有你们一个老乡，也是姓高。"那个人笑着说，"叫他来看看是不是。小鬼，去请民运部高部长过来，捎着打盆洗脸水，告诉厨房预备一个客人的饭！"【阅读能力点：不只叫人过来，还顺带让人打水、准备饭，体现了此人的心思细腻、待人周到。】"

秋分洗完脸，一大盆小米干饭、一大盆白菜熬肉也端上来了。同志们给她盛上，秋分早就饿了，却吃不下，她的心里怦怦跳动，耳朵听着院里的响声。同志们又问："你们那一带有群众基础，现在全动员起来了吗？高疤的队伍怎么样？"

秋分不知道怎么回答，只说："土匪性不退！"【阅读能力点：秋分看事情还是比较透彻的。】

人们全笑了，说："不要紧。这叫春雨落地，草苗一块儿长，广大人民的抗日要求是很高的。明天高部长到那里去，整理整理就好了。"

院里有脚步声，屋里的人们说："高部长来了。"秋分赶紧站起身来望着，进来的是个小个子，戴着近视眼镜，学生模样，进门就问："五龙堂的人在哪里？"秋分愣了一下，仔细一看，才笑着说："这是高翔。你什么时候回来的？"

高翔走到秋分跟前，凑近她的脸认了一会儿，高兴地跳起来说："秋分嫂子！我一猜就是你们。"

"怎么一猜就是我，就不许你媳妇来看你？"秋分说。

"你来她来是一样！"高翔笑着说，"你今天不要失望，见着我和见着庆山哥哥也是一样！"

"到底你知道他的准信不？"秋分问。

"一准是过来了。"高翔说，"在延安我就听说他北上了，到了晋察冀，在一张战报上还见到了他的名字，我已经给组织部留下话，叫他和我联络，不久就会知道他在哪里了！"

这时又进来一个女的，穿着海蓝旗袍，披着一件灰色棉军衣，望着高翔，娇声嫩语地说："高部长，你还不去？人都到齐了，就等你讲话哩！"

说完就笑着转身走了，秋分看准了是大班的媳妇李佩钟。

"好，我就来。"高翔说，"秋分嫂子也去看一看吧，高阳城里的妇女大会，比咱们十年前开的那些会还人多，还热闹哩！"

参加了大会回来，已经多半夜，秋分直到天明没有合上眼，很多过去的事情、过去的心境和话语，又在眼前活了起来。看来很多地方和十年以前的情形相同，也有很多地方不大一样。领导开会的、讲话的、喊口号的还是小个子高翔，他真像一只腾空飞起的鸟儿，总在招呼着别人跟着他飞。十年监狱，没有挫败了这个年轻人，他变得更老成更能干了。十年的战争的艰苦，也不会磨灭了庆山的青春和热情吧？【阅读能力点：两相对比，体现了秋分对高庆山的高度期望。】

为什么田大瞎子的儿媳妇李佩钟也在这里？看样子，高翔和她很亲近，难道他们在外边守着这些年轻女人，就会忘记了家里吗？

第二天清早，她就同高翔和李佩钟上了一辆大汽车，回深泽来。她们路过蠡县、博野、安国三个县城和无数的村镇，看到从广大的农民心底发出的、激昂的抗日自卫的情绪，正在平原的城镇、村庄、田野上奔流，高翔到一处，就受到一处的热烈的欢迎。

黄昏的时候，她们到了子午镇。秋分一下车，就有人悄悄告诉她："庆山回来了，现在在五龙堂。你们坐汽车，他赶回来了一群羊！"

秋分没站稳脚，就奔到河口上来。船上的人和她开玩笑说："不回来，你整天等，整宿盼，一下子回来了，你又不知道跑到哪里去了！"

在船上，秋分就看见在她们小屋门口，围着一群人。在快要下山的、明静又带些红色的太阳光里，有一个高高的个儿，穿一身山地里浅蓝裤褂的人，站在门前，和乡亲们说笑。她凭着夫妻间难言的感觉，立时就认出那是自己的一别十年的亲人。【阅读能力点：仅凭一个侧影，秋分就认出了自己的丈夫，可见她对庆山深切的思念。】

她从船上跳下来，腿脚全有些发软，忽然一阵心酸，倒想坐在河滩上号啕大哭一场。人们冲着她招手、喊叫，丈夫也转过身来望着她，秋分红着脸爬上堤坡。

在平原痛苦无依、人民心慌没主的时候，他们回到家乡来了。

【读品悟】

秋分是十年前农民暴动时期的女战士，可见她的觉悟比较高，但十年后的现在，她明显有些跟不上革命的脚步了。她会故步自封，还是迎头赶上？我们很期待她的表现。

十一

名师导读

庆山回来了！这个消息让秋分一家非常高兴，那么秋分和高四海是如何表达自己的欢喜的？高庆山突然回来又是为了什么呢？

秋分爬上堤坡，乡亲们见她来了，说笑着走散了，庆山望着她笑了笑，也转身进小屋里去。公公从河滩里背回一捆青草，撒给那几只卧在小南窗下面休息的山羊。秋分笑着问："出去了十几年，这是发财回来了？"

高四海摸着一只大公羊的犄角说："发财不发财，我还没顾着问他，反正弄了一群这个来，也就有我一冬天的活儿了。你也还没有吃饭吧？快到屋里和他一块儿做点吃的。"

秋分走进屋里来，好像十年以前下了花轿，刚刚登上这家的门槛。她觉得这小屋变得和往日不同，忽然又光亮又暖和了。【阅读能力点：再见庆山，秋分分外激动，连小屋都感觉和平时居住的小屋不一样了。】自己的丈夫，那个高个儿，正坐在炕沿上望着她，她忍不住热泪，赶快走到锅台那里点火去了。她家烧的是煤，埋在热灰下面的火种并没有熄灭，她的手一触风箱把，炉灶里立时就冒起青烟，腾起火苗儿的红光来。望着旺盛的火，秋分的心安静了下来。

她把瓦罐里的白面全倒出，用全身的力量揉和了，细心切成面条儿，把所有的油盐酱醋当了佐料。水开了，她揭开锅盖，沸腾的水纷纷蹿了出来，秋分两手捧着又细又长、好像永远扯不断的面条儿，下到锅里去。【阅读能力点：秋分的一腔柔情都融进了这碗面条里。】

忽然，在炕角里，有一个小娃子尖声哭叫了起来。高庆山吓了一跳，回头一看，一个不到两生日的孩子睡醒了，抓手揪脚地哭着。

"唔！这是哪里来的？"庆山立起身来，望着秋分。

"哪里来的？"秋分笑着说，"远道来的。你不用多心吧，这是今年热天，一个从关东逃难来的女人，在河口上叫日本的飞机炸死了，咱爹叫把这孩子收养下来。要不，你哪里有这么现成的儿子哩！"

庆山笑了，他把孩子抱了起来，好像是抱起了他的多灾多难的祖国，他的眼角潮湿了。

吃饭的时候，高翔赶来了，两个老同志见面，拉着手半天说不出话来。

庆山从里边衣袋里，掏出一封信，交给高翔说："这是我的介绍信，组织上叫我交你的，还怕路上不好走，叫我换了一身便衣，赶上一群山羊。路上什么事也没有，没想到和你碰得又这样巧。"【阅读能力点：原来这群羊只是掩护，为上文的疑问作出了解释。】

高翔看完了信说："你来得正好。在军事上，我既没有经验，新近遇到的情况又很复杂。你先不用到高阳去，就帮我在这里完成一个任务吧！"

庆山正要问什么任务，高翔的爹领着小女孩来看儿子了。

秋分拉着小女孩问："你找谁来了？"

小女孩慢腾腾地说："俺爹！"

秋分指着高翔，小女孩没想到她的爹竟是一个完全面生的人，不敢走过去。

【阅读能力点：离家数年，父女对面不相识，这些都是战争造成的。】高翔过来把她抱起，秋分又逗她："谁叫你来找爹？"

小女孩笑着说："俺娘！"

引得人们全笑了。庆山对高翔说："我好像从没见过她，长得这样高了！"

秋分说："你哪里见过她，你们走的时候，她娘刚刚坐了月子！"

"要不大人就老得快，"高四海笑着说，"生叫这些孩子往上顶的！"

高翔说："我看就是秋分嫂子不显老，还是我们离开时那个样儿。"

秋分笑着说："那是你近视眼的过，我老了你也看不见。你不要拿我取笑儿吧，你们要再晚回来几年，我还会成了白毛老婆子哩，那可没得怨！"

"你这话真能叫英雄气短！"高翔拍拍怀里的孩子，放在地下，笑着说，"要不说，干革命的人不要轻易回家哩，没有好处，临走时总得带着点负担。"

【阅读能力点：好男儿志在四方，不愿意被儿女情长困住。】

"你们这还算轻易回家呀？"秋分问。

"不和你辩论，"高翔笑着说，"我马上要和庆山哥谈谈这里的情况，开展工作，你们先到外边去玩一会儿。"

高四海、高翔的父亲抱着孩子出去了，秋分撅着嘴说："我听听也不行吗？"

"不行，"高翔说，"我们还没正式接上关系哩。分别了十年，回头我还得考察考察你的历史！"

"等着你考察！"秋分给他们点着灯，就扭身走了。

他两个在屋里谈着，秋分他们就坐在堤坡上等着，天上出着星星，高翔的小女孩指着："又出来一颗，爷爷，那边又出来了一颗！"

一直等到满天的星斗出全了，他们还没有谈完。高翔的父亲对高四海说："你说盼儿子有什么用，盼到他们回来，倒把我们赶到漫天野地里来了。"

高四海抽着烟没有说话，大烟锅里的火星飞扬到河滩里去。儿子回来，老人高兴，心里也有些沉重。他们回来了，他们又聚在一起商议着闹事了。

那些狂热，那些斗争、流血的景象和牺牲了的伙伴的声音、面貌，一时又都在老人的眼前，在晚秋的田野里浮现出来，旋转起来。老人有些激动，也感到深深的痛苦。自从儿子出走，斗争失败，这十年的日子是怎样过的？当爹娘的、当妻子的是怎样熬过了这十年的白天和黑夜啊？再闹起来！那次是和地面上的土豪劣绅，这次是和日本。人家兵强马壮，占了中国这么大的地面，国家的军队全叫人家赶得飞天落地，就凭老百姓这点土枪土炮，能够战胜敌人？【阅读能力点：虽然老人对儿子这样继续"闹事"很担心，却选择了沉默，这是多么无私的父爱啊！】他思想着，身边的草上已经汪着深夜的露水，高翔的小女孩打着哈欠躺在她爷爷的怀里睡着了。

最后还是秋分等得不耐烦，跑到屋里去说："高翔，快家去吧，俺们没有这么些油叫你熬，天快发亮了！你媳妇也来了，家里安安被窝等你哩！"

"这些妇女没有原则！"高翔笑着站起来，"好吧，明天再谈吧。你赶了几十里地的羊，也该休息休息了，看样子，我再不走，秋分嫂子就要用擀面杖把我轰出去了！"

风云初记

高翔一家子在黑影里走了,高四海把几只羊牵进小屋来,披上自己的破棉袍子说:"我到街里找个宿去。"【阅读能力点:表现了高四海的善解人意。】

"爹!"庆山站起来说,"我们一家子再说会儿话吧!"

老人说:"家来了,有多少话明儿说不了?我困了,你们插门吧!"

【读品悟】

儿子回来了,自己却被赶到漫天野地里,高四海没一句怨言;儿子要继续革命,高四海虽然担心,却选择默默地支持他,这样如山的父爱太伟大了,让我们不禁肃然起敬。

十二

名师导读

庆山回来了，春儿觉得芒种参军的机会来了，那么芒种被部队接受了吗？他会被分配到什么任务呢？

春儿听说姐夫回来了，欢喜得多半夜没睡着。一清早起来，看见芒种在井台上挑水，就叫他放下筲到她这儿来一下。她在家里，舀了一盆热水洗了洗脸，坐在窗台前，用母亲留下的一面破碎的小镜照着梳光了头，找出一件新织的花夹袄穿上了。芒种进来，她说："俺姐夫回来了，你和我去看看他！"

芒种笑着说："常说参儿不见辰儿（参、辰，两星宿名。参宿在西，辰宿在东，二者在星空中此出彼没，彼出此没。喻亲友隔绝，不能相见），姐夫不见小姨儿，你该藏起来才是，倒跑去看他？"

春儿说："我这个姐夫和别人不一样。人家是个红军，不讲究这一套老理儿。再说，我是为了你呀！"

芒种问："为我什么？"

春儿笑着说："你就背上咱们的枪，我带你去，替你报个名儿，在他手下当个兵，有我这面子，总得对你有个看待。"

芒种咧嘴说："美得你！你姐夫是什么官儿，他出去了十几年，嚷得名声倒不小，到头来，一个护兵也不带，只是赶回来了一群羊，你还不觉寒碜哩！你看人家高翔，坐着大汽车，一群特务员，在子午镇大街一站，人山人海，围着里七层外八层，多么抖劲？我要当兵，也要到人家那里挂号去，难道当了半辈子小长活儿，又去跟他放羊？"

春儿说："去！你别这么眼皮子薄，嫌贫爱富的！你看过《喜荣归》没有，

44

中了状元，还装扮成要饭的花子哩？越是有根底的人越是这样。"【阅读能力点：两个人的对话，表现了芒种遇事只看表面，而春儿却能更进一层。】

"我也不知道咱两个，谁嫌贫爱富？那天在柳子地里，你说的什么话，忘了吗？就听你的话，把枪拿出来吧！"

春儿从炕洞里把那支逃兵留下的枪扯出来，擦去了上面的尘土，放在炕上，芒种抓起来，春儿说："你先别动！"回身在破柜里拿出一件新褂子说："我给你做了一件新衣裳，你穿穿，合适不合适？"

芒种高兴地穿在身上，春儿前前后后围着看了又看说："好了，背上枪吧！"

芒种背上枪，面对着春儿，挺直了身子。春儿又在枪口上拴了一条小红布，锁上门，两个人走到街上来。芒种说："我把筲送回去，到当家的那里说一下，告诉他我不干了，我当兵去了！"

春儿说："忙什么，先给他放着，没人挑水，他就不用吃饭！报上名回来再辞活儿也不晚！"【阅读能力点：春儿考虑事情更周密，不会意气用事。】

两个人一前一后，在街上一走，一群小孩子跟着，跑着跳着，扯扯芒种的褂子，又拉拉他的枪，农民们说："芒种这是吃大锅饭去吗？"

芒种笑着说："打日本去！"

妇女们问："春儿干什么也穿得这么新鲜？"

春儿笑着说："我这是去送当兵的！"

"哈！你这可是头一份！"妇女们欢笑着。

到了五龙堂，高庆山和芒种在山里原是见过一面的，秋分又说了说芒种的出身历史，和她们家的关系。春儿说了说这支枪的来历，高翔说正愁没个可靠的人哩，就叫芒种给庆山当个通讯员，又派人去取了两套新军装来，叫他们两个穿戴好，说这样才能压住今天的场儿，就忙着一同参加整编高疤的队伍的大会去了。

整编这一带杂牌队伍的大会，在滹沱河一片广漠的沙滩上召开。事先，县里的动员会，就派人下来，面对着河流，精扎细做，搭了一座威风高大的阅兵台。

这天，从早晨起来就刮大风。阵阵的白沙，打着人们的脸，台前那条宽大的横幅标语，吹得鼓胀了起来，和河里的水浪一同啪啪作响。标语上写着："巩固抗日民族统一战线，坚持敌后游击战争！"【阅读能力点：虽然天气恶劣，却挡

不住人们抗日的热情，表现了人们抗日的坚定决心。】

参加整编的队伍有子午镇高疤的一个团，角丘镇李锁的一个团和马店镇张大秋的一个团。三个团长穿得整整齐齐，站在台上，调动着自己的队伍。

这些队伍挤挤撞撞，怎样也调动不开，简直是越调越乱，最后争吵起来，还有几支枪走了火。三个团长在台上跳着脚乱骂，要枪毙那走火的人，可又查不出来。快响午了，主持大会的高翔请高庆山帮着把队伍调动一下，高庆山和三个团长商量，把营长们叫到台前，然后叫他们把队伍各自带开，再按着名字往场子里指定的地方带，才慢慢把会场稳定下来。【阅读能力点：两相对比，未整编的部队的劣势一览无余。】

第一个讲话的是高翔，高疤先叉着腿站在台边上介绍说："弟兄们，这是吕司令的代表高委员，拍手！"

台下乱鼓起掌来，高翔说："同志们！日本帝国主义侵占我们的国土，杀害我们的人民，现在他们逼到我们家门上来了！日本人要灭亡我们的国家，叫我们给他当奴隶，我们怎么办？"

"打狗日的！"台下乱嚷。

高翔喊："打倒日本帝国主义！"

台下跟着他呼喊，狂风吹送着，河流奔腾着，【写作借鉴点：环境描写反映了台下人们高涨的抗日热情。】高翔说："我们要保卫祖国，保卫家乡，把日本帝国主义赶出中国去。同志们，你们是抗日的英雄好汉！你们看到敌人来了，并没有逃跑，也没有投降，你们背起枪来，反抗侵略者，你们是光荣的，祖国和人民尊敬你们！我代表人民自卫军司令部政治部向你们致敬！"

台下欢笑着，队伍变得安静起来，高翔接着说："我们的同志，参加抗日的想法是不一样的。有的过去为生活压迫，夜聚明散，成了黑道儿上的朋友，有的是富家子，跟着枪出来的；有的是见今年年头不好，冬天不好过，出来混大锅饭吃的。今后，战争就要考验我们，谁也不能投机取巧(指用不正当的手段牟取私利，也指靠小聪明占便宜)。我们要改造自己的思想作风，整编成有组织、有领导、有纪律的抗日部队！"

随后，高翔宣布了三大纪律、八项注意和一些官兵关系、军民关系的重要原则。他接着说:"我们进行的是正义的光荣的战争,我们一定能够胜利。我们不怕日本的武器好,只怕我们不齐心。不要看日本占领了几座城池,我们要在它的后方开展游击战争,建立抗日根据地!有枪的出枪,有钱的出钱,有人的出人,男女老少,一齐动员起来,破坏敌人的交通,扰乱敌人的后方。同志们!祖国仰仗着我们,人民依靠着我们,我们要勇敢地担负起解放祖国的任务,我们战争的目的是:驱逐日本帝国主义,建立独立富强的新中国!"

最后,高翔宣布了司令部的命令,整编三个团为人民自卫军第七支队,委任高庆山为支队长,高翔为政治委员。

【读品悟】

对比手法,是文学创作中常用的一种表现手法。把对立的意思或事物,或把事物的两个方面放在一起作比较,让读者在比较中分清好坏、辨别是非。运用这种手法,有利于充分显示事物的矛盾,突出被表现事物的本质特征,加强文章的艺术效果和感染力。

十三

名师导读

芒种眼看要跟着部队走了，临行前有很多事情要做：向田大瞎子辞工，与老温和老常话别，当然，还有自己一直心念着的春儿……

田大瞎子这几天，整天躺在炕上，茶饭无心。那天听见汽车叫，他以为是日本人来了，抓起小太阳旗儿就往街上跑，唯恐欢迎得迟了。到街上一看，竟是自己的儿媳妇，披着军装，跟着共产党高翔回来了，他赶紧把小旗一卷，挟在胳膊底下，低头回家，从此就没有起炕。【阅读能力点：田大瞎子的热情在见到穿军装的儿媳妇那一刻被浇灭了。】他的女人见他愁眉不展，怕闷出病来，就劝他到外边转转，到相好的人家走动走动，田大瞎子叱打她说："你不要管我！还有什么地方可以去？连自己的亲儿媳妇都跟了他们，我还有脸出门见人！"

风沙吹打着新糊的窗纸，河滩里开大会的声音，一阵阵地扑到屋里来。田大瞎子说："他们又要造反，去！把大门插上，我懒得听这种声音！"

他的女人刚要爬下炕来去插门，小做活儿的芒种，穿着一身新军装，背着一支大枪进来了，直直地立在正当屋。田大瞎子的女人又爬回去了。

"你这是干什么？"田大瞎子直起身来，虎着脸问。

"当家的！"芒种笑着说，"我不给你干了，我报上名当兵了！"

"唉！"田大瞎子吃了一惊，着急地说，"你这孩子，你怎么事先也不说一声儿！"

"怎么又怪我？"芒种说，"你不是早就说，今年冬里活儿少，人多用不开，叫我想别的活路吗！"

"我是叫你找个安分守己的事由，"田大瞎子挤着那一只失去光明的眼，

"谁叫你跟他们胡闹去？他们净是什么人，你还不知道？会有什么好下场，说不定哪天日本人过来了，弄个斩尽杀绝哩！你是个正经受苦的孩子，听我的话，把衣裳扒下来，把枪还了他们去！我有天大困难，也养得起你。咱们东伙一场，平日我又看你这小人儿本分，我才这样劝你，要是别人，我管他死活哩！"

芒种正在高兴头上，听田大瞎子这样一说，女当家的也帮着腔儿，脸色和口气又是这么亲热，心里就有点拿不定主意，慢吞吞地说："那怎么行哩，我已经报上名了，谁都看见我背上枪了！"【阅读能力点：芒种内心的彷徨，说明他还没有理解革命的意义。】

田大瞎子说："那怕什么，你就说当家的不让你干这个！"紧接着又摆手，"不要这么说，你还是说你自己不乐意！"

"我乐意！"芒种的心定下来，"我不听你们的话，死活是我自己找的，也不用你们心疼，把我的工钱算一算吧！"

田大瞎子的脸一下子焦黄了，大声说："你怎么敢不听话！你不听我的话，我一个子儿也不给你！"

芒种也火了，说："收起你那大气儿来吧，不给我工钱，看你敢！"扶了扶肩上的枪，一摔门帘走了。

女当家的张了张嘴说："你看，你看，这不是反了吗？"

田大瞎子冲着她喊叫："你才知道啊！"

芒种从里院出来，到了牲口棚。老常刚刚耕地回来，蹲在门口擦犁杖，老温在屋里给牲口拌草，一见芒种这身打扮，就都笑着说："好孩子，有出息，说干就干！"【阅读能力点：说明老温是非常赞成芒种参军的。】

芒种也笑着说："我来和你们辞个行。咱们做了几年伴，多亏你们照看我、教导我。"

老常说："教导了你什么？教导你出傻力气受苦罢了。从今以后，你算跳出去了，有了好事由，别忘了我们就行了。"

老温说："芒种，听我说两句，咱们兄弟两个，这几年黑间白日在一块，虽说没有大不对辙儿，也有个不断的小狗龇牙儿。这些小过节，我想你也不会记在心里，这不是你就要走了，没有别的，咱弟兄们得再喝两盅儿。"

老常说:"不要叫他喝酒了。家有家规,铺有铺规,军有军规,既然干了这个,就好好干。不要跟坏人学,要跟好人学,吃苦在前,享受靠后,出心要正,做事要稳,不眼馋,不话多,不爱惜小便宜,不欺侮老百姓。芒种,你记着我这几句话吧!"【阅读能力点:朴实无华的语言,满怀着老常对芒种的谆谆教导和殷切期盼。】

老温笑着说:"你这都是家常老理儿,军队上不一定用得着。"

芒种说:"用得着,我都记在心里了。"他觉得两眼发酸,就滴了几滴眼泪。

老常说:"走吧,别耽误着了!"

芒种又拿起笤帚来,给他们扫了扫屋子,扫了扫炕,挑起水筲到井台上打回一担水。【阅读能力点:芒种想尽自己所能再为这两人做点事情。】老温赶紧拦着说:"快走,这些事儿留着我干吧!"

芒种在长工屋牲口棚里转了几转,在场院里站了一下,望了望紧闭的二门,才和老伙计们珍重告别,走出田大瞎子的庄院。

这是1937年的初冬,四野肃杀。一个18岁的农民,开始跨到自由的天地里来。留在他身后的,是长年吃不饱穿不暖的血汗生活,是到老来,没有屋子也没有地,像一头衰老的牲口一样,叫人家扔出来的命运。从这一天起,他成了人民的战士,他要和祖国一块儿经历这一段艰苦的、光荣的时期。

芒种想念着,走到春儿家里来。【阅读能力点:春儿是芒种的最大牵挂。】篱笆门虚掩着,他轻轻推开,又把它关好。太阳照满了院子,葫芦的枝叶干黄了,一只肥大光亮的葫芦结成了。

有一个红红的脸,在窗上的小玻璃后面一贴,就不见了,芒种知道春儿在家里。他推门进去,到了里间,看见她正低着头,面对着窗台做活哩。

"做什么哩?"芒种问。

"再给你做双鞋!"春儿说着转过头来,"换上军装,真像个大兵了!我给做的那裤子哩?"

"这不是套在里面。还做鞋干什么,队上什么也发!"芒种说。

"发了吗?"春儿说,"我先做好你穿上,要不,穿着这么新鲜衣裳,下面露着脚趾头,多不好看!"

风云初记

"怎么看着你不高兴？"芒种坐在炕沿上，靠着隔扇门。对面墙上有四张旧日买的木刻涂色的年画儿，是全本《薛仁贵征东》，他望着《别窑》那一节。

【写作借鉴点：用年画里面的情景来衬托芒种此刻的心境，情景交融。】

春儿没有说话，眼圈儿有些红了。芒种说："你这是怎么了？舍不得你这枪吗？我还给你放下，当了兵，不愁没枪使！"

"放屁！"春儿笑了，"你这就走了，我不知道还能和你见面不。"

"为什么不能见面，我又走得不远，无非在家门子上转悠。"芒种说。

春儿说："那可不敢定，一步一步你就离我们远了，你没见庆山，他一出去就是十年！"【阅读能力点：因为有着庆山的"前车之鉴"，春儿心里没谱。】

"我哪能比他！"芒种说，"我这一辈子能成了他那样，就是死了也不冤。你没见今天大会上哩，人家真有两下子！"

"你得跟他学，"春儿说，"还要比他好，别叫姐姐笑话我们！"

"我记着你的话！"芒种说。

"你出去长久了，"春儿低着头说，"别忘了我。做了官儿，也别变心！"

芒种不知道怎样回答才好，急得涨红了脸，说："你净说些没踪没影儿的话！我怎能变心哩！"

"有什么凭据？"春儿抬起头来，红着脸，眼里有那样一种光芒，能使铁打的人儿也软下来。

芒种说："什么凭据？我得给你立个字儿吗？"

"不用。"春儿笑了，"那天你在柳子地里拉拉扯扯，要干什么呀？"说完就用手掩着脸哭了。

芒种呆了，想了半天，才明白过来，他过去把春儿的头轻轻抱起来，把嘴放在她的脸上。

"好了！"春儿把他推起来，"就这样。你走吧，我反正是你的人了！"

【阅读能力点：春儿将这个吻作为定情信物。】

芒种从春儿家出来，追赶队伍去。这年轻人，本来是任什么牵挂都没有的，现在感觉到有一种热烈的东西，鼓荡着他的血液，对一个这样可亲爱的人，负起了一种必要报答的恩情。

51

这以后，在战争和革命的锻炼里，这孩子渐渐知道了什么是精神的世界。【阅读能力点：一个懵懂的青年，将会因为革命的洗礼而逐渐成长。】尽管他长年只有脚下一双鞋和一只粗布衣裳、一支短短的铅笔和一个小小的的白纸本，他的思想的光辉却越来丰盛，越来越坚强。他坚持了连续十几年的、不分昼夜的艰苦奋斗。在祖国广漠的土地上，忍受了风霜雨露、饥饿寒冷和疾病的折磨。在历次的战斗受伤、开荒生产、学习文化里，他督促自己，表现了雇农出身的青年共产党员的优秀品质。在他的眼前只有一面旗帜和一个声音的飘展和召换。祖国的光荣独立、个人的革命功绩和来自农村的少女的爱情，周转充实着这个青年人的心。

【读品悟】

曾经的芒种是个懵懂青年，他的心愿就是娶春儿，过好日子。现在，他已兴荣入伍踏上了革命的征程。我们静待他的改变。

十四

名师导读

李佩钟是田耀武的媳妇,却参加了革命,这到底是怎么回事?对这件事情,高庆山是怎么想的?

实际上,高翔只是挂了个政委的空名,开过大会的第二天,就回高阳去了。把这个新成立的支队的全部工作留给高庆山,还要他负起整个县的地方责任来,留下李佩钟,做他的助手,主要是叫她管动员会的事。

支队部就设在县城,过去公安局的大院里。自从国民党官员警察逃跑后,这个以前十分森严威武的机关,就只剩下了一个大空院。不用说屋子里没有了桌椅陈设,就是墙院门窗也有了不少缺欠,院子里扔着很多烂砖头。头一天,高庆山带着芒种到三个团部巡视了回来,坐没坐处,立没立处,到晚上,动员会的人员才慢腾腾送来两条破被子,把门窗用草堵塞了堵塞。

高庆山心里事情很多很杂乱,倒没感觉什么,芒种却有点失望。他想,听了春儿的话,不跟高翔坐汽车上高阳,倒跟他来住冷店,真有点倒霉,夜里睡在这个破炕上,看来并不比他那长工屋里舒服。这哪里叫改善了生活哩?铺上一条棉被,又潮又有气味,半天睡不着。【写作借鉴点:心理描写,表现了芒种对现状的不满。】

这样晚了,高庆山还没有睡觉的意思。他守着小油灯,坐在炕沿上,想了一阵,又掏出小本子来记了一阵。看他记完了,芒种探着身子说:"支队长,眼下就立冬了,夜里很冷,这个地方没法住,我们还是回五龙堂家去,大被子热炕睡一宿吧!"

高庆山望着他笑了笑说:"怎么?头一天出来,就想家了?"

"我不是想家！家里也没什么好想的。"芒种说，"我们为什么受这个罪，今儿个，你横竖都看见了，高疤他们住的什么院子，占的什么屋子？铺的什么，盖的什么？他那里高到天上不过是个团部，难道我们这支队部的铺盖倒不如他！"

"不要和他们比。"高庆山说，"革命的头一招儿，就是学习吃苦，眼下还没打仗，像我们长征的时候，哪里去找这么条平整宽敞的大炕哩！"

芒种听不进去，翻了个身，脸冲里睡去了。高庆山把余下的一条被子给他盖在身上，芒种迷糊着眼说："你不盖？"

"我不冷。"高庆山说，"我总有十年不盖被子睡觉了。【阅读能力点：简短的话语透露了高庆山十年来生活的艰苦。】还有你这枪，不能这么随便乱扔啊，来，抬抬脑袋，枕着它！明天有了工夫，我教你射击瞄准！"

芒种在睡梦里嘟囔："这个硬邦邦的怎么枕呀，指望背上枪来享福，知道一样受苦，还不如在地里拿锄把镰把哩！"随后就呼呼地睡着了。

高庆山到院里转了一下，搬进两块砖头，放在炕头，刚刚要吹灯休息，听见院里有人走到窗台跟前说："高支队长睡下了吗？"

是个女人的声音，跟着在窗户的破口露出半边俊俏脸来。高庆山看出是李佩钟，就说："还没有睡。有事情吗，李同志？"

"我到你这里看看。"李佩钟笑着走进屋里来，她穿着一身新军装，没戴帽子，黑滑修整的头发齐着肩头，有一支新皮套的手枪，随随便便挂在左肩上，就像女学生放学回来的书包一样。【阅读能力点：李佩钟的表现总是与众不同。】她四下里一瞅说："炕上那是谁？"

"通讯员。"高庆山说，"你看，这里也没个坐的地方！"

"你这里和我那里又不一样！"李佩钟笑着说，"你这里像个大破庙，我那个动员会，简直是个戏台下处，出来进去，乱成一团。这里的工作，为什么这样落后呀，比起高阳来，可就差远了！高翔同志撂下就走，也不替我们解决困难。走，我们到电话局去给他打个电话！告诉他，我们连个坐立的地方也没有。这怎么叫人开展工作呀！"

"这样深更半夜，不要去打扰他吧！"高庆山说，"他那里的工作更忙。"

"你说对了，他真是个忙人！"李佩钟笑着说，"高翔同志又有精力，又有口才，资格又老，历史又光荣，又是新从革命的圣地、毛主席的身边来的，我们对他真有说不出的尊敬。【阅读能力点：李佩钟已经被高翔深深地折服了。】他还给我们讲过红军长征的故事，提到了你，高支队长！你的历史更光荣，你给我讲讲长征的故事吧，你亲身经历了的，一定更动人！"

高庆山笑了笑说："十年的工夫，不是行军，就是作战。走的道儿多，经历的困苦艰难也多，可是一时不知道从哪里讲起。总地说起来，一个革命干部，要能在任何危险困难的关头不失去对革命的信心，能坚定自己、坚持工作、取得胜利，这种精神是最重要的！"【阅读能力点：透过这几句朴实无华的话语，让我们感受到了高庆山对革命无比坚定的信念。】

"你具体给我讲一段精彩的！要不，你就教我一首新歌儿！"

高庆山说："你给我讲讲你怎样参加抗日工作的吧，子午镇，你们那个家庭……"

"那不是我的家。"李佩钟的脸红了一下，"我和田家结婚，是我父亲做的主。"【阅读能力点：李佩钟并不认同父亲的决定。】

"听说你们当家的跑到南边去了。"高庆山说，"你能自己留在敌后，这决心是很好的。"

"高支队长！"李佩钟说，"不要再提他。我娘家是这城里后街李家。我父亲从前弄着一台戏，我母亲在班里唱青衣，叫他霸占了，生了我。因为和田家是朋友，就给我定了亲。不管怎样吧，我现在总算从这两个家庭里跳出来了。"

"这是很应该的。"高庆山说，"有很多封建家庭出身的知识分子，参加了我们的革命工作。'七七'（指卢沟桥事变，发生于1937年7月7日，是日本全面侵华开始的标志）以前你就参加革命活动了吗？"

"没有。"李佩钟说，"从我考进师范，在课堂上作了一篇文，国文老师给我批了一个好批儿，我就喜爱起文学来，后来看了很多文艺书，对革命有了些认识。我先参加了救国会的工作，后来，又在高阳的政治训练班毕了业。"

"抗日运动是一个革命高潮。"高庆山说，"我们要在这次战争里一同经受考验，来证明我们的志向和勇气。"

"我想，和高支队长在一块工作，我会学习到好多的东西，主要是你的光荣的革命传统。"李佩钟激动地说,"我希望你像高翔同志那样,热心地教导我!"

"我明天和你去把动员会的工作整顿整顿,不要什么事都去找高翔。"高庆山笑了一下说,"他既然把这里的工作委托给我们,我们就要负起责任来!"

【阅读能力点:做事要自立自强,这是高庆山对李佩钟的要求。】

李佩钟说:"你睡吧,你没有盖的东西,我到家里给你拿两条被子来吧!"

"你刚说和家庭脱离,就又去拿他们的被子!"高庆山笑着说。

"这里是我娘家。"李佩钟也笑了,"根据合理负担的原则,动员他们两床被子,不算什么!"

高庆山说不用,李佩钟就小声唱着歌儿走了。

【读品悟】

对于李佩钟的形象塑造,作者开始便冠以高学历、绅士女儿、地主儿媳妇等复杂身份,打破解放区文学惯常的文学传统,给艰苦的战争增添了一抹亮色。

十五

名师导读

芒种跟着高庆山去动员会，按理说他参加了红军，应该在乡亲面前显摆显摆，但他却生怕遇见子午镇赶集的乡亲，这是为什么呀？

第二天，高庆山很早起来，到大院里散了一会儿步，把烂砖头往旁边拾了拾，才在窗口把芒种叫醒。芒种穿好衣服就跑出来，高庆山说："你那枪哩！"

"可不是，又忘记它了！"芒种笑着跑到屋里去，把枪背出来说，"背不惯这个玩意儿。要是在家里，早起下地，小镰小锄什么的，再也忘不了，早掖在腰里了。"【阅读能力点：早已习惯体力活的芒种对于现在的革命生活还没有适应。】

高庆山在烂砖上揭起一块白灰，在对面影壁上画了几个圆圈圈儿，拿过枪来，给芒种做了个姿势，告诉他标尺、准星的作用，上退子弹、射击的动作，说："每天，早晨起来就练习瞄准，晚上学习文化。把心用在这两方面，不要老惦记着喂牲口打水的了！"

芒种练了一会儿，说："打水？谁知道这里的井在哪儿，早晨起来连点洗脸水也没有！"

高庆山说："我们到动员会去吧！"

高庆山走在前面，芒种背着枪跟在后边。今天是城里大集，街上已经有很多人了。高庆山随随便便地走，在人群里挤挤插插，停停站站，让着道儿。芒种觉得他这个上级，实在不够威风，如果是高疤，前边的人，老远看见，早闪成一条胡同了。他不愿遇见子午镇赶集的乡亲，叫他们看见这有多么不带劲呀？【阅读能力点：芒种觉得高庆山的行为不够威武，自己跟着他很丢面子。】

动员会在旧教育局。这样早，这里就开饭了。院子里摆满了方桌板凳，桌子上摆满了蓝花粗瓷碗和新拆封的红竹木筷。在厨房的门口，挤进挤出的，净是端着饭碗的人。李佩钟也早起来了，梳洗得整整齐齐，站在正厅的高台阶上，紧皱着眉头。看见高庆山来了，就跑过去小声笑着说："你看这场面，像不像是放粥？都是赶来吃动员饭的，谁也认不清净是哪村的。"

"这就好，"高庆山说，"能跑来吃这碗饭，就是有抗日的心思。现在，主要的是要领导，要分配给他们工作！"

"什么工作呀？"李佩钟说，"放下饭碗一擦嘴就走了。你看那个，不是？"

高庆山看见有几个人吃完饭，把饭碗一推，就拍拍打打、说说笑笑出门赶集去了。他说："这里因为我们还没有建立起工作制度来。我们到屋里研究一下吧！"【阅读能力点：高庆山并没有因为人们的行为而生气，而是要立刻研究对策。他是一个沉着冷静的人。】

李佩钟领着高庆山到大厅里去，回头对芒种笑着说："你也去吃个热馒头吧，家里吃三顿饭惯了，恐怕早就饿了！"

等他们进屋，芒种就到大柜子那里抓了三个热卷子，在手里托着，蹲在台阶上吃，太阳晒得很暖和。他猛一抬头，看见大门口有个人影儿一闪，像是春儿。跑到门外一看，春儿提着一个小包袱，躲在石头狮子后面，穿着一身新衣裳，在路上刮了一头发尘土。芒种忙说："你来赶集了？"

"我给你送了鞋来！"春儿小声说，"捎着看看城里抗日的热闹！"

"还没吃早晨饭吧？"芒种把手里的卷子递给她一个说，"快到里面吃点去！"

"俺不去。人家叫吃呀？"春儿笑着说。

"谁也能吃，这是咱们动员会的饭！"

芒种把她拉了进来，春儿说："等等，还有一个人哩！来吧，变吉哥！"

那边站着一个细高个穿长袍的中年人，举止很斯文。春儿对芒种说："你认识不？他是五龙堂的，又会吹笛儿，又会画画儿，来找俺姐夫谋事儿的！"

芒种带他们进来，在一张方桌旁边坐了，春儿看着出来进去的人，扭着身子红着脸，局促不安。芒种到厨房里说："大师傅，再来两碗菜汤，支队长来了两

个客人！"【阅读能力点：芒种假借高庆山的名头来取饭菜，在他心里，官大好使唤人，可见官僚主义的那套对他影响颇深。】

满头大汗的厨师傅，一看芒种全副武装，就说："端吧，同志，大锅里有的是！不用提队长不队长，咱们这个地势，不管是谁，进门就有一份口粮！"

芒种满满地盛了两碗菜，又抓了一堆卷子，叫他们吃着，真像招待客人一样。春儿很高兴，说："怎么样？还是抗日好吧，要不，你哪里整天吃白卷子去！"

芒种笑着说："这里饭食儿倒不错，就是晚上睡觉，炕有点凉！"

春儿说："你务必和俺姐夫说说，也给这个哥找个事儿！"

"那好办。"芒种满口答应，"现在正是用人的时候！"

"要不然我也不来。"叫变吉哥的那个人慢慢地说，"我是觉着有些专长，埋没了太可惜，在国家用人的时候，我应该贡献出来！"【阅读能力点：变吉哥想为革命贡献自己的一份力量。】

他说着站起来，从怀里掏出一个纸卷儿，在方桌上打开。那是四张水墨画儿，他小心地按住四角，给芒种看，请芒种指导。芒种翻着看了一遍，说："这画儿很好，画得很细致，再有点颜色就更好了。可是，这个玩意儿也能抗日吗？"

"怎么不能抗日？"叫变吉哥的红了脸，"这是宣传工作！"

芒种赶紧说："我不懂这个，那不是支队长来了，叫他看看！"

高庆山从大厅里走出来，李佩钟拿着一个红皮纸本子，笑着跟在后面。

春儿小声问芒种："那不是田大瞎子的儿媳妇吗，她不是跟着高翔？怎么又和我姐夫到了一块儿？"【阅读能力点：春儿因为姐姐的缘故对李佩钟跟着高庆山很排斥。】

芒种还没顾上答话，那个叫变吉哥的拿起画儿迎上去了，他说："你还认得我不，庆山？"

高庆山很快地打量一眼，就笑着说："为什么不认识，你是变吉哥！"

"我打算你早把我忘了。"变吉哥很高兴地说，"你的眼力真好！"

"是来闲赶集，还是有事？"高庆山拉他坐下。

"没事谁跑十八里地赶集，我是来找你的。"变吉哥说着又把画儿打开，"我有这么点手艺，看你这里用得着不？"

高庆山仔细地把四幅画儿看过说:"你的画比从前更进步了,抗日工作需要美术人材。你以后不要再画这些虫儿鸟儿,要画些抗日的故事。"【阅读能力点:高庆山一眼看出了变吉哥的能力,可谓慧眼识英才。】

"那是自然。"变吉哥说,"我是先叫你看看,我能画这个,也就能画别的,比如漫画,我正在研究漫画。"

他说着从怀里又掏出一个小画卷,上面画着一个瞎了一只眼的大胖子,撅着屁股,另有一个瘦小的老头儿,仰着脖子,蹲在下面。

芒种一见就拍着手跳了起来,说:"这张好,这张像,这画的是田大瞎子和老蒋。这不是今年热天子午镇街上的黑贴儿?敢情是你画的!"【阅读能力点:从芒种的话中我们不难听出,变吉哥一直在用自己的方式坚持革命。】

李佩钟看了一眼,就拉着春儿到一边说组织妇女救国会的事儿去了。

"这几年,你怎样过日子呀?"高庆山仔细地给他卷着画儿问。

"从你走了,我就又当起画匠来。"变吉哥说,"这些年修庙的少了,我就给人家画个影壁,画个门窗明星,年节画个灯笼吊挂,整年像个要饭的花子似的。那天听说你回来了,我就到堤上去,谁知你又走了。我想你做了大官儿,早该把我们这些穷棒棒们忘到脖子后头去了哩!"

"你说的哪里话,"高庆山笑着说,"我怎么能把一块斗争过、一块共过生死患难的同志们忘记了哩?"

"没忘记呀?"变吉哥站起来大声说,"你等等,外边还有人!"

"还有什么人呀?"高庆山问。

变吉哥说:"咱那一片的,十年前的老人儿们,都来了。叫我打个前探,他们都在西关高家店里等信哩,我去叫他们!"【阅读能力点:原来变吉哥是来打头阵的,他的身后还跟着一帮兄弟。曾经和高庆山一起战斗的人们又要并肩作战了。】

高庆山笑着说:"他们远道走来,我和你去看他们吧!"

两个人说着走到街上,芒种跟在后面,春儿也追上来了。正是晌午的热闹集,他们挤了半天,才出了西门,到了高家店,在正客房大草帘子门前的太阳地里,站着一大群穿黑蓝粗布短裤袄的老乡亲们。

这里边,有些年纪大些,是高庆山认识的,有些年岁小的,他一时记不起名字来。十年前在一家长工屋里，暴动的农民集合的情形，在他眼前连续闪动。他上去，和他们拉着手，问着好。

那些人围着他说："我们以为你的衙门口儿大，不好进去，看起来还是老样子，倒跑来看我们！"

又说："当了支队长，怎么还是这么寒苦，连个大氅也不穿？就这么一个跟着的人？你下命令吧，我们来给你当护兵卫队，走到哪里，保险没闪失！"

高庆山说："还是和咱们那时候一样，不为的势派，是为的打日本。【阅读能力点：高庆山的做事原则十年如一日，一直没有改变。】我盼望乡亲们还和从前一样勇敢，赶快组织起来！"

"是得组织起来！"人们大声嚷嚷，"可是，得你来领导，别人领导，不随心，我们不干！"

"就是我领导呀！"高庆山笑着说。

"那行！"人们说，"我们就是信服你！"

高庆山说："眼下就要组织工农妇青抗日救国的团体，你们回到村子里，先把农会组织起来！"

"我们早就串通好了，30亩地以下的都参加。"人们说。

"不要限定30亩，"高庆山说，"组织面还要大一些，能抗日的都争取进来，现在是统一战线。"

"我们都推四海大伯当主任，"人们说，"可是他老人家不愿意。不知道为什么到了这步田地，他倒不积极了，咱村的人们都盼你回去一趟，演讲演讲，叫我们明白明白，也动员动员你父亲！"【写作借鉴点：通过人们的话，呼应了上文高四海的犹豫。作为一个父亲，他的"不愿意"更加凸显了作者笔下人物性格的复杂性。】

高庆山答应有时间回去一下，人们就走了，高庆山和芒种把他们送了老远。

【读品悟】

十年过去了，高庆山的思想更成熟了，举止更稳重了，可他却从没有忘记过去一起战斗的兄弟，他在尽自己的能力去团结一切可以团结的抗日力量。

十六

名师导读

俗儿和春儿都参加了妇女救国会，接着就该分派各户做鞋了，那么她们是如何分派的？田大瞎子家能接受他们的分派吗？

五龙堂的人们正筹备农会，子午镇却先把妇女救国会成立起来了。县里来的委员李佩钟，把全村的妇女召集在十字街口，给人们讲了讲妇救会的任务，说目前的工作就是赶做军鞋军袜。讲完了话，她把春儿找到跟前，叫她也说几句，春儿红着脸死也不肯说。高疤新娶的媳妇俗儿，正一挤一挤地站在人群头里，看见春儿害羞，就走上去说："她大闺女脸皮薄，我说几句！"【阅读能力点：俗儿是个大胆泼辣的人。】

她学着李佩钟的话口说了几句，下面的妇女们都拍着巴掌说："还是人家这个！脸皮又厚，嘴也上得来，这年头就是这号人办事，举她！"接着就把俗儿选成子午镇的妇救会主任，春儿是一个委员。

俗儿开展工作很快，开过了会，下午她就叫着春儿分派各户做鞋，又把村里管账先生叫来，抱着算盘跟着她们。

春儿建议从田大瞎子家派起，俗儿和管账先生都同意了。于是，俗儿领着头，春儿在中间，管账先生磨蹭在后面，转了一个弯，快到田大瞎子家梢门口的时候，他在墙角那里站住了。【阅读能力点：从三个人的先后顺序，可以看出他们对田大瞎子的畏惧程度。】俗儿回过头来说："走啊，你怎么了？"

管账先生嘴里像含着一个热鸡蛋，慢吞吞地说："你们先进去，我抽锅烟。你看，火镰石头不好使唤！光冒火，落不到绒子上！"

俗儿鼓了鼓嘴进去了。迈过了高大的梢门限，春儿觉得心里有点发怯。她紧跟在俗儿的后边问："他家的狗拴着没有？"

"管他拴着不拴着，它咬着我了，叫他养我一冬天！"俗儿说着走上二门，一看见里院影壁下面卧着的大黑狗，就两手一拉，哐当把二门倒关了起来，用全身的力量揪住两个铜门环儿。春儿吓得后退一步。

"开门！"俗儿颤抖着声音喊。

院里的大黑狗跳着咬叫起来，铁链子哐哐响着，一只大雄鹅也嘎嘎地在深宅大院里叫起来。【阅读能力点：真有点狗仗人势的意味。】半天的工夫，才听见田大瞎子的老婆慢腾腾走出来，站在过道里阴阳怪气地说："谁呀，这是？"

"我们！"俗儿说。

"有什么事儿吗？"

"你先把你家那狗看住！"俗儿喊叫，"进去了再说。"

"进来吧，它不咬人！"

俗儿松了手把门推开，田大瞎子的老婆，迎门站着。她原身不动看了春儿一眼，说："你们有什么事儿呀？"

俗儿说："到你们屋里说去，这么冷天叫我们站在这里呀？"

"俺们当家的不大舒服，刚盖上被子见汗，有什么事儿，你们就在这里说吧！"【阅读能力点：随便一个借口就将俗儿她们挡在外边了，田大瞎子的老婆根本没拿她们当回事。】

春儿说："也没有什么别的事，就是派你们做几双鞋！"

"给什么人做鞋呀，这么高贵？劳动着你们分派？"田大瞎子的老婆说，"我们家可没人做活！"

"给抗日战士做的，没人做活你就雇人做去！"俗儿说。

"什么叫抗日战士呀？"田大瞎子的老婆笑着说，"我大门不出二门不迈的，可没听说过这个新词儿。抗日战士是你们的什么人儿呀，他们穿鞋，叫你们这大姑娘小媳妇的来出头找人！"

"你别说这些没盐没酱的淡话了，我们这是公事！"俗儿和她吵起来。

"俺们这个人家，可不和你们这些人斗嘴斗舌！"田大瞎子的老婆后退一步说，"该俺们做几双呀？"

"按合理负担，"春儿说着，回头问管账先生，"他家有多少地？"

管账先生正背着脸在梢门洞里抽烟，听见问他，才跑上来，先冲着田大瞎子的老婆笑了笑说："老内当家的！大先生的病好些了吗？啊！他家3顷20亩地。"他拨着怀里的算盘，"一共是该交七双！唉，这么摊派，数目稍大一点儿！"【阅读能力点：管账先生首先询问田大瞎子的病情，然后再说正事，还语带愧疚，说明了他的八面玲珑。】

"七双！"田大瞎子的老婆死活不同意，俗儿偏要田大瞎子家坚决执行，田大瞎子的老婆冷嘲热讽起来，一言不合两人打了起来，结果田大瞎子的老婆被俗儿拱了个四脚朝天。

田大瞎子不能再装病，披着一件袍子从正房跑出来，大声吆喝："反了！找上门来打人，好！到县里去告她们，我田家还有个媳妇哩！"【阅读能力点：田大瞎子眼看老婆要吃亏，赶紧出来帮着扳回局面。】随手就撒开了大黑狗，俗儿跳起来，乱着头发跑出来，春儿也跟着跑出来，大黑狗一直追到街上，差一点没叼住她的裤子。

"走！"俗儿在街上扬着两只手喊叫，"田大瞎子，我们手拉手儿到县里！我不告你别的，我就告你个破坏合理负担！"

看热闹的人们，站满了街，都说："这倒有个看头，看看谁告下谁来吧，一头是针尖儿，一头是麦芒儿(也称"针尖对麦芒"，比喻双方都很利害，互不相让)！"

【读品悟】

本节通过语言描写表现了俗儿、春儿、管账先生、田大瞎子老婆等人的人物性格，形象鲜明，观感直接，让人一览无余。

十七

名师导读

高疤带着自己的部队气势汹汹地回来了!原来他是受不了部队里的纪律和训练。在老蒋的唆使下,他会不会放弃革命这条道路呢?

结果,闹了半天,谁也没有去告谁。俗儿的爹老蒋先骂了俗儿几句,俗儿不听他老蒋没法,就去劝田大瞎子别和自己闺女一般见识。

田大瞎子叹了一口气,也就顺坡下驴,歪歪斜斜地家去了。他心里明白:闹到县里去,也吉凶未卜。虽说自家的儿媳妇是个委员,可也不见得就和他一个鼻孔出气。现在全县的大拿是高庆山,那明明是他十年以前的活对头。更要紧的是,俗儿的男人是高疤,眼下是个团长,这家伙,心毒手黑,不能得罪他。【阅读能力点:田大瞎子心里有自己的小算盘,他可不想因为一时之气让自己处于劣势。】想来想去,不免又想到张荫梧亲家在时,自己在地面上的威风。儿子走了这些日子,也不知道在南边弄上了个事由没有。莫非真的从此大势已去,江山难保吗?他低下头去。

老蒋把他扶到家里,坐在炕上,劝说:"村长,不要这样。我回到家里,得好好把那小妮子教训教训。她人大心大,眼里连我也没有了。等我们姑爷回来,我叫他管管她吧!"

田大瞎子猛抬起头来说:"真的哩!那天我求你请高团长,有空到舍下坐坐,你对他说了没有啊?"

"说了,早就说过了!"老蒋说,"他也答应了,就赶上不知道从哪里来了个高庆山,当了什么支队长,调到城关,他什么也不能自由了!"

田大瞎子眨巴着眼说:"说也怪,高团长平日那样心高志大,怎么就服他们的辖管？队伍是谁带起来，还不是他一人的功劳？高庆山是什么人？原不过是五龙堂堤坡上的一个野小子，那年闯祸逃跑，不知道在哪里要了几年饭回来，冒充红军，既不烧柴，又不下米，人家做熟了饭，端碗就盛，也不嫌个寒碜？要是我啊，说下黄天表来，也不叫他们收编，动硬的，自己有枪有人，拉到哪里，也有官儿做，反受这帮穷小子们宰制（统辖，控制）？【阅读能力点：田大瞎子这一席话说得有理有据，很容易使人信服，说明他善于揣摩他人心思。】我说老蒋，咱们多年不错，你的亲戚，就是我的亲戚，你好了，我也能沾光。等高团长回来，你该把这理儿和他念叨念叨。也不要说是我说的，免得传出去外人生疑！"

老蒋深感知己，又劝说了老内当家一番，告辞走出去。田大瞎子送出来又说："家去，也不要和俗儿闹，我不和她一样见识，她不过是受了那些人们的愚弄！"

俗儿的状也没有告成功。她走到村边，正迎上高疤骑着一匹大红马，从城里回来，后面有七八匹马尾随着他跑着，就像顺风飞来的一窝蜂。高疤气色不好，看见俗儿也没说话，只把手里的马鞭子一摆，就从她身边蹿了过去。【阅读能力点：高疤不是入编了吗？怎么这时候回来了？到底发生了什么事情，让他的脸色这么差？】

一见高疤回来了，子午镇街上的人们吃了一惊：俗儿会拘魂念咒，怎么来得这样凑急？这一下子该着田大瞎子受受了。

高疤在俗儿家院里下马，俗儿把他侍候到炕上。特务员们把马交给老乡去遛去饮，都到街上二丰馆去喝酒，街上的妇女儿童，也都躲回家去了。

高疤靠在大红被垛上，用马鞭子敲打着裤脚上的尘土，气昂昂地一句话也不说。俗儿小心地问："你怎么了呀？怎么这个时候回来了？"

高疤把眼眉一拧说："怎么啦？不许我回来？"

俗儿轻轻推他一下说："你看，谁敢不叫你回来啊？"

听见姑爷回来，老蒋忙着屋里来，看势头不对，也只好坐在对面小凳上搭讪着抽烟。【阅读能力点：老蒋也不敢在这个时候捅马蜂窝。】

俗儿忙着在一旁侍候，见高疤脸色稍暖和了一些，老蒋趁机把田大瞎子那段话也说了。俗儿抢过来说："我不爱听！田大瞎子的话也听得？他是什么人，他早足着劲儿当汉奸哩。去你们的吧，天不早了，我们要睡觉了！"

道士赶忙走出，老蒋唉了两声，也跟出去了。

俗儿点灯铺炕，侍候高疤睡觉。她上身穿着一件小红袄，下身穿着宽腿黑棉裤。趴在炕上，给高疤扒下袜子来，笑着说："骑了一天牲口，怪累了吧。这么不高兴，到底是为了什么呀？"

高疤说："司令部的命令，叫我去受训学习，你说叫人生气不生气？"

"什么叫受训学习？"俗儿问。

"说得好听，军事政治一大套。我看，不过是过河拆桥要把我踢出去！"

"就你一个人，还是别人也去？"【阅读能力点：这句问话的目的是在指明司令部的命令并不是针对他一个人。】

"人多了。成立一个军事队，一个政治队，还说是带职学习，学习得好，还可以高升。"

"那也不错，去学学怕什么？"

"你摸清他们打的是什么主意？我怕到那里把枪一下，毙了哩。前不久，高阳那里就毙了一个土匪头儿！"

"我想不会那样。"俗儿笑着说，"那天，高翔讲得很好。"

"不要光听他讲。"高疤说，"咱们底子不正，近来到高庆山那里反映我的，想也少不了。就往好里说吧，叫你学习，把你送到山沟里，吃沙子米睡凉炕，跑步爬山，站岗勤务，我白干了这些日子团长，又去受那个？"

"不受苦中苦，难为人上人。"俗儿又说，"你从小不也是受苦出身？你看人家高庆山，说起来受的那苦更多哩！"【阅读能力点：俗儿在用高疤能明白的方式劝说他跟着共产党走。】

"高庆山这个人，我摸不透！"高疤说，"按说，对待咱们也不错，就是脾气儿古怪。这些日子净叫我们开会，我、李锁、张大秋，谁后面也是跟着十几个人，他就只有一个小做活的，背着一支破枪。那天我们三个团长议合了一下，说支队长走动起来，不够体面，和我们在一块，我们人多他人少，也不合人情。我们决定，一人送他两匹马，两个特务员，两把盒子。谁知给他送去了，他不收，还劝我们把勤杂人员减少减少，按编制先把政治工作人员配备起来。你看，这些共产党，有福也不知道享，生成受罪的命，和他们在一块干，有什么指望？【阅读能力点：高疤对共产党的做法十分费解，觉得跟着他们没有前途。】"

"你打算怎么样呢？"俗儿皱着眉问。

"今儿个接到命令，叫文书给我念了一下，没听完，我就拉起马家来了！我不去学习，他们逼急了我，我不定把队伍拉到哪里去哩！"高疤说。

"我劝你不要那样。"俗儿拍着高疤的腿说，"别人能学习，你就不能去？再说学点能耐，认识个字儿也好啊！"

"认识字儿有什么用？"高疤说，"我要有念书的命，从小就不干那个了！有胆打日本就算了，还要学什么习！"

俗儿说："你不去学习也好，要和人家好好商量。不要胡思乱想，人家跟你出来，都为的打日本，落个好名帖儿，你能把队伍拉到哪里去啊，跟着蒋介石往南边逃，还是投日本当汉奸？这两条道儿我看都走不得。"【阅读能力点：俗儿帮着高疤分析目前的处境，她还是比较有远见的。】

"那就脱衣裳睡觉！"高疤喊，"天大的事儿，明天再说！"

【读品悟】

我们都知道，说话需要技巧。拿俗儿做例子，听到高疤因为受训不满而擅自回来，俗儿既没有数落，也没有埋怨他，而是用一个又一个浅显易懂的问题去引导高疤，然后替他找出症结所在，分析问题和各个做法的后果，让高疤理清思绪、正视问题，做出正确的判断。俗儿这样做既不会让高疤产生反感，还能解决问题，可谓技高一筹，值得我们学习。

十八

名师导读

在村头高高的堤头上，五龙堂的妇女们边做活儿边站岗，那么她们是如何盘查来往行人的呢？过往的人需要什么凭证吗？

高翔用电话通知高庆山，叫他好好掌握部队，进行战事动员和教育。

高庆山召集团长和干部们开会，竟没有高疤，李锁说他昨天没请假就回子午镇去了，怕是不愿意学习。高庆山考虑了一下，开完会，带着芒种，骑着自行车到子午镇一带乡下来。很快望见了五龙堂的南街口。在村头高高的堤头上，东边坐着一个妇女纺线，西边站着一个妇女纳鞋底儿，人民自卫，这是平原上新建立起来的岗哨。【阅读能力点：妇女们也在为抗日贡献自己的一份力量，她们是积极的。】

这两个妇女都很年轻，在太阳地里做着活儿站岗。纳鞋底儿的望见远远来了两个骑车的军人，就说："喂，来了两个兵！"

纺线的妇女低着头说："过来了就查他们，嚷什么？"

"怎么个查法？"纳鞋底的妇女说，"当兵的，人家叫查呀？查恼了哩？"

"查恼了他也不敢怎样。"纺线的妇女笑着说，"这是上级布置下来的公事。"

"他要恼了我就说，"纳鞋底儿的笑着说，"我就一指你说：这是支队长的媳妇，你敢恼！"

"你不要提我吧，"纺线的说，"你提高翔，他的名声更大！"

两个人逗着笑儿，两辆车子过来了，纳鞋底儿的看出是高庆山，就笑着说："你看，说张飞张飞就到，快家去烧火做饭吧！"

纺线的正是秋分，停下纺车一看是高庆山和芒种，就又低下头去纺，正经地

说:"你说的哪里话,他来了我就能放弃岗位吗?"【阅读能力点:秋分将公事和私事分得很清楚,没有徇私。】

"真坚决!"高翔的媳妇说。

看见是她们,高庆山跳下车子来,说:"你们两个做伴站岗呀?"

高翔的媳妇说:"嗯。拿出来!"

"拿出什么来?"高庆山问。

"拿出通行证来!"高翔的媳妇绷着脸儿说,"怎么你这上级,倒不服从命令!"【阅读能力点:高翔媳妇在给高庆山他们上纲上线。】

"啊!"高庆山赶紧问身后的芒种,"带着通行证吗?"

"没有!"芒种笑着说。

"下次再没有,就不让你进村!你们布置的,你们倒不遵守!找个熟人儿给你做证明吧!"高翔的媳妇说笑着,指一指秋分。

高庆山笑着推车走进街里,芒种回过头来说:"你们就是这一套!"

"我们是哪一套?你说!"高翔的媳妇问。

芒种笑着说:"你们站岗,不查别人,专查我们。看见穿军装的呀,挂背包的呀,你们就查问得紧了。要是老百姓打扮,你们连头也不抬,还怕耽误做活哩!"【阅读能力点:看来芒种对查岗这事心知肚明,这是存心揭短呢。】

"那是为什么?"高翔的媳妇又问。

"你们怕漏了岗,挨罚!"芒种说,"还有丢人的哩,人家不管拿出张什么纸儿,只要有块红记儿就哄了你们,你们还事儿也似的,翻来覆去地拿着看哩,其实和我一样,大字不识!"

"去你的吧,老婆儿们才那样哩!"秋分笑着说,又看高庆山,"用我家去给你们烧水吗?"

"不用。"高庆山回头说,"好好站岗吧,你们不识字,赶紧成立识字班!"【阅读能力点:高庆山的注意点只在如何提高村民素质上。】

五龙堂村儿不大,高庆山一进南口,连站在北口的人都看见了。正是吃早晨饭的时候,全村的男女老少,都跑到街上来。高庆山向那些年纪大的说:"大伯,大娘,结实呀?"

"结实。受苦的命儿,有个死呀?"老头老婆儿们笑着说,"你们看,庆山这孩子多礼性,他要不叫我,我可不敢认他!怎么这孩子老不大胖呀?太操心呀!"

那些年轻的小伙子们就只冲着高庆山笑,高庆山一个个地问他们:参加自卫队了吗?会打枪了吗?小媳妇们站在婆婆的背后面,提着脚跟瞧。高庆山抱起一个小孩子放在车上推着,走一截就换一个,年轻的母亲们都高兴地说:"快下来!叫你叔叔歇歇!"【写作借鉴点:细节描写,表现了高庆山的和蔼可亲,他在用实际行动做表率,让人们感受到红军的好。】

老年人们又叹息着说:"唉!真是共产党能教导人呀,你们看这些行事和言谈。怎么样啊,庆山,日本鬼子过来了吗?"

高庆山说:"不要紧。过来就打他,不能叫他站住!"

"可得打呀!"老婆儿们说,"你大伯大娘的老命都交靠给你了啊,孩子!"

"大家组织起来一块打!"高庆山说。他一路走着,宣传着,动员着,使得五龙堂全村的人,心里又亮堂,又快乐。

他出了北口,上了堤坡,看见了他家的小屋。小屋在冬天早晨的太阳光里,抹着橘子的黄色。高四海正要赶羊到河滩里去,看见儿子来了,就站在门口,打火抽着一锅烟。【阅读能力点:高四海想和儿子多亲近亲近。】

把车子靠在小屋前面,芒种跑过去,摸着羊说:"肥多了,你净喂它们什么呀,大伯?"

"喂什么,放它们吃草罢了。"老人说,"这一带,哪里有好草,我都摸得清,冬天又没事儿,一出去就是一天!"

"村里的农会组织起来没有?"高庆山问。

"正在写名儿。"老人说,"他们推我当什么主任,我说叫别人干吧!"

"大家既是推你,你就担任嘛!"高庆山笑着说。

"那不叫人家说我是凭着儿子的威风?"老人说,"我看你们也不一定能成事。"【阅读能力点:高四海不看好儿子的革命事业。】

"为什么?"高庆山问。

"你们的家伙不行!"老人说,"只就眼面前的东西来说,日本人有飞机大炮,你们就只有一些坏枪和土造。"

"只要打起来,我们就什么也会有了。"高庆山说,"红军的历史就是这样,起先什么也没有,越打人越多,武器也越好,地面也越大。打仗,就是革命发家的本钱。不要只看见日本人的飞机大炮,除去这个,他就什么也没有了。他们是在侵略中国。历史上,没有一个侵略者能在别人的国家土地上长久站住脚的。他们都是凶猛地攻进来,凄惨地败回去,侵略行为,是一种天大的罪恶。日本,现在正做着甜梦,等我们打得他醒过来,他会来不及后悔他眼前命运的悲惨!我们的部队,是在保卫自己的国家,打走进门的强盗,我们的战士们都是勇敢的,会夺取敌人的武器,武装自己。"

"不提武器,你们的人也不行。"【阅读能力点:看来高四海对儿子的事业是进行了多方面分析的,他对儿子搞革命的否定并不是信口开河。】老人说,"十年前那回,你记得,人马多么整齐!现在哩,不用说队伍里乱七八糟,就按地方上说吧,子午镇的妇救会主任是高疤的媳妇俗儿!春儿和她搭伙计,还当她们的下手,我已经告诉秋分,叫她说给春儿一声,不和这些烂货在一块工作,她干,我们就不干,日子长了,还洗不出好歹人来了哩!"

"不能那么宗派。"高庆山说,"革命会把一些人变好的,没有天生的坏人。"

芒种笑着说:"大伯不愿意干就叫他老人家歇歇吧,老老搭搭的了,管起事儿来,也不见得行!"【阅读能力点:芒种这是激将法。】

"你说什么,芒种?"老人一拧脖子红着脸说,"你说我老了?我看我一点儿也不老!你这小人家,敢和我这老人家比试比试?是文是武,动手劲还是动心劲?做庄稼活,我不让你一锄一镰,论打枪,你才几天,毛胎孩子,我闭着眼也比你瞄得准!"

"那为什么一提日本人,你就那么胆小,连个农会主任也不敢当哩?"芒种背着脸偷偷笑着说。

"我怕日本人?"老人说,"等他们过来叫你看看吧!我不敢当农会主任?这不是说,五龙堂的农会要不是我领导,那才怪哩!"

秋分回来了,怀里抱着纺车,上堤坡就问:"到家也不进屋,吵什么哩?"

"说笑着玩儿哩,"高庆山说,"怎么,下岗了?"

风云初记

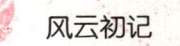

"到了钟点儿了！"秋分笑着说，推开了家门，"快屋里去吧。"

"我还要到子午镇去！"高庆山推起车子来，芒种在堤坡上翘起一条腿，先飞下去了。【阅读能力点：高庆山把革命事业放在第一位。】

秋分送了几步，小声问："晚上你家来睡觉吗？"

"不回来了。"高庆山说，"情况紧一点，工作很忙。"

【读品悟】

高四海不看好儿子的革命事业，主要有两个原因：一是武器不行，二是现在队伍里的人良莠不齐。虽不看好，却也没有强硬地阻止儿子，可见他是一个开明的父亲。

十九

名师导读

高庆山想找高疤谈谈，高疤却跑到田大瞎子家吃酒去了。既然谈话工作没法开展了，那么高庆山接下来又会去干什么呢？

芒种领着高庆山直奔俗儿家。芒种先进去，望着窗户喊："高团长在这里吗？"

俗儿在玻璃里一张，就出溜下炕跑了出来，盯了高庆山有抽半锅烟的工夫，笑着说："支队长呀！你可轻易不来。快到屋里，车子就靠在那里吧，没人敢动！"

高庆山站在那里说："高团长哩？"

"不在家。"俗儿说，"你们先屋里坐坐，有现成的热水，擦擦脸，喝碗茶。你看身上这土！"她说着跑回屋里拿出一把红绸结成的掸子来，拍打着芒种的身前身后，小声笑着问："这还是春儿给你做的那双鞋？好模样儿，好活计儿，你回头不去看看她？"说得芒种红了脸。【阅读能力点：从俗儿的接人待客方面可以看出她是个圆滑的人。】

推脱不过，高庆山只好跟她到屋里去。俗儿忙茶又忙水，还要烙饼炒鸡蛋。高庆山说："都不用，你把高团长请来吧，有些事情和他谈谈，我们就回去了。"

俗儿说："他要是上别人家去，我早就给他去叫了。子午镇这条街，还有我去不到的地方？可巧我刚和这家人吵了一架。"

"是谁家？"芒种问。

"对了，"俗儿说，"你去吧，他就在你们当家的田大瞎子那里！"

"他到那里去干什么？"芒种问。

"谁知道？"俗儿拍拍手说，"田大瞎子那个白眼狼，左一趟右一趟，请高疤到他家坐坐，我不让去。今天他家来一个什么客，又叫俺那糊涂爹来说，死乞

白赖地拉他去了。"【阅读能力点：田大瞎子无事献殷勤，没安好心。】

"什么客，从什么地方来的？"高庆山一直留神听着，仰着脸问。

"气得我也没顾着问。"俗儿说，"芒种，你快去叫他吧！"

芒种望望高庆山。高庆山想了一想说："不要去叫。我们先到别处转转，等一会儿再回来吧！"

俗儿说："晌午的时候，你们务必回来！"

从小胡同穿出去，就是村北野外，高庆山低头走着，他的脚步有些沉重，迎着北风走了老远一截路，才回过头来说："芒种，我考考你，你说田大瞎子叫高疤去，是为了什么？"

芒种说："反正没好事！"

高庆山说："这个村庄，有人暗里和我们斗法。田大瞎子是在拉拢高疤。今天这一顿饭，轻者是进行离间，重者是要煽动高疤叛乱！"【阅读能力点：高庆山一针见血地指出了田大瞎子的目的，那么他能想到什么好办法不让田大瞎子得逞吗？】

"那我们怎么办哩？"芒种问。

"我们要估计到这个情况。我不叫你出面去找高疤，那样做，会更坏事。对高疤我们还是要争取教育的。在子午镇这个环境里，他就会坏到底。你说对不对？"

"对。"芒种笑着说，"整天躺在俗儿那个小暖洞里，再受着点反革命的挑拨，谁还有心思革命呀？"

高庆山也笑了。他越发喜爱眼前这个孩子了，这孩子，经过党的教育和本身的战斗经历，会成为一个亲近可靠的助手。【阅读能力点：高庆山看出芒种是一个可以塑造的革命种子。】

他说："我们到地里去吧，和那些做活的老乡们谈谈！"

"那我们就找老常去，那边使着两个大骡子耕地的就是他！"芒种说。

正北不远，有一个中年以上，穿蓝粗布短袄，腰里系着褡包的农民，一手扶着犁把，向外倾斜着身子，断续地吆喝着牲口。两匹大骡子并排走着，明亮的铧板上翻起的潮湿的泥土，齐整得像春天小河的浪头，像雕匠刻出的纹路。芒种说："老常真是一把好手，耕出地来，比墨线打着还直！"

"可惜是给地主做活！"高庆山说。

"老常哥！"芒种喊了一声，"我们在地头上等你！"

把手里的缰绳轻轻一顿，老常站住了。【阅读能力点：突然间见到庆山和芒种，老常有些惊讶。】随后就轰着牲口耕到地头，回过来，按好犁杖，拉着芒种坐在地边上的小柳树下面。

"这是我们支队长！"芒种给他指引着。

"那些年见过，"老常笑着说，"方圆左近的人，谁不知道他？"

高庆山过去扶着犁杖说："老常哥，我给你耕一遭吧？"

老常说："我知道你也是庄稼人出身，可是这牲口不老实，有点认生人！"

"不要紧！"高庆山笑着拾起缰绳，扶正犁把，吆喝了一声。这是农民的声音，牲口顺从地走下去了，高庆山回头笑了笑。【阅读能力点：高庆山虽然一直在搞革命，但他原本就是个种地的行家里手。庆山的这一耕地行为，拉近了和老常的关系。】老常说："真有两下子，没怨能带兵打仗哩！"

耕了一遭地回来，高庆山也和他们坐在一块，说："子午镇有多少长工呀？"

"大二三班，一共有十六七个哩！"老常抽着烟说。

"你们该组织一个工会。"

"该是该，"老常说，"就是没人领头哩！"

"你领头呀！"

"我？"老常笑了笑，"哪里有工夫呀？吃人家的饭，连睡觉的工夫都是人家的！再说，当家的也不让你去掺合那个呀！"

"这不是当家的事，他管不着。"高庆山说，"把工会组织起来，我们工人就团结得紧了，学习点文化，脑筋也就开通了，我们是打击日本帝国主义的坚决力量，我们要参加村里的工作，有能力还可以当村长哩！"

"当村长？"老常笑了，"咱可干不了。自古以来，哪有长工当村长的？把吃喝改善改善，多挣点工钱，少干些下三滥活儿，就心满意足了！"【阅读能力点：老常不敢奢望那些自己认为不切实际的事情。】

"在工作和战争里锻炼，"高庆山说，"把日本打出去，局面大了，省长县长，也会叫我们当的！"

"好，我回去串通串通。"老常说着站起来，"我不陪你们坐着了，叫当家的看见了，不好。"

回到俗儿家里，高疤已经回来，喝醉了，倒在炕上，没法正经地谈问题。高庆山对他说，希望他赶紧回去，什么事情也可以商量，就和芒种推车子出来。俗儿拦不住，送到大门以外，抓住高庆山的车子把说："支队长，我问问你：为什么一定叫高疤去学习呀？"【阅读能力点：俗儿这样问是希望从根本上解决问题。】

高庆山说："有机会学习，是顶好的事。在我们部队里，上上下下都要学习。他不抓紧学习，过些日子，下级学习好了浮上来，他就得沉下去。学习，是为工作，也是为他好呀！"

"他想不通。"俗儿说，"等他回去了，你这上级该多教导教导他！"

芒种插进来说："还是你晚上多教导教导他吧。对于高团长来说，你的话，恐怕比上级还有劲儿哩！"

"你这小嘎子！"俗儿笑着撒开手。

走到河口上，春儿又在后面追来了："姐夫，姐夫，停一停！"

高庆山停下车子，回过头来问："你这慌慌张张干什么呀？"

春儿说："我有要紧的事情和你商量，我们妇救会派了田大瞎子七双鞋，他不应，叫狗追我们。这还不算，他女人今儿个又放出大话来，说高疤和他家相好，文班里有人，武班里也有人，就是不怕我们这帮穷闺女！你说，到时候，他不交鞋怎么办？"

"到时候不交，你就到县政府告他！"高庆山坚决地说，"我看出来了：不把这封建脑袋往矮里按按，这村子的抗日工作，不能抬头！"【阅读能力点：高庆山打定主意要压制一下顽固地主的气焰了。】

"你算说对了，"春儿说，"人们还是看风色，望着田大瞎子这个纛旗儿倒不倒哩！姐夫，我们去告他，你可得给我们做主呀！"

"不是我给你做主，"高庆山说，"是革命的时代给你做主！"

【读品悟】

高庆山敢想别人不敢想，做别人不敢做的事情，他没有放弃任何一个可以团结的力量，尽自己所能为革命争取更多的人，他是一个合格的共产党员。

二十

名师导读

春儿要和俗儿一起去田大瞎子家要鞋,俗儿退缩了,春儿只好独自去。她能顺利地要到鞋吗?

这些日子,冀中平原的形势,紧张起来。日本人顺利地爬过黄河以后,感觉到有一种力量,在他的脚踝上,狠狠插上了一刀,并且割向他的心腹。起先,他没把吕正操这个名字放在眼里。这个年轻的团长,在整个国民党军队溃退南逃的时候,在大清河岸,抗命反击了日本帝国主义。这场挺身反抗的战争,扫除了在军民之间广泛流行的恐日情绪。部队损失了一半,青年将领并没有失望,他和地方上共产党组织的武装结合起来,在平原上坚定地站住,建立了一个光荣的根据地。【阅读能力点:吕正操身体力行,让人们看到了抗日的希望。】当日本人明了吕正操竟是一个共产党的时候,才深深恐慌起来,他布置向冀中平原进攻,沿平汉线增加了部署,在北线,进占了河间,威胁着高阳。

冀中人民热情支援抗日的部队,农民们做的鞋都交上来了。春儿一双一双地检验,有的布料和针工好一些,有的使块旧布用锅底的黑烟子染了一下,在鞋底儿里衬些草纸。可是,这些青年妇女们都很高兴,这是她们第一次给卫国保家的战士们做的针工。她们第一次给家庭以外的人做活,这些人穿上她们的针线,在战场上抗击进犯乡土的敌人。她们在夜晚丈夫和孩子睡下以后,掌起灯来做到鸡叫。她们在货郎担上选择顶好的鞋面,并且告诉掌柜,这不是给自己的丈夫做,也不是给自己的孩子做,是给抗日的军队做的。她们手里扬着鞋面回家,就像举起小小的一面坚决抗日的旗帜。【写作借鉴点:比喻的手法表现了妇女们高涨的抗日热情。】所有的人望着她们,她们自己觉到了荣耀,在众人心中引起了钦

78

佩。

　　做好鞋，她们手托着送到春儿家里，活路差些的就叫自己的婆婆代替送了来。春儿称赞了这些年轻的伙伴们，也拿出自己做的一双，请她们批评提意见。自然那是全村拔尖的顶漂亮顶坚实的一双。妇女们都说："送到军队上，谁挑了春儿这一双，谁算有福了。该把你的名字写上呀！"

　　"我的名字在鞋底儿上！"春儿说，"穿在脚上，一步一个印儿。"她翻过鞋底来，在那中间空心的地方，突出地绣着她的名字。这个女孩儿的名字，将随着战争的脚步，在祖国这一片光荣的土地上，留下鲜明的痕迹和使人兴奋的影响。

　　就还差田大瞎子家的七双。春儿找了俗儿去，要一同去催。俗儿这两天不积极了，她有时顾前不顾后，很能陷阵冲锋，可是她的思想感情变动得太厉害。高疤倒是回城里去了，那天吃了田大瞎子一顿饭，回来他对俗儿说："你不要当他们的枪使，日本人占了河间，高阳不知道能不能站得住。我们和春儿不一样，她们是和高庆山睡一条炕的人儿，自然一心保国，我们得留一只后手，不要再得罪田大瞎子！"【阅读能力点：高疤的话是俗儿抗日决心动摇的根本原因。】

　　今天早晨，又听见日本人进攻的炮响，俗儿有点害怕。这些日子，她和春儿也闹不团结。当春儿叫她一块到田大瞎子家里催鞋，她说："我这主任还想推出去哩！上回我出了阵，这回该你试试了。享好名儿不是一个人的事，得罪人也不能只我一个人！"

　　春儿气不过，抱着一捆鞋从俗儿家出来了。可是她没有绝望，正和整个民族进行的光荣努力一样，她忍受着痛苦，坚持庄严的工作。她挺直身子，一个人进入了田大瞎子的庄宅。【阅读能力点：虽然俗儿的话让春儿很难堪，但她没有气馁，继续坚持着自己的工作。】

　　外院里，只有老温正在起大猪圈里的粪，满院子的臭气。看见春儿今天大不像往常，老温停下铁锹，探出头来说："春儿，干什么呀？"

　　"来收他家的鞋！"春儿说。

　　"你们那主任俗儿呢？"老温笑着说，"怎么今天不出马？"

　　"人家妥协了。"春儿说，"以后，没眼的瞎子也不能举她！没干三天半，听见树叶儿响，就低脑袋转弯！她不来，我自己来。"

"我劝你回去，"老温小声说，"他家连个鞋毛儿也没做，你跟他要，保险得捣起乱来！"

春儿说："不做不行。人家战士们撇家撂活，上前线打仗去，我们这么点责任都不负？叫那些人光着脚打仗呀？"【阅读能力点：春儿想到的是战士们的浴血奋战，自己一定要做他们坚实的后盾。】

"我还是劝你回去。"老温扒着猪圈沿儿说，"我们当家的，男的是一只虎，女的是一只母老虎，他们会欺侮你！"

"我不怕，看看他们能把我吃了？"春儿一步登上二门的台阶。

正赶上田大瞎子送出他的客人来。这客人像一个退休的官员，又像一个跑合（旧时指说合生意）的商人。他从敌人占据的保定来，那天请高疤吃饭，陪的就是他。望见春儿，田大瞎子把眼一翻说："又来干什么？"

"来拿鞋！"春儿站住说。

"什么鞋？"客人问。

春儿说："给抗日战士做的鞋！"

"你看，"那个客人对着田大瞎子一笑，"这么大的闺女，不坐在炕头上纺线，要不就到野地里拾柴火去，她也跟着抗日抗日！日本那么好抗？你能抗住飞机大炮？日本就快过来了！"【阅读能力点：这个人代表了很大一部分见风使舵的人，他们只看谁的拳头硬，却不分黑白。】

"日本过来，有人打它！"春儿说，"你这是干什么，你不愿意叫我们抗日吗？"

"我是为你好。"客人嘻嘻地笑着说，"一个庄稼人，谁过来了不是做活吃饭，谁来了不是出差纳粮？不要听那些学生们胡说八道，整天价花着爷娘不心疼的钱，不好生念书。抗日，抗日，我说吧，日本人进攻中国，都是他们招惹来的是非！"

"听你的口气，像是个汉奸！"春儿狠狠地说。

"野闺女！"田大瞎子推了春儿个后仰说，"你敢骂我的客！"

春儿爬起来，哭着喊："你们怕人骂汉奸，就别放那些汉奸屁呀！"

田大瞎子追过来，还要动手。老温用起粪叉一拄，跳出了粪坑。他穿得很单薄，带着两鞋泥粪，跑过来一把拦住说："当家的，你别打人啊！人家是个女孩

子，才有多么大？这说得下理去吗？"【阅读能力点：眼看春儿要吃亏，老温立即来替她解围。】

田大瞎子大声叫："你一个臭做活的，敢来管当家的事！快给我跳下猪圈起粪去！"

"好！出力气做活，吃不饱，穿不暖，我们倒臭了？"老温说，"从今天起，看看在大众面前，臭不可闻的，到底是谁吧？"

"真是五鬼闹宅，"田大瞎子说，"你也反了，你不要只看见城里那么一班人，你听见炮响了没有？"

"没听见。"老温说，"我们不盼望外国人，我们不想当汉奸！"【阅读能力点：老温正义凛然，是抗日的中坚力量。】

"你给我滚！"田大瞎子飞起一条腿，正踢在老温的小肚子上。老温抱着肚子，趴在地上，哼哼着喊叫："春儿，去到县里告他！"

春儿答应着走了。

田大瞎子说："看见你们那群毛毛官儿了，走，我和你们去当堂对质！老常，套车！"

老常正在村北近处耕地，听见家里吵嚷，丢下犁杖跑了来，一看见老温在地下打滚，就过去扶了起来。田大瞎子叫套车，他说："我们不干了！你自己套吧！"

"好！"田大瞎子说，"天下缺少的是金银，做活的有的是，你们马上离开我这院子！"

老常扶着老温到别人家去。田大瞎子从槽上牵出牲口来，怎样也套不到车上，客人帮着他，好容易把骡子塞进了车辕，忘了结肚带。田大瞎子一抓鞭把，牲口蹿了套，惊了车，差一点没把他轧住。车在梢门限上撞翻，墙角塌了一大块，骡子向野地里跑去了。【写作借鉴点：通过田大瞎子套车的一段动作描写，凸显了他的狼狈不堪。】

"我走着去！"田大瞎子把鞭子往地下一扔，说。

田大瞎子这回敢去告状，是因为听见了日本进攻抗日人民的炮响，是因为高疤曾经在他家吃了一顿饭，也有点仗持他的儿媳妇新近又升了县政指导员。他要在来客面前显显他的威风，做他恢复政权、重新统治人民的本钱。【阅读能力

81

点：田大瞎子自认为有着三重保障，底气十足，气焰嚣张。】

　　田大瞎子一脚踢成了子午镇好久组织不起来的工人抗日救国会。全村17个长工听见消息，都跑到老温的床前，立时写上了名字，按上手印，选举老常当他们的主任。叫他去追赶春儿，一同进城。

　　他们三个人走在通向城里的路上，春儿在最前边。在田野工作和在道路上行走的农民，都停下来望着他们，在村庄的入口，男女拥挤着，在房檐草垛上，有雄鸡接连地热情地长鸣。这是平原伟大战争的开始，坚决打击进犯的敌人，民族愤怒沉重地向前滚动了，它的每一个儿女，都激动地跑来，伸手在牵引上，加上自己的一把力量。

【读品悟】

　　老温从田大瞎子的咒骂中明白了自己在地主的眼里只是一个做事的工具，没有任何尊严，于是他索性撂挑子不干了，和老常一起把与自己处境一样的长工组织起来，成为人民抗日队伍中的一份中坚力量。

二十一

名师导读

春儿要去县里告状。因为担心这个年轻的姑娘不是田大瞎子的对手，于是，刚上任的子午镇的工会主任老常决定和她一起奔赴"战场"……

在路上，老常步眼大，不久就越过了田大瞎子，看看追上了春儿。

老常叫住了她，说："没怨说这会的姑娘们好，走起路来像风轱辘，叫我好赶。"【阅读能力点：旧社会姑娘们要裹脚，肯定走不快，老常的话语暗示了新社会给了妇女平等的权利。】

"你来干什么？"春儿把眼睛收回来说，"走在前头，给你们当家的鸣锣开道吗？"

"想的他！"老常笑着说，"我和他散了，咱们是一条线儿上的人。我是子午镇的工会主任，帮你去打官司。"

"什么时候选的你？"春儿笑了。

"这才叫走马上任（任，职务。旧指官吏到任。现比喻接任某项工作）。"老常说，"刚刚开过会，我连行头也没换，就追上你来了。他们说你小女嫩妇，嘴头心劲上，全不是那老狼的对手。"

"有你去，自然更好，就是我一个人也不会把官司打输！"春儿说。

"我站在一边给你仗胆儿，"老常说着叹口气，"不用说你，就连你爹，一辈子敢和谁犟过一句嘴？就不用提打官司了。从小时，俺爹就教导我：饿死别做贼，屈死不告状。衙门口是好进的吗？可是啊，春儿你带着个钱没有？"

"带钱干什么使？"春儿说，"又不置办东西。"

"打官司的花销呀！"老常说，"没钱你连门也进不去！"

"不用花钱。"春儿说，"一去就找俺姐夫！"

"对了。"老常笑着说，"光想着钱，连他也忘了。我们还怕什么？这成了一面词儿的官司，准赢不输！"【阅读能力点：可见旧社会的封建思想在老常的心里根深蒂固。】说着从褡包上解下烟袋来就打火抽烟。

"什么一面词儿呀？我们是满有理的事！"春儿批评他。

"对！对！"老常随口答应着，只顾低着头打火。

走了十几里路，过了好几个村庄，他的火还没有打着。到了西城门口，他才把火石收起来，把装好的一袋烟又倒回破荷包里，这就算过了烟瘾。

春儿先到了动员会，动员会的人说，高支队长正在给军队讲话，春儿想芒种一定也不闲在（清闲自在），就说："我们来打官司！"

动员会的人问了问她是哪村的人，就说："打官司你到县政府。党政军民，各有系统。县政指导员是你们老乡，又是个妇女同志，她叫李佩钟。"

春儿出来和老常一说，老常一咧嘴："那怎么行？她是田大瞎子的儿媳，还有不向着公公、反向着我们的道理，我看这一趟白来了！"

"既是来了，就得试试，空手回去，不显着我们草鸡？"春儿说，"什么儿媳妇公公，是人就得说真理，她既是干部，吃着人民的小米，难道还能往歪里断？"【阅读能力点：通过两人的对话，凸显了春儿的思想更先进。】

她一路打听着往县政府来，穿过一条小胡同，到了跑马场，再往北一拐，就看见县政府的大堂了。

县政府门前也是一片破砖乱瓦，自从国民党官员仓皇南逃，还没有人收拾过。人民自卫军成立以后，忙的是动员会和团体的事，政权是新近才建立。

上级委任了李佩钟当县政指导员，她觉得动员会的事，刚刚有了些头绪，自己也熟练了，又叫她做这个开天辟地（中国古代神话传说，指盘古氏开辟天地，开始有人类历史。后常比喻空前的，自古以来没有过的）的差事，很闹了几天情绪。上级说："革命的基本问题就是政权。"又说："为了妇女参政，我们斗争多少年，今天怎么能说不干？再说，县政指导员就等于县长，妇女当县长，不用说在历史上没有，就在根据地，李同志也是头一份呀！"她才笑着答应，说干一干试试，不行再要求调动。昨天才搬到这个大空院里来。

她喜欢干净，把自己住的房子，上上下下扫了又扫。县政府有一个老差人，看见她亲自动手，赶紧跑了来，说："快放下笤帚，让我来扫。你这样做叫老百姓看见，有失官体！"

李佩钟笑了笑，她在院里转了转，看见门台上有一盆冬天结红果的花，日久没人照顾，干冻得半死。她捧了进来，放在向阳的窗台上，叫老差人弄些水来浇了浇。【阅读能力点：李佩钟不是一个呆板的、照本宣科的人，她有自己的生活情趣。这样写，使人物形象更加有血有肉。】

老差人说："看你这样雅净，就是大家主出身。"

李佩钟皱了皱眉，吩咐老差人去找一张大红纸，再拿笔墨来。

老差人拿来笔墨纸张，便替女县长研墨铺纸，李佩钟在房子里来回地走。她那嫩白的脸上，泛起一层红的颜色。站立在窗前，阳光照着她的早已成熟的胸脯。曾经有婚姻的痛苦，沾染了这青春的标志。现在，丰满的胸怀要关心人间的一切，她要用革命的工作，充实自己的幻想和热情。

她弯着身子，在一张红纸上，写了"人民政府"四个楷体大字。

老差人笑着说："这四个字儿和我有缘，我全认识。政府就是县政府的意思，和人民连起来，那意思是说老百姓的父母官吗？"

"唉！你把意思想反了。"李佩钟说，"人民政府就是替老百姓办事的政府。"

"什么政府不是替老百姓办事？"老差人说，"不替老百姓办事，发谁的财呀？"【阅读能力点：老差人已将政府欺压老百姓当成了理所当然的事情。】

"区别就在这上面。"李佩钟把红纸拉到阳光下面晒着，"过去的政府是封建阶级当权做主，是压在人民头上的一块石头；现在的政府是反对封建阶级的压迫，人民自己起来，当权做主。"

"我还是有点不明白！"老差人说。

"等我审判案件的时候，你就明白了！"李佩钟说，"你打糨糊来，我们去把它贴上。"

老差人又到动员会领了面，打好了一大盆糨糊，和县长抬着这张大红纸，走到大堂上来。这四个大字，在老差人手里，分量很重，他不知道究竟从这一任县

85

长手里，要有什么新出的规程。

　　李佩钟跳到大堂的桌案上去，这种灵便，使老差人吃了一惊。她在那块旧的匾额上面，重重地抹上了一层糨糊，把一大群麻雀从匾额后面的窠巢里轰出来，老差人叫她别迷了眼。她仔细把红纸贴在上面，老差人一手扶着桌案，一手比画着，好叫她摆得更端正。贴好了，李佩钟站在桌案上，端详着她写的这四个大字，心里一时激动，眼眶充满了热泪。【阅读能力点：李佩钟对中国老百姓即将推翻压在身上的几千年的封建统治充满希望，她为人民终将迎来当家做主的未来而感动。】

【读品悟】

　　在作者笔下，李佩钟是一个心思细腻又不失生活情调的知识分子形象，显得立体而饱满。读之，令人眼前一亮，惊喜感叹。

二十二

名师导读

春儿和田大瞎子对簿公堂,而审案的又是田大瞎子的儿媳妇——李佩钟。那么李佩钟到底是徇了私情,还是秉公办理呢?

老差人看见女县长流出眼泪来,惊慌地说:"上任的大好日子,这是为了什么?有过什么冤屈吗?这个地方,别看它方圆不到三丈,屈枉的好人可不少。我在这里干了快一辈子,什么事情都从我眼里经过。今后不会有那种事了,你刚才的话我也明白了。"

"正是这个道理。"李佩钟说着从桌上跳下来。

"县长,有人来打官司!"老差人低声叫,"你快进去,等着击鼓升堂。"

李佩钟往外一看,一个女孩子走进来,后面跟着一个中年的农民,都很眼熟。原来是春儿和婆家的长工老常。

她跑上去,拉住春儿的手说:"进城干什么,为妇救会的事儿吗?"

"我们来打官司,"春儿说,"告的就是你公公!"

李佩钟的脸上发烧,老差人给她搬来一张破椅子,放在审判桌案的后面,她摇了摇头,问:"为了什么?"【阅读能力点:本来李佩钟就不满意自己的婚事,现在第一次审案碰到的被告却是自己的公公。她有些不好意思,但这并不影响她秉公办案。】

"派了他军鞋他不做,我去催,他推了我一个跟头,还踢伤了工人老温,你说该怎么办?"春儿说。

老常说:"我就是证人。"

"他是咱村新选的工会主任,他也看见了。"春儿说,"你公公也来了,就在后面。"

"喂，这位小姑娘，"老差人招呼着春儿，"你是来打官司，又不是在炕头上学舌儿，什么你公公你公公的，被告没有名姓吗？"

"我们不知道他的学名儿叫什么，那不是他来了！"春儿向后一指。

田大瞎子到了。他从小没有走过远道，18里的路程，出了浑身大汗。

他穿得又厚，皮袍子和大棉靴上，满是尘土。他喘着气，四下里找熟人，可是一个熟人也看不见，上前一步，才看见他的儿媳和对头冤家们。他面对着正堂站住，大声说："现在打官司，还用递状纸不用？"

看见公公，李佩钟心里慌乱了一阵，她后退一步，坐到椅子上，掏出了笔记本，说："不用状纸，两方面当场谈谈吧！"【阅读能力点：李佩钟用动作来掩饰自己内心的慌乱。】

"两方面？哪两方面？"田大瞎子问。

"原告被告两方面！"李佩钟说。

"谁是被告？"田大瞎子又问。

"你是被告，你为什么推倒抗日干部，并且伤害工人？"李佩钟红着脸问。

"好，你竟审问起你的公爹来了！"田大瞎子冷笑一声。

"这是政府，我在执行工作。"李佩钟说，"不要拉扯私人的事情。"【阅读能力点：李佩钟这是要公事公办了。】

"政府？"田大瞎子说，"这个地方，我来过不知道有多少次，却从没见过像你们这破庙一样的政府。"

"我们以前都没见过。"李佩钟像在小组会上批驳别人的意见一样，"你看见上面这四个字儿吗，这是人民政权的时代！"

田大瞎子死顽固，从来不看新出的报纸，对这些新词儿一窍不通（窍，洞，指心窍。没有一窍是贯通的，比喻一点儿也不懂），不知道怎样回答。这时不知谁传出去的消息，大堂上围满了人，来看新鲜儿。高庆山讲完了话，也赶来站在人群里看，芒种挤到前面，两只眼睛盯着春儿，使得春儿低头不好，抬头也不好，红着脸直直地站着。可是她觉得胆壮了，她问："李同志，我们这官司要落个什么结果呢？"

风云初记

田大瞎子的脸一红一白,他觉得在大众面前,丢了祖宗八代的体面。

他要逞强,他说:"不能结案,我还没有说话哩!"

李佩钟说:"准许你说。是村里派了你做军鞋,你到时不交吗?"

"我没交。"田大瞎子说,"为什么派我那么多?"

"这是合理负担,上级的指示。"春儿迎上去。

"合理?"田大瞎子说,"你们都觉着合理,就是我觉着不合理。"

这是一句老实话,李佩钟听了差点没笑出来。她瞟了高庆山一眼,看见他在那里严肃地站着,静静地听着,她又镇下脸来问:"是你踢伤了长工老温吗?"【写作借鉴点:先是一笑,后来一镇脸,将李佩钟的心理活动描写得活灵活现。】

"那是因为他多事,一个做活的哪能干涉当家的?"田大瞎子说。

"你动手打人,他就有权干涉,做活的并不比当家的低下。"李佩钟说,"你推倒了春儿吗?"

"那是因为她骂了我的客人!"

"什么客人?哪里来的?有通行证没有?"李佩钟紧跟着问。

田大瞎子沉了一下,说:"你这叫审官司吗?你这是宣传。你专门给他们评理,他们是你的亲人,我连外人都不如!"【阅读能力点:田大瞎子打算趁机打感情牌。】

看热闹的人们,全望着李佩钟,李佩钟站起来说:"既然都是事实,你也承认,我就判决了:不遵守抗日法令,破坏合理负担,罚你加倍做鞋。推倒干部,踢伤工人,是严重的犯罪行为,你回村要在群众面前,向春儿和向受伤的工人赔不是。你要负担工人一切医药费用。工人伤好了,只许他不干,不许你不雇,还要保证今后不再有这样的行为发生!"李佩钟宣判完毕,转身问春儿:"这样判决你们有什么意见?"

"意见倒没什么意见了,"春儿说,"只是受伤工人的吃食上头,坏的他吃不下,好的我们又没有。被告回到村里,要逢集称上几斤点心,买些鸡子儿挂面什么的送过去,这才算合理。我就这么点,看看俺村的工会主任还有什么意见?"她回头看看老常。【阅读能力点:从春儿的话可以看出,她是一个细心、务实的人。】

老常赶紧摇了摇头。田大瞎子说:"像你说的,我还得买点干鲜果品,冰糖白糖哩!聘闺女娶媳妇,我也没有这么势派过!"

"势派势派吧,从前你拿着工人不当人看待,好东西都自己吃了,你既然愿意多送点东西,我们赞成!"老常的庄稼火上来,也气愤愤地说了一套。

"就像春儿说的那样办。"李佩钟说着退了堂。

人们哄哄嚷嚷地走出来,议论着这件事儿。一个年轻人和一个老年人抬起杠来。老年人说:"我看这女县长有点过分,栽了你公公,你脸上也不好看呀!"

年轻人说:"你看的是歪理,当堂不让父,王子犯法还一律同罪呢,做官最要紧的是不徇私情儿。"【阅读能力点:两个人的对话,反映了情和理的斗争。】

【读品悟】

封建社会,官官相护,没有人为穷苦人做主。这次,老百姓初见人民政府为民做主,他们一时不太适应,但在新时代,他们会慢慢转变自己的观念的。

二十三

名师导读

李佩钟和高庆山在一起讨论如何调动群众积极性，组织人民积极抗日的问题。他们有什么好办法吗？

李佩钟送走春儿，回到自己屋里，兴奋得坐不下，走动着唱起歌儿来。不多一会儿，高庆山来了，她赶紧止住，笑着问："高同志，我处理的问题怎么样，立场稳吗？请你不客气地提些意见。"

高庆山笑着说："处理得不错，群众看来也很满意，春儿她们也会满意的，在今天，这样判决也就可以了。谈到立场，我们还有机会经历一些锻炼哩。你想：田大瞎子踢伤了工人，我们只是判他道歉和负担一些费用。假如在旧政权的统治下面，一个工人踢伤了田大瞎子，他们该怎样判这个工人的罪呢，恐怕要重得多吧？"【阅读能力点：高庆山想得要比李佩钟更深一层。】

他望着李佩钟，李佩钟一愣，着急地说："叫你说，我还袒护了他哩！"

"你没有袒护。我知道你倒是存心要左一些的。"高庆山说，"改变人们传统的观念，是长期的事情。你的判决有积极的影响，它已经使劳动人民抬头，这个判决会很快在各村流传，使我们的动员工作更加顺利。不要谈这个了，我要和你讨论一件工作。今天夜里，我要带队伍到前方去。这次打仗，是看机会消灭一股敌人，增加人民抗日的信心，兴奋抗日的情绪，另外就是掩护我们的首脑机关顺利转移，司令部可能到咱们县里来。留给你的工作是积极动员老百姓破路，更重要的一件，是准备把这县城拆除！"【阅读能力点：破路和拆除县城都是对百姓不利的事情，可以预见这份工作相当艰巨。】

"破路可以，为什么要拆城？"李佩钟问。

"我们不能固守着城池作战，我们要高度地分散和机动。敌人可能占领县城，我们把城拆除，使它没有屏障，我们好进行袭击。"

"还没打仗，我们就准备放弃县城？这几个月的工作不是白做了？"

"工作怎么会白做呢？"高庆山说，"我们初步完成了战争的动员，人民有了抗日的要求和组织。我们放弃的是城池，并不放弃人民。打起仗来，我们和人民结合得就更密切了，更血肉相连，更能进一步组织和动员。我们要有胆量和信心，不能张皇失措，要组织群众的力量，巩固他们的战斗热情，使人民的生活渐渐适应游击战争的环境。"

"破路还容易，这样高的城墙怎么个拆法，砖拉到哪里？土放在哪里？我的老天，三年的工夫也拆不完呀，哪里找那么些人呢？"

"修这城的时候，恐怕更费力，可是人民到底把它修成了，为什么现在就没有力量把它拆掉？好好动员群众，还要进行说服解释，不然全县的群众会反对，他们认为这是破除风水。说通了以后，砖呀，土呀，群众都有办法解决。动工的时候，村中出差要公平，各村负担的尺丈要合理，县里要解决民工吃饭喝水住房的困难。"【阅读能力点：高庆山指明拆除县城不是难点，难点是如何说服群众、动员群众，人心所向才是重中之重。】

"你留给我的工作太多，我一想到那几千年的老厚老高的城墙就头晕。"李佩钟笑着说。

高庆山说："又不动脑筋想办法，又不找群众商量着解决，那心里就只有叫困难堵塞了。这是战略任务，一定要完成！你计划计划吧，我要回去吃饭了！"

"你不要走，"李佩钟跳前一步用手拦住他，"晚上你就出发了，今天下午我请请你。"

"请我吃什么呀？"高庆山说。

"请你吃十字街路北的羊肉饺子，好不好？"李佩钟说，"我知道你不愿进馆子吃饭，咱们叫他煮好了送来，就在我这屋里吃。我叫老头儿买去，你可不许走！"

李佩钟跑了出去，高庆山在屋子里溜达着。

不一会儿，饺子送来了，两人对面而坐，李佩钟照顾着高庆山吃饭，她拨拨拣拣，推推让让，叫高庆山吃饱。

她自己吃得很慢很少，那样小的饺子，要咬好几口，嘴张得比饺子尖儿还小一些。高庆山是一口一个，顿时吃了一头大汗。李佩钟把自己的干净手巾送过去，带着一股香味，高庆山不好意思大擦，抹抹嘴就放下了。

吃完饭，李佩钟低着头，收拾了碗筷。

高庆山站起来说："时间不早了，我该走了，这顿饺子真香！谢谢你请客！"

李佩钟送他到大堂上，又叫住了他，说："你抬头看看我写的这四个字儿怎么样？"

高庆山回转身看了看，说："字写得不错，不见这块匾，我还不知道你是个写家哩。不过，现在上级没这样提，我们还是叫抗日县政府吧！"

【读品悟】

对于李佩钟如何展开工作的问题，高庆山给出了合适的建议。如何让自己迅速成长起来，李佩钟还有一段路要走。

二十四

名师导读

印刷机器上有一块呢子，老朽得不能用了，没有它机器就不能转动。可是在这个小小的县城，有钱都没地方买去，那么老崔要到哪里弄呢子呢？

黄昏时候，李佩钟站在十字路口，送走那些出征的战士，他们是第一次去作战，一个紧跟一个，急急地走着，举手向女县长告别。高庆山在最后拉着一匹马，沉静地走着。李佩钟望着他走尽了东大街，走出了东城门，才转身回到了县政府。

夜晚，她一个人在这大院落里，在南窗台点起一支红蜡烛。她好像听见了寒风里夜晚行军的脚步，霜雪在他们的面前飞搅，骑在马上的将军，也不会想到爱情。她振作自己，在一张纸上，描画拆城破路的计划。

她一个人在夜晚工作。在这样的夜晚，有的母亲正在拍哄着怀里的孩子，有的妻子正把头靠近她的丈夫。【阅读能力点：李佩钟没有心仪的丈夫，也没有可爱的孩子，只能用工作充实自己，作为女人，她是孤独的。】很长时间，李佩钟心里不能安定，拿起笔来又放下。她听着院里的一棵老槐树发出的冬天的风的响声，她把想念引到那走在征途上的人们，她必定拿他们做自己的榜样。眼望着蜡烛的火苗，女人的青春的一种苦恼，时时刻刻在心里腾起，她努力把它克服，像春雨打掉浮在天空的尘埃。

她在一张从学校带出来的图画纸上，设计着农民破路的图样。她用修得尖尖的铅笔，细心地描画，好像一个女学生在宿舍里，抱着竹绷子做绣工。

现在是严冬腊月，冰雪封冻着平原，从她们这一代青年起，今后经历的冬天，都将是残酷战斗的季节。她想，不过几天，农民们就要怀着火热的心肠，

风云初记

背着大镐铁铲，破路拆城，用一切力量，阻止进犯的敌人。这是历史的工程，她竟是一个设计人。在工作里，她忘记自己的痛苦，充满了高尚的希望。【阅读能力点：李佩钟因为自己的工作而自豪。】

隔着五尺砖墙，县政府的东邻，是一个小印刷厂。半夜里，那架人摇的机器，正在哗哗地响着，工人们印刷着动员会编的抗日小报纸。李佩钟想：等她把图样设计好，再加上一个说明，可以在小报上登载。

机器的响声停止了，接着是工人们的嘈杂。原来是机器上的一块呢子老朽得不能用了，而小县城里又没有地方卖，印厂的负责人老崔跑来问她有没有呢子。李佩钟给了他一件大红的毛呢外氅。老崔觉得很可惜，让她再找块别的，最好是布头布尾。

"别的没有，就只这件。"李佩钟笑着说，"你就是这么婆婆妈妈的，既是用着它，就算没糟蹋，有什么可惜的？再说，放着我也不穿，还不是叫虫儿咬了？快拿去吧，别假张支了！"【阅读能力点：只要有用，就可以体现它的价值。这是李佩钟的观点，表现了她的直爽、大方。】

老崔翻过来翻过去用手摸着，赞叹地说："真是抗日高于一切，这身衣裳，拿到北京，也能换五袋洋面！"

李佩钟说："这个时候，你还是面儿面儿的，别叫面儿糊涂了你的心。这是我结婚那年做的，结过婚不顺当，也就没穿过，抗战了，大家全是粗布棉衣，谁还穿这个！我是拿来夜晚压风的。"

"那我回头给你送一条棉被来。"秃头老崔说，"用不了这么多，有一个袖子也就够了，太可惜！"

"你扯去一个袖子，我留着它还做什么用？全拿去吧，你放着使个长远！"李佩钟说着，就又去画她的图样。

"你这样热心，我也就不能再说什么了。"秃头老崔怀抱着大衣恭敬地说，"我要代表我们工厂，代表抗日小报广大的读者群众，向你致谢。因为李同志的模范行为，我们的机器就又转动起来了。"【阅读能力点：戏谑的话语，表现了老崔对李佩钟深深的感激之情。】

秃头老崔走了以后，李佩钟的图样画成了，她计划在全县的纵横的车行大道的两旁，每隔五尺，刨一个壕坑，长度，五尺，宽深，三尺。她想，这样就可以使敌人的汽车寸步难行。

【读品悟】

  对于老崔的请求，李佩钟毫不犹豫地捐献了自己的呢子大衣，原因有二：一是她对自己的婚事不满意，当然不在乎这件结婚时的衣服了；二是在抗战中也穿不到这个。她觉得事物只要发挥了作用就体现了它的价值。

二十五

名师导读

日本人的侵华行为越发猖獗，平原上的人民正在为抵挡日本人加紧地做着准备。那么他们都做了些什么准备呢？

破路的图样发布下去，已经靠近年节。平原上这个年节里，人民的生活心情发生了重大变化。一过腊月初十，就到处听见娶亲聘妇的花炮，为了使爹娘松心，许多女孩子提前出嫁了。媒婆们忙了一阵，很多平日难以成就的婚姻，三言两句就说妥了，女家的挑拣很少。

有的丈夫不在家，娘家一定要嫁，就由小姑子顶替着拜了天地。

敌人的烧杀奸淫的事实，威胁着平原的人民。在铁路两旁，那些十六七岁的女孩子们，新年前几天，换身干净衣裳，就由父亲领着送到了婆家去。

【阅读能力点：日本人的恶行逼得人们迫不及待地嫁女了。】

在这种情形下面，破路的动员，简直是一呼百应。谁家有临大道的地，都按上级说的尺寸，去打冻刨坑。早晨，太阳照耀着小麦上的霜雪，道路上就挤满了抡镐扶铲的农民。【阅读能力点：因为深知日本人的惨无人道，穷苦大众纷纷奋起反抗。】

老温的伤养好以后，又回到田大瞎子家里做工，经人们说合，老常也回来了，还担任着村里的工会主任。田大瞎子的女儿，坐了月子，婆家报了喜来，田大瞎子的老婆忙着打整礼物，白面挂面，包子卷子，满满装了四个食盒，叫老常担了去送。老常进来说：“今儿个上级布置挖沟，我去不了。"

田大瞎子的老婆一沉脸说：“你看你这做活的！是我们出钱雇的你呀，还是你那上级？吃的拿的都是从我们这里出，你那上级，连四两烟叶儿，我看也没给你称过。怎么你这么向他们，到底是哪头儿炕热呀？"

"挖沟是国家的事，是大伙的事，自然要走在头里。你们家临道的地亩又多，我不去挖，你们自己去挖吗？"【阅读能力点：老常拿田大瞎子自家的事情堵他老婆的嘴。】叫当家的担了送去吧，我们得去挖沟！"老常说。

"他什么时候挑过东西？"田大瞎子的老婆说，"亲家门口，能叫他去丢这个人！"

"挑挑东西，怎么就算丢人哩？那我们有多少人，也早丢光了！"老常说，"要不，他就得去挖沟！"

"嚯！"田大瞎子的女人说，"做活的倒支使起当家的来了！"

"我是你家的做活的，"老常说，"可我也是村里的一个干部。分配你们一点儿抗日的工作，你们也不要推辞。你们掂量掂量吧，是担食盒去送礼呢，还是去出差挖沟。"【阅读能力点：老常看似给了他们两个选择，其实已经肯定他们会担着礼盒去送礼。】

田大瞎子的老婆，进到里间商量，田大瞎子虽说挺不高兴，还是选择了挑担的任务，他以为这总比挖沟轻闲些。老常背起铁铲到街上集合人去了。

田大瞎子终究觉得挑担是件丢人的事，他把抡着大镐、正刨得起劲的老温叫了来，让他去送礼，自己接过了老温手中的铁铲。

把老温打发走，田大瞎子把已经刨好的坑，填了靠里面一半，再往大道上伸展，这样，他可以保存自己的地，把大道赶到对面的地邻。

对面地邻，挖沟的也是一个老人。这老人的头发半秃半白，用全身的力量挖掘着。他的地是一块窄窄长长得条道地，满共不过五个垄儿宽，他临着道沿儿，一并排连挖12个大沟，差不多全部牺牲了自己的小麦。他的沟挖得深，铲得平，边缘上培起高高的土墙，像一带城墙的垛口。他正跳在第十二个沟里，弯着腰，扔出黑湿的土块，他全身冒汗，汗气从沟里升起，围绕在他的头顶，就像云雾笼罩着山峰。【阅读能力点：老人不惜赔上自己的全部小麦，也要将革命任务完成，他有着一颗赤诚的心。】

这老人是高四海。

听见田大瞎子说话，他直起腰来喘了口气，看见田大瞎子填沟赶道，他按下气说："田大先生，你们读书识字，也多年办公，告诉我什么叫人的良心呢？"

田大瞎子扶着铁铲柄儿翻眼看着他说："你问我这个干什么？"

高四海说："日本人侵占我们的地面，我们费这么大力气破路挖沟，还怕挡不住他！像你这样，把挖好的沟又填了，这不是逢山开道，遇水搭桥，诚心欢迎日本，唯恐它过来得不顺当吗？"

田大瞎子狡辩说："你看，把沟挖在大道上，不更顶事儿？"

高四海对田大瞎子说："你这不是挡日本，你这是阻挡自己人的进路。你的地里，留下了空子，日本人要是从这里进来。祸害了咱这一带，你要负责任！"

"我怎么能负这个责任哩？"田大瞎子一背铁铲回家去了。

"什么也不肯牺牲的人，这年月就只有当汉奸的路。一当汉奸，他就什么也出卖了，连那点儿良心！"高四海又挖起沟来，他面对着挖掘得深深的土地讲话。【阅读能力点：高四海已经看透了田大瞎子的汉奸本质。】

【读品悟】

本节通过老常、田大瞎子、高四海三个人的对比，表现了老常、高四海的爱国热忱，以及田大瞎子支应差事、偷奸耍滑的汉奸行为。

二十六

名师导读

高四海开始关心春儿的婚事了，他想给春儿说个婆家，春儿是怎么回答的呢？她还在为芒种牵肠挂肚吗？

春儿背着一把明亮的长柄小镐，用袖子擦着脸上的汗和头发上的土，笑着站在高四海的身边："大伯！还不收工吗？"

"就完了。"高四海扔出最后一铲土，从坑里跳出来。老人转身往村里走，春儿跟在后面。看看大道两旁的沟差不多全挖成了，老人问："春儿，你今年十几岁了？"

"过了年就19了。"春儿在后边答应。

"该说个婆婆家了。"老人说着，并不回头。

"我不寻婆家。"春儿说，"寻婆家干什么呀？"

"寻了婆家，就有了主儿。"老人说，"你从小没了娘，爹又远出在外，眼下兵荒马乱，免得我和你姐姐牵挂着你。"

"叫大伯一说，"春儿笑着，"我这么大了，还是没有主儿的人呢！"

"可不是嘛！"老人说，"没有个依靠呀。人总得有个亲人，知冷知热的人。"

"我看不准顶事，"春儿笑着说，"日本人一来，光是跑，有男人也是白搭。赤手空拳，谁也救护不了谁，光是碍手碍脚，还不如一个单身人儿利落哩。除非寻一个背枪的……"【阅读能力点：春儿在慢慢地透露自己的心意。】

"背枪的，就是八路军哪。"老人回头笑了笑，"我不赞成。"

"你老人家怎么倒不赞成哩？"春儿说，"俺姐夫不是一个？"

"八路军好，坚决打日本，更得人心。"老人说，"寻婆家找主儿，顶好还是不找他们！"

"为什么呀？"春儿问。

"这些人呀，为革命不顾家的！"老人叹了一口气，"你没看见你姐姐吗，结婚十几年，和庆山在一块的日子有多少？左算右算，满共也不过十几天。【阅读能力点：老人觉得嫁给红军就意味着聚少离多，生活还是难得幸福。】她倒是什么也不说，我知道孩子们心里有苦处。我不愿意你再和她一样。不知道你姐姐和你私下里提说过这些事情没有？"

"没有。"春儿说，"我虽说年纪小，可也明白这点儿道理，我想世界上的事情不能两全，都顾起家来，都躲在炕头儿上，我们还有什么依靠，还有什么指望？大伯记得今年六月发大水的时候，从东三省逃来的那个女人吧？那倒是有家有主，有丈夫也有孩子，落得怎样？还不是丈夫死在逃难的路上，自己叫日本炸死在我们河里，孩子留在别人家里！那都是没有人去打仗的过，现在我们有了队伍，只有他们才能保护我！"

"这样说，你是一准要寻一个八路军了！"老人笑着说，"有个心里的人没有啊？"【阅读能力点：老人有些能猜明白春儿的心事了。】

春儿正要说话，他们已经走到岔道口上，往南去的大道过河到五龙堂，东南一条小路通到子午镇。春儿站住说："大伯，跟我家去吧，我给你做饭！"

"不用了。"老人说，"你姐姐等着我。我要和她念叨念叨你刚才说的那些话，看不出，你这孩子，可真有见识哩！"

春儿红红脸，往小道上跑下去了。

吃过饭，收起小镐，春儿背上花枪，走在街上，吹着笛子集合新成立起来的妇女自卫队。在子午镇，人们听见了妇女们保卫祖国的第一声口令，这口令由一个18岁的女孩子春儿喊出来。

男人们看见她们那乱脚步，起初觉得好笑，可是立时就想到那命运里共同的要求，这行动里的严肃的性质，他们也跑着去集合，说不能落在女子的后面。

隔着一条大道，在两块大场院里，子午镇的男女自卫队对起操来。男自卫队队员们，不愿意在自己的妻子姐妹面前丢人，他们竭力把队形弄得整齐，脚步着地有力，队长竭力把口令喊得洪亮，可是终于夺不过那些老少观众来，他们还是围着妇女队看。

男子们扔起手榴弹来,提议和妇女们比赛,这一下把那些孩子们引逗过来了,还回过头,闹蠢样儿,对妇女们喊叫讨战。

妇女们低了头,她们从来也没摸过这个玩意儿。春儿挺挺身子过去了,她说:"我们还没练习过,我扔两下试试!"【阅读能力点:虽然不会扔手榴弹,但春儿愿意试试,她是个力求上进的人。】

她把手榴弹冲着场边那一行柳树投去,第三次,就超过了男子们的纪录。

散操的时候,春儿站在妇女自卫队的前面说:"今天前晌,村北里已经听见敌人的汽车叫唤。藏藏躲躲,早寻婆家,全不是我们的好办法,我们妇女躲到哪里,还不是叫日本欺侮,还不是一刀菜?我们要拿起刀枪自卫!我们的队伍到前面打仗去了,那里面有我们的丈夫,也有我们的兄弟,我们要帮助他们,和他们同心合力,就像在家里在地里做活的时候一样。"

野外起了风,摇撼着场边的一排柳树,柳树知道,狂风里已经有了春天的消息,地心的春天的温暖已经涌到它身上来,春天的浆液,已经在它们的嫩枝里涨满,就像平原的青年妇女的身体里,激动着新的战斗的血液一样。【阅读能力点:"春天"在这里暗指革命。】

【读品悟】

春儿没有因为高四海的分析而动摇自己对芒种的心意,相反地,她在尽力阐述自己的观点,认为自己的决定是正确的,她是一个信念坚定的女孩。

二十七

名师导读

马上要过年了，往年的子午镇年终大集日人来人往，熙熙攘攘，而今年却异常冷清。往年这时候变吉哥会卖起花，那么今年他会卖什么呢？

第二天，是腊月27，子午镇年终大集日。往年这个时候，街上早已熙熙攘攘，人多得推挤不动了。

今年大不同了，日本兵占了铁路线，西边的山货和东边的海货，都运不过来，集市冷落了很多，五龙堂的花炮上市的也很少。【阅读能力点：因为日本人的侵略，往年热闹的子午镇一派萧条景象。】

往年，五龙堂的变吉哥，总是在春儿家的门口，摆个起花摊儿，头天晚上，春儿就给他把地方打扫干净，中午买卖忙，还给他端出碗便饭来。变吉哥做的起花，起得直，升得高，响得脆，还带着炮打灯。五个火球儿在天空极高的地方飘下来，像分开下垂的花瓣儿。临到晚上收摊，变吉哥就给春儿留下这么一把小起花，算是"地铺钱"。

今年，变吉哥没有扎起花，他担了一筐小灯笼来，灯笼做得很精致，画儿的颜色水色都很新鲜，画儿也有些意思：前面跑着一群日本鬼子，在后面追赶的是八路军，男男女女的老百姓，背着铁铲大镐去挖沟，鬼子就跌跟头马趴地受擒了。【阅读能力点：变吉哥在用自己的方式宣传革命。】

立时就围上一群孩子来，用买花炮的钱买了去，变吉哥叫他们拿好，别碰破了，还告诉他们点灯的办法。

春儿抱着一捆线子从家里出来，笑着问："怎么你不扎起花了？"

变吉哥说："你没到区上开会，你村的武委会主任没给你传达？"

"传达什么呀？"春儿问。

"你们村子大，工作可落后哩！"变吉哥说，"各村不是成立了武委会吗，今年禁止装花裹炮，留下硝磺火药，制造地雷手榴弹，好打日本。"【阅读能力点：村民们想尽一切办法为抗日积攒物资。】

"这个我早就听见说了。"春儿笑着说。

"你早就听见说了，还问我为什么不扎起花！"变吉哥说，"上级的布置，我们能当耳旁风，不严格执行吗？"

"那你还弄这个玩意儿干什么？是为的换饽饽吃呀！"春儿掩着嘴笑。

"你不要小看这个！"变吉哥红了脸，"这是宣传工作。买一个回去，大年三十儿起五更，挂在门口，出来进去的人全能受教育，不比买别的有意思？"

"还是变吉哥，"春儿笑着，"又有认识，又有手艺儿！"

"我大大小小也是个抗日的干部，时时刻刻不能忘记自己的职责！"变吉哥安排着一个又大又好的灯笼说，"回来把这个送给你，过年就挂在这篱笆门上！"

春儿问："变吉哥，你现在是个什么干部呀？"

"五龙堂农民抗日救国会的宣传部长！"变吉哥郑重地回答。

"想起来了，"春儿说，"有个事儿和你商量一下，我们想成立一个识字班，你当我们的先生吧！"【阅读能力点：说明春儿有着先进的革命意识，也呼应了前文高庆山建议她们认字的事情。】

"唉！你们村的大学毕业生，像下了雨的蘑菇，一层一片，怎么单单请我？"变吉哥说，"我可不敢在圣人门前卖字画呀！"

"那些财主秧子们顶难对付，"春儿说，"你不去找他们，他们说你瞧不起他，你低声下气地去求他吧，他又拿着卖了。有几个好的，全出去工作了，剩下一帮小泡荒子儿，教起书来，也不见得行，谁知道他能把我们教好，还是教坏了呢？再说好人家的妇女，谁愿意叫他们教？我们不找他们。你是咱这一带的土圣人，我们就是请你，咱两村离得这么近，像一村两头，你每天晚上来教我们一会儿就行了！"

"你说得也有理。"变吉哥说，"抗日的道理，我不敢说比谁知道得透彻，可是心气儿高，立场准没错。我回去和我们主任讨论讨论，看合不合组织系统，

我先不能自作主张。"【阅读能力点：变吉哥对于合理的建议能够虚心接受，并且紧跟组织的步伐，可谓有见识。】

"好吧！我先去卖线子，等散集的时候你到我家里，我还有件事儿求你哩！"春儿说着，摇摆着头发欢跳地跑到线子市上去了。

她卖了线子，到洋布棚买了七尺花布回来，已经过了晌午，变吉哥也收了摊儿，把筐子挑到春儿的院里。春儿先进屋扫了扫炕，放上小桌擦抹干净，请变吉哥炕上坐。她又去烧了一壶水，倒了一碗放在桌子上。变吉哥说："你这是待新客吗，这么费事？"

"我求你给我写封信。"春儿说，"我去买纸，捎着借笔砚来。"

"我什么也带着哩，你把我那筐提进来就行了！"变吉哥说，"谁求我写信，我也是赔上纸墨的。"【阅读能力点：变吉哥对于力所能及的事情有求必应，他是个热心肠的人。】

他盘着腿坐在小桌旁边，铺摊开纸。春儿立在炕沿边，给他研着墨。

他问："给谁写呀，给你父亲吗？"

"不是，"春儿说，"给一个人。"

"怎么个称呼？"变吉哥提着笔问。

"你这么写，"春儿红着脸，在纸上指画着，"你写上我姐夫的名字，可是上面的口气，要说给另外一个人听。"

"我没有写过这样的信。指桑树骂槐树（也称"指桑骂槐"，比喻表面上骂这个人，实际上是骂另一个人），那怎么个写法哩！"变吉哥把笔一放说，"平常说话行，嘴里说着，眼里斜着。在信上就难了！"

"写吧，不难。"春儿说，"你先写上俺姐夫的名字。"

"写上了。"变吉哥说，"下边怎么说？"

"下边写，"春儿说，"我问他们这次打仗打胜了没有？我又给他做了一双鞋，他穿不穿？我在家里也没闲着，道沟挖好了，开春就去拆城。俺姐姐和她公公都结实。不识字是很遭难的，叫他学习认字。"

"唉，"变吉哥连忙写着说，"我这不是写信，我这是做开会记录！可你也得有个前后条理呀，叫他学习认字，高庆山的文化不是不低了吗？"【阅读能力

点：这是变吉哥在故意逗春儿呢。】

"这是和别人说话，你照着我的口气写就行。"春儿说，"下面写，我现在是妇女自卫队的队长，我们出过操，正月里，就成立识字班，我也要去上学。麦子雨水大，明年收成错不了，只要仗打得好，不叫日本鬼子过来就行！完了。"

"完了。"变吉哥跟着说，"这不是信，这是天书！"

【读品悟】

变吉哥过去在年关集会卖起花，今年他却卖灯笼和走马灯了。不卖起花是为了留下硝磺火药，制造地雷、手榴弹，打日本；卖灯笼和走马灯是为了借灯笼上的画宣传革命，真是一举多得，是个有心人。

二十八

名师导读

春儿带着变吉哥代写的信来到姐姐家，想让姐姐帮着把信寄出去，但是却被姐姐关在了门外。这到底是怎么一回事呢？

春儿把信带在身上，到姐姐家去，好找个顺便人捎走，另外，心里有些事，要对姐姐谈谈。

到了五龙堂，堤坡上姐姐家的小屋，整个叫太阳照着，几只山羊，卧在墙边晒暖儿。【写作借鉴点：环境描写，突出了阳光普照，一派祥和的景象。】

小屋的门紧掩着，春儿听听，屋里不止姐姐一个人，好几个妇女在说话，她推了推门。

"谁呀？"屋里安静下来，听见姐姐下炕来问。

"我。"春儿说，"大白天上着门子干什么？"

"我妹子来了。"姐姐和别的人说，"你们先等一等，我出去看看。"

姐姐慢慢开开门出来，随手又把门带上，对春儿说："你这个时候跑来干什么？"

"哈！上你这里来，还得看看皇历，择择好响？"春儿一下子不高兴起来。【阅读能力点：感觉自己没有受到欢迎，春儿开始较真了。】

"我们正在开会呀。"姐姐笑着说。

"开会是什么稀罕儿？"春儿说，"区上的会我也开过，县里的会我也开过，就没见过你们这小小的五龙堂开会，关起门子来！是占房，怕人冲犯了？"

姐姐说："好妹子，你先到河滩里玩一会儿，散了会我叫你！"

"我偏进去看看，净是些什么贵人？我不信我就见不得她们！"春儿撅着嘴，往前迈一步。

"你看你这孩子，人家开的秘密会！"姐姐拦住她，"是党的小组会！"

春儿站住了，她的脸红了一下，对姐姐说："好吧，我就听你说，去玩一会儿。"【阅读能力点：春儿为自己的莽撞而感到羞愧。】

"好孩子，"姐姐给她拍拍身上的土说，"我们很快就开完了，你可不要走！"

姐姐转身进屋里去了，春儿离开那里，她嘴里"哦哦"地招呼着那几只山羊，羊们爬起，跟着她来了，她带它们到河滩里去找草吃。

她知道姐姐和姐夫都是共产党员，芒种也可能是了。凡是她的亲人，都参加了这个组织，就是她还没有。她要加入这个队伍，为它工作，并用不着别人招呼一声。她已经参加了妇女救国会，参加了妇女自卫队，早就认定自己是这组织里的一员了，可是现在看来，还有着一个距离，她被姐姐关在了门的外边。【阅读能力点：这一门之隔，让春儿知道了自己和真正的共产党员还是有区别的。】

她要参加党，她要和姐姐说明这个愿望。

姐姐送走了别人，回头站在堤坡上向她招手，她带着羊群跑了回去。

"你不要不高兴，"姐姐笑着说，"不是组织里的人，就是亲生爹娘，夫妻两口子，也不行哩！"

"别充大人了，"春儿说，"你以为我还是小孩子，什么理儿也不解哩！"

"我怕你不明白。"姐姐说，"妇女自卫队的工作，你领导得起来不？"

"凑合着事呗，反正什么也做了。"春儿笑着掏出信来，"你给找个可靠的人捎了去！"

"给谁的信呀？"姐姐问。

"给我姐夫，另外也捎带着芒种。"春儿背过脸去，引逗那个在炕上爬的关东小孩去了。

"那天我公公回来，说起给你寻婆家的事儿来。"姐姐说，"十八九的人了，你心里到底打的什么主意？"

"什么主意？"春儿把脸凑到孩子的脸上说，"这孩子可胖多了。就是不忙。"

"是心里不忙，还是嘴上不忙？"姐姐问。

108

"两不忙。"春儿站直了身子，面对着姐姐，"我心里着急的是另外一件事！"

"什么事呀？"姐姐问。

"姐姐！"春儿庄重热情地说，"你介绍我入党吧，我想当一个共产党员！"

姐姐很高兴地答应了她。【阅读能力点：姐妹两人达成了一致意见，真为春儿高兴。】

春儿回到家来，热了一点剩饭吃。天黑了，她上好篱笆门，堵好鸡窝，点着小煤油灯，又坐在炕上纺线。

她摇着纺车，窗户纸微微震动，她听见远远的地方，有枪炮的声音。她停下纺车，从炕上下来，走到院里，又从那架小梯子爬到房顶上。

她立在烟囱的旁边，头顶上是满天的星星，不知道从哪里来的霜雪，落在了屋檐上。东北天角那里，有一团火光，枪炮的声音，越过茫茫的田野。

我们的部队在那里和敌人接火了，她的心跳动着，盼望自己人的胜利。在严寒的战斗的夜晚，一个农村女孩子的心，通过祖国神圣的天空、银河和星斗，和前方的战士相连在一起。

【读品悟】

春儿本来觉得自己的行动已经与共产党员无异了，却被姐姐关在门外，这让她明白了自己距离成为共产党员还有一定距离，于是她踊跃要求入党。她的积极上进正是我们要学习的。

二十九

名师导读

大年初一的早上,街上挤满了队伍,春儿家门前有一排人坐在地下,抱着枪支靠着土墙休息。怎么他们都不回家休息呢?这是怎么回事?

不管季节早晚,平原的人们,正月初一这天,就是春天到了。在这一天,他们才能脱去那穿了一冬天的破旧棉袄。

三十晚上,春儿看看没风,就把变吉哥送给她的灯笼,挂在了篱笆门上。回到屋里,她把过年要换的新衣服,全放在枕头边,怎样也睡不着。当她听到邻舍家的小孩放了一声鞭炮的时候,就爬了起来。

她开开房门,点着灯笼,高兴自己又长了一岁。在灯光底下,她看见街上挤满了队伍,在她家门前,有一排人坐在地下,抱着枪支靠着土墙休息。【阅读能力点:战士们为了不打扰老百姓,直接靠着土墙休息,这样的队伍怎能不受人爱戴呢?】

家家门口挂起来的灯笼照耀着他们,村里办公的人们全到街上来了,春儿正和战士们说着话,老常迈着大步过来:"春儿,快点,我们去给队伍找房子!"

春儿跟着他走了几家,动员着人们腾出房子来,老常和房主们说:"腾间暖和屋儿,叫战士们好好休息休息。人家打了十几天仗,一夜走了一百多里,到现在还水米不曾沾牙,这么冷天,全坐在街上等着哩!"

他们来到田大瞎子家里,田大瞎子的老婆正看着做饭,好几笸帘饺子放在锅台上,一听说军队住房,慌手慌脚又把饺子端回里间去了,出来说:"真是,过个年也不叫人安生!大年初一吃饺子没外人儿,怎么能住兵呀,这有多么败兴吧,你说!"

老常说:"人家军队也有家,出来打仗,还不是为了大伙儿?这时候,还说什么初一十五!"

"你看哪屋里不是堆得满满的,住得下人去吗?你当着干部,就一点儿也不照顾当家的?"田大瞎子的老婆抱怨着。

"就是你们家房子多,还拉扯哪个?把东西厢房全腾出来吧,我看四条大炕,能盛一个连!"【阅读能力点:从老常说话的语气中可以看出,老常对田大瞎子家已经没有了原来的惧意。】

老常说着出来,就又到了俗儿家里,她家的大门关得挺紧。老常拍打,喊叫,半天老蒋才开门出来,丧声丧气地说:"老常,大五更里,你别这么砸门子敲窗户,我嫌冲了一年的运气!"

"来了军队!"老常大声说,"叫你腾一间房子!"

"我家又不开店,哪来的闲房子?"老蒋说。

"你满共两口人,怎么就腾挪不开呀?"老常说,"叫俗儿并并!"

"你们来得不巧,"老蒋说,"俗儿半夜里就占了房(方言。分娩,坐月子)!"

老常一怔。春儿说:"怎么先前一点不显,也没听见说过呀?"

"你一个闺女家,什么事也得去报告你?"老蒋说。

"我不信。"春儿说着就往院里走。

北房三间,俗儿那一间暗着,窗户上遮着大厚的被子,春儿站在窗户下听了听,俗儿正紧一声慢一声地在炕上哼哼。

"怎么样?"老蒋笑着说,"没骗你们吧,要不是赶上这个节骨眼儿,住间房那算什么哩!"

"我就是不信!"春儿想了一想,说着就要推门,老蒋一把拦住她:"你这是干什么,像个姑娘的来头吗?你不能进去。"

春儿不听他,硬推开门进去,从口袋里掏出洋火来,点着梳头匣上刚刚吹熄的灯,伸手就向俗儿的被窝里一摸。【阅读能力点:眼见为实,耳听为虚,春儿立即行动。】俗儿一撩大红被子坐起来,穿着浑身过年的鲜亮衣裳,自己先忍不住笑了。

老常在一边说："这是一个话柄儿：老蒋的闺女占房，根本没有那么一档子事！"

老蒋对于俗儿这一笑，非常不满，只好红着脸说："叫军队来住吧，咱们这人家，什么事儿也好办！"【阅读能力点：老蒋见谎话被拆穿，赶紧打圆场。】

找好了房子，太阳就出来了，春儿回到家里，看见有一匹大青马系在窗棂儿上。

"谁的马呀？"她说。

"我的！"从她屋里跑出一个年轻的兵来，就是芒种。

春儿的脸红了。

"怎么你出去也不锁门？"芒种问。

"街上这么多队伍，还怕有做贼的？"春儿笑着说，"你有了马骑，是升了官儿吗？"

"不知道是升不升，"芒种说，"我当了骑兵通讯班的班长。"【阅读能力点：当了班长，可见芒种在部队的表现不错。】

"我去打桶水来饮饮它吧！"春儿说，"你看跑得四蹄子流水！"

"不要饮，"芒种说，"叫它歇歇就行了，我还要到别处送信去哩！"

"那我就先给你煮饺子去，"春儿在院里抱了一把秫秸，"你一准还没有吃饭。"

芒种跟进来说："上级有命令，不许吃老百姓的饺子。"

春儿说："上级批评你，我就说是我愿意叫你吃！"【阅读能力点：春儿的俏皮话体现了她爽朗的性格特征。】

煮熟了，她捞了一碗递给芒种说："这回打仗打得怎么样？"

"在黄土坡打了一个胜仗，得了一些枪支。"芒种说，"敌人增了兵，我们就和他转起圈子来，司令部转移到你们村里来了，吃过饭，你看看我们的吕司令去吧！"

"我怎么能见到人家？"春儿说，"我姐夫哩？"

"我们还住县城里。"芒种说。

"高疤哩？"春儿又问。

风云初记

芒种说:"也在队上,这回打仗很勇敢,看以后怎么样吧。"

芒种吃饱了,放下碗就要走。春儿说:"等一等,小心叫风顶了。"

"当兵的没那么娇嫩。"芒种说着出来,解开马匹,牵出篱笆门,蹿了上去,马在春儿跟前,打了几个圈儿。

"你怎么这么急呀,"春儿说,"我还有话和你说哩!"

"什么话?"芒种勒着马问。

"过了年,你多大了?"春儿仰着头问。

"19岁了,"芒种说,"你忘了,咱两个是同岁?"

"你长得像个大人了哩!"春儿低下头来说。【阅读能力点:春儿话中有话:又大了一岁,该考虑结婚的事情了。而芒种却没有理解。】

"在队上人们还叫我小鬼哩!"芒种笑着说,"我们年轻,要好好学习哩!"

"我能到军队上去吗?"春儿问。

"怎么不能,要那样才好哩!"芒种把缰绳一松,马从堤坡上跑开了。

【读品悟】

看到部队在街上休息,老常主动动员人们腾房子。他的思想进步很快,再也不是那个对地主唯唯诺诺的长工了,他已脱胎换骨。

113

三十

名师导读

　　共产党的队伍来了，群众的身边悄悄地发生了变化，人们呼吸着自由的空气，这才是大家想要的生活。

　　春儿想到街上玩玩，今年的大街上，显着新鲜，在穿着红绿衣裳的妇女孩子中间，掺杂着许多穿灰棉军装的战士。战士们分头打扫着街道，农民和他们争夺着扫帚，他们说什么也不休息，农民们只好另找家什来帮助，子午镇从来没有这么干净整齐过。

　　十字街口，有几个战士提着灰桶，在黄土墙上描画抗日的标语，高翔引逗着一群小孩子唱歌，这一群孩子，平日总玩不到一块儿，今天在这个八路军面前，站得齐齐整整，唱歌的时候，也知道互相照顾。【阅读能力点：连这群平时玩不到一块的孩子都能降服，从侧面反映了高翔做思想工作的能力强。】

　　在那边，有一个高个儿的军人，和农民说话，眼睛和声音，都很有神采。衣服也比较整齐，他多穿一件皮领的大衣，脚下是一双旧皮鞋。

　　有一个妇女小声告诉春儿说："那就是吕正操！"

　　春儿远远地站住，细细打量人民自卫军的司令员，说起来，这也是她的上级呀，想不到这样大的人物，能到子午镇来。

　　吕司令和农民们说，破路的工作，做得不彻底。这样小的壕坑，只能挡住拉庄稼的大车，挡不住敌人的汽车和坦克，必须把大道挖成深沟，把平原变成山地。【阅读能力点：吕司令首先指出了群众工作中的不足，这也是工作的重中之重。】又问村里人民武装自卫的情形，农民们说："都成立起来了，人马也整齐，就是缺少枪支。吕司令，你从队伍上匀给我们一点吧，破旧的我们也

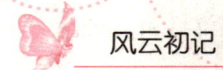

不嫌。"

吕司令答应了这个要求，春儿一高兴，觉得自己也该上前去说两句话，她慢慢走到吕司令的身后边。

"春儿来干什么？"一个年老的农民说，"也想要点东西？"

吕司令转过身来，看见了这个女孩子。

"我是这村的妇女自卫队的队长。"春儿立正了笑着说，"但我们自卫队不会排操打仗，吕司令教教我们吧，我这就去集合人！"

"等明天吧，我派一个连长来教你们。"吕司令笑着说。

这天晚上，在村西大场院里，开了一个军民联欢晚会，五龙堂的老百姓也赶来了。吕司令、高翔在会上讲话，动员人民，政治部的火线剧团演出了节目。春儿和秋分，坐在一条长板凳上看，高庆山和芒种也从城里赶来了，拉着马站在群众的后面。

子午镇的鼓乐，也搬到台上响动了一阵，又把军属高四海大伯拉上去，请他演奏大管。老人望着台下这些军队和群众，高兴极了，他吹起大管来，天空的薄云消失，星月更光明，草木抽枝发芽，滹沱河的流水安静。吹完了，人人叫好。他接着做了一番抗日的宣传，最后大声说："这就是我们的天下！"

春儿和秋分也觉得：今天这才是自己的大会，身边站立着自己的人，听的看的也都是自己心爱的戏文。【阅读能力点：这才是人们所盼望的自由。】

【读品悟】

本节中，作者初步为我们勾勒了一个工作态度严谨、对待群众有耐心、能迅速解决群众问题的人民自卫军司令吕正操的形象。

三十一

名师导读

各村都做好了拆城的准备工作，动员工作也完成了。群众们刚要动手拆墙，"且慢！"沿着城墙走来三个穿马褂长袍的绅士，他们要来做什么呢？

人民自卫军的司令部和政治部住在子午镇，这一带村庄就成了冀中区抗日战争的心脏，新鲜的有力的血液，从这里流向各地。【写作借鉴点：采用暗喻，突出了军队驻扎在子午镇，给这个镇子带来了活力。】每天，子午镇大街上，来来往往的尽是抗日的人员。车辆马匹不断地从这里经过，输送着枪支子弹和给养。现在，这个村庄，是十分重要，也十分热闹了。各村正做着拆城的准备工作。春儿头一天晚上，拿一把小笤帚放在碾台上，占好碾子，早起插上一条新榆木推碾棍，推下了自己半个月的吃喝，装在一个小布口袋里。【阅读能力点：春儿做好了自给自足的准备。】五龙堂和子午镇的民工，编成了一个大队，她和姐姐约好，到那天一块儿进城。

进城的日期决定了，是三月初一。头一天晚上，春儿就背上粮食，带了一身替换的衣服，跑到姐姐家去，她的心情不像是去工作，倒有点儿像去赶庙会。早晨起来，高四海在堤坡上，拾掇好一辆手推的小土车，把拆城的家具、伙食，还有那个东北小孩儿，捆在上面，车前系上一条长长的绳儿，叫春儿和秋分替换拉着，老人驾起绊带，奔城里来了。

各村的人马车辆，全奔着城里去，在一条平坦的抄近的小道上，手推的小车，连成了一条线，响成了一个声音，热烈地比着赛。

一进西关，买卖家和老百姓全挤到街上来看热闹，县政府已经分别给民工们预备好了下处。春儿和秋分一家就住在城墙根一家小店里。

风云初记

吃过中午饭，大家就背上家具跑到城上去看本村本组的尺丈去了，子午镇和五龙堂分了西北城角那一段，外边是护城河，里边是圣姑庙。李佩钟同着几个县干部，分头给围在城墙上的民工们讲话。【阅读能力点：这是要做拆城的动员工作了。】李佩钟来到春儿她们这一队，站在一个高高的土台上说："乡亲们，我们要动工拆城了，不用我说，大家全明白，为什么要把这好好的城墙拆掉？我们县里的城墙，修建一千多年了，修得很好，周围的树木也很多，你们住在乡下，赶集进城，很远就望见了这高大的城墙，阴森的树木，雾气腾腾，好像有很大的瑞气。提起拆城，起初大家都舍不得，这不是哪一个人的东西，这是祖先遗留给全县人民的财产，可是我们现在要忍心把它拆掉，就像在我们平平整整的田地里，要忍心毁弃麦苗，挖下一丈多深的沟壕一样。这是因为日本侵略我们，我们要进行战争，要长期地打下去，直到最后的胜利。我们一定要打败日本，一定要替我们的祖先增光，为我们的后代造福。我们现在把城拆掉，当你们挖一块砖头、掘一方土的时候，就狠狠地想到日本吧！等到把敌人赶走，我们再来建设，把道路上的沟壕填平，把拆毁的城墙修起来！"

【阅读能力点：拆城是逼不得已的，每拆一寸城池，我们对侵华日本人的憎恨就增加一分。】

挤在前面的子午镇的民工队长老常打断了县长的讲话，他说："先说眼下吧，拆城墙不难，可是这些砖怎么办呢？"

"这些砖拆下来，"李佩钟说，"哪村拆的归哪村，拉了回去，合个便宜价儿，折变了钱，各村添办些武器枪支！"

"好极了！"群众喊着，"干吧，一句话，一切为了抗日！"

大家分散开，刚要动手，沿着城墙走过三个穿马褂长袍的绅士来，领头是李佩钟的父亲大高个子李菊人。他们向前紧走两步，一齐把手举起，里外摇摆着，对群众说："且慢！我们有话和县长说。"【阅读能力点：看来他们是来阻止拆城墙的。】

李佩钟站在那里不动，三个老头儿包围了她，说："我们代表城关绅商，请你收回拆城的成命。"

"什么！你们不赞成拆城？"李佩钟问。

117

李菊人上前一步说:"古来争战,非攻即守,我们的武器既然不如日本,自然是防守第一。从县志上看,我县城修在宋朝,高厚雄固,实在是一方的屏障。县长不率领军民固守,反倒下令拆除,日本一旦攻来,请问把全县城生灵,如何安置?"

"我们不是召集过几次群众大会,把道理都讲通了吗?"李佩钟说,"我们进行的是主动的游击战,不是被动的防御战。拆除城墙,是为了不容进犯的敌人,在我们的国土上站脚停留。"

"把城墙拆掉了,城关这么多的老百姓到哪里去?"李菊人身后的一个老头儿鼓了鼓气问。

"假如敌人占据这里,我们就动员老百姓转移到四乡里去,给他们安排吃饭和居住的地方。有良心的中国人,不会同敌人住在一起。"【阅读能力点:李佩钟未雨绸缪,已经将老百姓的出路安排妥善了。】

"那样容易吗?"李菊人说,"城关这些商家店铺,房屋财产,谁能舍得下?"

"是敌人逼迫着我们必须舍得,"李佩钟说,"看看我们那些战士们吧,他们背起枪来,把一切都舍弃了!这年月就只有一条光荣的道路,坚决抗日,不怕牺牲!"

三个老头儿还要啰嗦,群众等不及了,乱嚷嚷起来:"这点儿道理,我们这庄稼汉们全琢磨透了,怎么这些长袍马褂的先生们还不懂?别耽误抗日的宝贵时间了,快闪开吧!"【阅读能力点:群众对于三个老头儿的胡搅蛮缠很是不满。】

他们一哄散开,镐铲乱动,尘土飞扬,笼罩了全城。

【读品悟】

三个乡绅对于拆城的行动进行阻拦,其实是不想放弃原来的舒适生活。但这并不能阻挡群众的抗日热情,于是镐铲乱动,尘土飞扬,笼罩了全城,拆城工作就这样轰轰烈烈地开始了。

三十二

名师导读

从前面的章节里，我们可以隐约感到，李佩钟对高庆山有好感，那么她到底是如何想的呢？这会不会威胁到庆山和秋分的婚姻呢？

很快，周围城墙的垛口就拆得不见了。子午镇民工队，把拆了的砖垒了起来，叫大车拉走。

城墙上有一层厚厚的石灰皮，很不容易掀起，大镐落在上面，迸起火星儿来，震得小伙子们的虎口痛。后来想法凿成小方块，才一块一块起下来。

李佩钟也挽起袖子，帮助人们搬运那些灰块，来回两趟，她就气喘起来，脸也红了，手也碰破了。

"县长歇息歇息吧！"挑着大筐砖头的民工们，在她身边走过去说，"你什么时候干过这个哩！"

"我来锻炼一下！"李佩钟笑着说，用一块白手绢把手包了起来，继续搬运。看见春儿也挑着一副筐头，她说："春儿，给我找副筐头，我们两个比赛吧！"

"好呀！"春儿笑着说，"识文断字，解决问题儿，我不敢和你比。要说是担担挑挑，干出力气的活儿，我可不让你！" 【阅读能力点：李佩钟的话激起了春儿争强好胜的意念。】

她们说笑着，奔跑着，比赛着。男人们望着她们笑，队长老常督促说："别光顾看了，快响应县长的号召，加油吧！"

春儿年轻又有点调皮。她只顾争胜，忘记了迁就别人，她拉扯着李佩钟，来回像飞的一样，任凭汗水把棉袄湿透，她不住地叫着口号："县长，看谁坐飞机！你不要当乌龟呀！"

李佩钟的头发乱了，嘴唇有点儿发白，头重眼黑，脊梁上的汗珠儿发凉。两条腿不听使唤，摇摆得像拌豆腐的筷子。【阅读能力点：此时的李佩钟已经狼狈不堪了。】

"春儿！"老常劝告说，"叫县长回去休息休息吧，有多少公事等着她办理呀！"

春儿才放下担子，拉着李佩钟到姐姐那里，喝水休息去了。

民工队里也有老蒋，他斜了李佩钟一眼，对人们小声说："你们看看：哪像个县长的来头儿？拿着一个大学毕业的学生，城里李家的闺女，子午镇田家的儿媳妇，一点儿沉稳劲也没有！整天和那拾柴挑菜的毛丫头在一块儿瞎掺和！"

"这样的县长还不好？"和他一块担砖的民工说，"非得把板子敲着你的屁股，你才磕头叫大老爷呀？"

"什么叫新社会哩？"另一个民工说，"这就是八路派。越这样，才越叫人们佩服。过去别说县长，科长肯来到这里，和我们一块土里滚、泥里爬吗？顶多，派个巡警来，拿根棍子站在你屁股后头，就算把公事儿交代了！现在处处是说服动员，把人们说通了说乐了，再领着头儿干，这样你倒不喜欢？"【阅读能力点：新旧社会对比，农民们已经开始发现新社会的优点了。】

"我不喜欢。"老蒋一摇头。

李佩钟喝了一碗开水，心里亮堂了一些。她整整头发，看见秋分坐在地上，正一手一个往下送砖头，她问春儿："这是你大姐吗？"

"是呀，"春儿说，"你们见面不多。过去，谁上得去你们家的高门台儿呀？"

"你就是高庆山同志的……吗？"李佩钟又问秋分。【写作借鉴点：省略号表示李佩钟有点不好意思说出口。】

秋分笑了笑，春儿接过来说："啊，她是高庆山同志的'吗'。'吗'是个什么称呼呀？"

"高同志知道你来了吗？"李佩钟笑了笑，停了一会儿又问。

"还不知道吧！"秋分说，"我们还没看见他。"

李佩钟说："他正在开会，我回去告诉他，叫他来看你，你们住在哪一家？"

"住在西城根一家小店里。"秋分说。

"回头我给你们找间房子，你和高同志轻易不在一块儿，趁这个机会该团圆团圆了！"【阅读能力点：李佩钟是个心思细腻的好长官。】

秋分红着脸没有说话。春儿说："你看这县长有多好！"

一句话把李佩钟的脸也说红了。

太阳已经掉到西边的几块红色的云彩里，民工们吹哨子收工了。在城外野地里觅了一天食儿的乌鸦，成群地飞回来，噪叫着落在街头的老槐树上过宿。

晚饭以后，李佩钟在城里找好一间屋子，就去叫秋分，秋分嘴头儿上不愿意，春儿说："既是县长好心好意找了房子，你就去吧。我一个人睡在这炕上，才宽绰哩！"

李佩钟给她抱着孩子，把秋分带到房子里，又写了一个纸条，求老乡送到支队部，一会儿高庆山就来了，一看是这么回事，就说："她们是来拆城的，这影响不大好吧？"【阅读能力点：高庆山首先想到的是党风党纪。】

"没人笑话你们。"李佩钟说，"谁不知道你们长久分离，难得相见？要不这样，老百姓才说我们不合人情哩！"

"你这县长也太操心了！"高庆山笑着说。

"算我做了一件民运工作。你们安排着休息吧，我走了。"

李佩钟笑着出来，回身给他们关上了房门。

路过娘家的大门，李佩钟顺便看了看母亲。家里只有母亲一个人，刚刚点上了灯。母亲见了女儿，高兴得不知道说什么好，先抱怨起来："你这孩子，早把娘忘到脊梁后头去了吧！你还有家吗？走错了门儿吧！"【阅读能力点：虽然母亲说出口的是埋怨，但隐含着对女儿的思念。】

"没有。"李佩钟笑着说。

"我说钟儿，你到底还到田家去不去？"

"不去了。"李佩钟说。

"我管得了你呀？"母亲叹了一口气，"听！外面有人推门，准是你爹回来了。"

"他回来，我就该走了，"李佩钟说，"我们说不到一块儿！"

李佩钟刚转身要走,她母亲又叫住她小声说:"听人说,你和那个姓高的支队长很要好,是吗?"

　　李佩钟沉静地说:"我已经饱尝婚姻问题的痛苦了,我不愿再把这痛苦加给别人。我和他只是同志的关系。他家里有女人,很好。"

【读品悟】

　　不同的时代,官民关系是不一样的。思想保守的老蒋,看不顺眼与民同苦的县长李佩钟的作为,但历史的车轮滚滚向前,官民平等的时代必将到来。

三十三

名师导读

春儿这个从小没了娘的孩子,这次居然认了个干娘。在和干娘谈话的当儿,忽然听见外面城墙上有掉下砖块的声音,惊飞了树上的老鸦……

李佩钟回来的路上,又经过高庆山和秋分睡觉的房子那里。

从矮矮的院墙望进去,屋里还点着灯。听见脚步声,院里的一只小狗吠叫起来,秋分的影子,在明亮的窗纸上一闪,把灯吹灭了。

李佩钟想去看看那些民工们睡下了没有。她奔着西关来,街上的店铺都上了门,只有十字街石牌坊那里,还有两副卖吃食的挑子点着灯笼。李佩钟在那里遇见了芒种。

"这样晚了,李同志还没休息?"芒种给她敬着礼说。

"还没有。"李佩钟说,"你干什么去来?"

"给支队长又送了一条被子去。"芒种笑着说。

"你没事跟我到西关去一趟吧,"李佩钟说,"我们去瞧瞧那些民工们睡觉的地方。"

芒种高兴地答应了,这对他是一个愉快的差遣。

西关一带,虽说住下了这么多民工,街道上却非常安静,大家工作一整天,全安歇睡觉了。只有天主堂旁边,春儿住的那家小店房里,还点着灯火。【写作借鉴点:笔锋一转,将情景移到了春儿住的地方。】

"春儿就住在这里,我们去看看她做什么哩?"李佩钟小声说着,轻轻地走到窗台外面。窗纸上的人影儿分明,春儿和店家老大娘,对坐在炕上说话儿。

"你摸摸,这炕热上来了。"老大娘说,"我特意给你烧了一把柴火,你小孩儿家，身子单薄，睡凉炕要受病哩！"

"大娘费心。"春儿笑着说。

"咱娘儿两个有缘，"老大娘说，"一见面我就喜欢你，疼你。我是六七十岁的人了，又住在城关，好姑娘好媳妇，看见的不知道有多少，说起来，哪个也比不上你。你是我心尖儿上的人。"【写作借鉴点：语言描写突出了老大娘对春儿的喜欢。】

"大娘夸奖。"春儿又笑着说。

"我不知道你瞧得起这个大娘不？我满心愿意把你认成个干女儿。"老大娘仰着脖子说。

"只要大娘不嫌我拙手笨脚就行。"春儿说。

"这就好了，一言为定。"老大娘很高兴地说，"咱娘儿俩都是苦命人，你从小孤身一人，我也是年轻轻就守上了寡，从今以后，我们就都有个亲人了。"

"干娘什么时候守寡的？"春儿问。【阅读能力点：一声"干娘"，拉近了老大娘和春儿的距离。】

"就是修天主堂的那年。外国鬼子强占了咱那么大的一片庄基，还打死了你那干爹，又把我赶到这里来住，孩子，我有冤仇呀！"

老大娘呜呜地哭了起来，春儿劝解着，老大娘忍着泪说："要不你一提说是抗日，我就喜欢哩，你经的事儿还少，外国人可把咱中国欺侮坏了哩！"

李佩钟和芒种只听见老大娘哭泣，听不见春儿说话。这女孩子正在沉默着。她几岁上就死去了母亲，正当她需要人教导的时候，父亲又下了关东。

最近一百年，在祖国的身上，究竟经过了多少次外人的侵辱，在平原农民的心里，究竟留下了多少悲惨的记忆，她知道得很少很少。这需要有一个经历多次灾难的母亲，每逢夜深人静，就守着一盏小油灯，对她慢慢讲解。可是春儿并没有这样的一个母亲。现在，她受到这一种教育了。这是神圣的民族教育，当它输入到春儿心灵里的时候，正和她那刚刚觉醒了的、争取解放争取自由的尊严的要求碰在一起。立时，一股强烈的力量，就在这个女孩子的心里形成了。一百年来，农民们几次在反抗外人侵略的时候，在保卫家乡的战争里流了血。这里的农民，是因为历次斗争失败，受了压抑，意志消沉，还是积累了斗争的经验，培植了反抗的热情？是失去了信心，还是蕴藏下了更大的力量？【写作借鉴点：两个选择疑问句，答案显而易见。】两种情形都存在吧，但是，共产党来教育了他们，长久埋藏在平原上反抗的火种燃烧起来了。

最后，春儿说："干娘，所以说，我们要坚决抗日呀！我们的国家强盛起来就好了。"

"我也成天这么盼望，"老大娘说，"咱这里离圣姑庙不远，我每逢初一十五就去烧香磕头，求她保佑着咱们的军队打胜仗。刚才老道姑对我说，圣姑这两天不大高兴哩！"

"她怎么不高兴？"春儿问。

"她给人们托梦，说八路军不该拆城，拆了她的宫墙，要犯罪哩！"老大娘说。

"干娘信不信呀？"春儿笑着问。

李佩钟也偷偷笑着，刚要推门进屋里去，忽然听见城墙边大榆树上的乌鸦飞腾了起来，在黑暗的天空里，盘旋惊叫。接着又有砖瓦从城门楼子上掉下来的声音，芒种抓起手电筒，李佩钟拦住说："不要照！一照就惊走了。你轻轻爬上城墙去，看看是什么人！"【阅读能力点：李佩钟与芒种行为的对比，凸显了李佩钟经验更丰富，处事更稳妥。】

芒种掏出枪来去了，春儿听见声音跑了出来，拿上自己的小镐，也跟到城墙上去。

他们在城门楼上捉住了两个人，一个拿着铁铲挖洞，一个正往里埋炸药瓶。

春儿说："这是汉奸来破坏我们！要不是发现得早，明天一拆城门楼，还不都把我们炸个粉碎！"

老大娘拽着一根柳木棍，也气喘喘地爬上来了，就近一看说："我认得他们！这个是天主堂种菜园子的王二鬼，那个是圣姑庙的小道士。哎呀，我那老天，造孽呀！"

李佩钟叫把他们押到县政府，派人报告给高庆山，连夜又逮捕了主使的罪犯。

【读品悟】

破坏群众抗日的活动无所不在。半夜在城楼上埋炸药的小道士和王二鬼，只是这股恶势力的一个小剪影。全民抗战，任重道远。

三十四

名师导读

田耀武回来了,他像夏日的一个惊雷,砸进了这片群众抗日情绪高涨的大平原。人们不禁要问:他回来到底想干什么?

第二天,县政府决定召开一个大会:宣布破坏分子的罪状和对他们的处罚,再向群众做一次动员,说明游击战争的道理。另外就是搞一个拆城的民工和驻防部队的联欢。

当拆城完工,民工们收拾工具要回去的时候,县里又开会欢送了他们,并在会上表扬了子午镇、五龙堂两个模范村镇。

回来的时候,春儿还是拉着高四海的小车,一出西关,看见平原的地形完全变了,在她们拆城的这半月,另一队民工,把大道重新掘成了深深的沟渠。大车在沟里行走,连坐在车厢上的人,也露不出头来。只有那高高举起的鞭苗上飘着的红缨,像一队沿着大道飞行的红色蜻蜓一样,浮游前进。每隔半里,有一个出入的地方,在路上,赶大车的人不断地吆喝。

变平原为山地,这是平原的另一件历史性的工程。这工程首先证实了平原人民抗日的信心和力量,紧接着就又表现出他们进行战争的智慧和勇敢。它是平原人民战斗的整体中间的筋脉。【阅读能力点:可见老百姓的力量是多么强大。】

"我们只说拆城是开天辟地的工作,"高四海推着小车说,"看来人家这桩工程更是出奇!"

他们回到自己家里来。春儿把半月以来刮在炕上、窗台上、桌橱上的春天的尘土打扫干净,淘洗了小水缸,担满了新井水,把交给邻家大娘看管的鸡们叫到一块儿喂了喂,就躺到炕上睡着了,她有些累。

风云初记

在甜蜜的睡梦里，有人小声叫她："春儿，春儿！"

"唔？"春儿揉着眼睛坐起来，看见是老常。

"喂，我们少当家的回来了。"老常说。【阅读能力点：田耀武回来了！看来又要闹腾了。】

"他回来，回来他的吧，"春儿打着哈欠说，"和我们有什么关系？"

"你这孩子！"老常说，"怎么没有关系呢？他穿着军装，骑着大马，还带着护兵哩！"

"那许是参加了八路军。"春儿说。

"又来了！要是八路军还有什么说的？是蒋介石的人马哩，张荫梧也回来了！"老常哼唉着，坐在炕沿上，靠着隔扇墙打火抽起烟来。

春儿一时也想不明白。这些人不是慌慌张张逃到南边去了吗，这时候回来，又是为了什么？她说："高翔不是住在你们那里？他们怎么说？"

"还没听见他怎么说，"老常说，"我刚到家，田耀武就回来了。他穿着一身灰军装。你想，咱们的队伍都是绿衣裳，胡不拉儿的，羊群里跑出一只狼来，一进村就非常扎眼，梢门上的岗哨就把他查住了！"

"他没有通行证吧？该把他扣起来！"春儿说。

"你听我说呀！"老常说，"站岗的不让他进门，这小子急了，立时从皮兜子里掏出一个一尺多长的大信封儿来说：这是我的家，你们有什么权利不让我进去？我是鹿主席和张总指挥的代表，前来和你们的吕司令谈判的。站岗的给他通报了以后，高翔叫人出来把他领进去了。"【阅读能力点：打着国民党的旗号，他们到底意欲何为？】

"什么鹿主席，什么张总指挥？"春儿问。

老常说："张就是张荫梧，鹿，听人们说是鹿钟麟，也是一个军阀头儿！来者不善，善者不来，我看这不是一件小事儿，你说哩？"

"你再回去打听打听，"春儿说，"看看高翔他们怎么对付他。"

"我回去看看。"老常站起身来，"我是来告诉你一声儿，叫咱们的人注点意，别叫这小子们给咱们来个冷不防呀！"

"不怕，"春儿说，"有咱们的军队住在这里，他们掉不了猴儿！"

"不能大意。"老常说,"不怕一万,就怕万一。刚说城也拆了,路也破了,一门心思打日本吧!你看半晌不夜的,又生出一个歪把子来!"【阅读能力点:在广大群众一心抗日之际,国民党过来添乱,让人心生郁闷。】

老常跷起一只脚来,在鞋底儿上磕了烟灰,走了。他心里有些别扭,从街上绕了回来,吃中午饭的时候,街上没有什么人,只有那个卖烟卷的老头儿,还在十字路口摆着摊儿,田耀武带来的那个护兵正在那里买烟。

这个护兵腰里挂着一把张嘴儿盒子,脖子里的风纪扣全敞开,露出又脏又花哨的衬衫尖领,咽喉上有一溜圆形的血疤。他抓起一盒香烟来,先点着一支叼在嘴角上,掏出一张票子,扔给老头儿说:"找钱!"

老头儿拿在手里看了看,说:"同志,这是什么票子,怎么上边又有了蒋介石呀?我们这里不时兴这个,花不了!你对付着给换一换吧!"老头儿笑着送过来。

"混蛋!你不花这个花什么?你敢不服从中央!"【阅读能力点:护兵打算以势压人。】

"你怎么张嘴骂人哩?"老头儿说,"你是八路军吗?"

"我是中央军!"护兵卖着字号。

"这就怪不得了,"老头儿说,"八路军里头没有你这样儿的!"

那个护兵一抓盒子把儿。

"干吗!"老头儿瞪着眼说,"你敢打人?"

"你反抗中央,我枪毙你!"护兵狠狠地说。

老常赶紧跑上去,这时有两个八路军刚刚下岗,背着枪路过这里,一齐上前拦住说:"你这是干什么,同志?"

"他要杀人!"老头儿说,"叫他睁开眼看看,我们这里,出来进去住着这么些个队伍,哪一个吓唬过咱们老百姓?"【阅读能力点:从侧面反映了国民党的蛮横、强势。】

"为什么你们不花中央的票子?"那个护兵举着票子挺有理地说。

"不是不花。"八路军说,"这些问题,还需要讨论一下。当初是你们把票子都带到南边去了,印票子的机器却留给了日本。真假不分,老百姓吃亏可大啦,没有办法,我们才发行了边区票。现在你们又回来了,老百姓自然不认。再说，他是小本买卖，你买一盒香烟，拿给他五百元的大票，他连柜子搭上，也找不出来呀！"

那个护兵看看施展不开，把票子往兜里一塞，转身就要走。

"你回来！"卖烟的老头儿说，"我那盒烟哩？"

护兵只好把烟掏出来，扔在摊上。

"你抽的那一支，"老头儿说，"也得给钱！"

八路军说："老乡，吃点儿亏吧，这是咱们的友军！"

老常回到家里，看见田大瞎子，像惊蛰以后出土的蚰蜒一样，昂着头儿站在二门口，看见老常就喊叫："到城里游逛了半个多月，还没有浪荡够？猪圈也该起了，牲口圈也该打扫打扫了！中央军就要过来，我们也得碾下点儿小米预备着，下午给我套大碾！"【阅读能力点：儿子回来了，田大瞎子的腰板又硬起来了。】

老常没有答言。

【读品悟】

本节先从老常和春儿的对话入手，描写了田耀武的归来；再通过一个国民党小兵的行为举止，反映了国民党官兵对待百姓的蛮横。

三十五

名师导读

田耀武代表张荫梧，高翔和高庆山代表人民自卫军，在田大瞎子家的客厅里进行谈判，那么他们达成一致协定了吗？

谈判就在田大瞎子家的客厅里进行，张荫梧的代表田耀武，人民自卫军的代表高翔和高庆山，还有一个记录，四个人围着一张方桌坐下来。

"真是巧得很，"问过了姓名籍贯，田耀武龇着一嘴黄牙笑着说，"我们三个都是本县人，两个村庄也不过一河之隔！"【阅读能力点：田耀武首先以乡里乡亲来拉近彼此的距离。】

"我们是本乡本土的人，对于家乡的历史情况都很清楚，"高翔说，"对于家乡和人民的前途命运，也都是热心关切的。我们非常欢迎贵军的代表，希望在这个会议上，能讨论出对日作战的一切有效的办法！"

"请把贵军此次北来的主要方针说明一下吧，"高庆山说，"好让我们双方取得协同动作。"【阅读能力点：高庆山开门见山，直奔谈判主题。】

"这个……"田耀武说，"上面好像并没有指示兄弟。"

"那么我们怎样讨论呢？"高翔微微蹙着眉毛说。

"你们一定要我谈，那我就谈一下。"田耀武说，"我谈一下，这个问题，自然，不过主要是，其实呢，也没有什么……"

"我们想知道的是：你们打算怎样和日本帝国主义作战！"高翔打断了田耀武的浮词滥调。

"请原谅，"田耀武慌张地说，"这是国家机密。我不能宣布！"【阅读能力点：田耀武闪烁其词，避重就轻。】

风云初记

"我们可以把人民自卫军对日作战的方略谈一谈，贵代表乐意不乐意听取？"高翔说。

"欢迎极了！"田耀武拍着手说。

"我们不把抗日的方针当作机密。"高翔说，"而且是随时随地向群众宣传解释的。我们和群众的愿望相同，和乡土的利益一致。组织人民反抗日本帝国主义的侵略，在'九一八'以前我们就用全力进行了。在'卢沟桥事变'以前，我们在东北、察绥组织了抗日的武装，在全国范围里，我们号召团结抗日。当时在这一带负责守卫疆土的、你们的军队和政府，不顾国土的沦陷，遗弃了人民，席卷财物，从海陆空三条道路向南逃窜。我们誓师北上，深入敌后。有良心有血气的农民，武装起来，千河汇集，形成了海洋般的抗日力量。"

"委员长对于敌后的军民，深致嘉慰！"田耀武说。【阅读能力点：田耀武对于共产党取得的成就轻描淡述，一笔带过。】

高翔说："我们从陕西出发，装备并不充足。官兵兼程前进，不避艰险。从晋西北到晋察冀，从冀东到东北，从河北到山东沿海，一路上挫败敌人的锋锐，建立了一连串的、有广大群众基础的抗日民主根据地，改变了因为国军不战而退的极端危险的局面，保证了抗日战争的胜利前进的前程，才使得大后方得到喘息和准备的时间。"

"这一点，就是兄弟也承认。"田耀武说，"我们在大后方刚刚站稳了脚根，就又全副武装地回到这里来了。"

"我们还是愿意知道你们北来的目的。"高翔说。

"无非是一句老话，收复失地！"田耀武笑着说。

"收复失地！"高翔像细心检验着货色的真假一样，咬嚼着这四个字说，"虽说按照毛泽东同志的战略指示，目前还不是收复失地的时机，它究竟是一个光荣的口号。我们对于贵军的抗日决心，表示钦佩，当尽力协助，但愿不要在堂皇的字眼下面，进行不利于团结抗日的勾当！"

"这话我就不明白了。"田耀武故作吃惊地说。

"我想你是比我们更明白的，根据确实的报告，贵军并没有到前方去抗日的表现，你们从我们开辟的道路过来，驻扎在我们的背后，破坏人民抗日的组织，

131

消磨人民抗日的热情，你们应该知道，这对于我们是怎样重大的损失，这是十分不重信义的行为！"【阅读能力点：高翔例数了国民党的无耻行径，在谈判桌上大义凛然。】

"这是误会，我得向你解释一下，"田耀武说，"为什么我们驻在你们的后面？这是因为我们刚刚从大后方来，对日作战还没有经验，在你们的背后，休息一个时期，也是向老大哥学习的意思呀！"

"你们的武器装备比我们好到十倍，带来的军用物资也很多，这都是我们十分缺乏的。"高翔说，"我们希望，贵军能把这些力量用到对日作战上。因为，虽然你们在这一方面确实缺乏经验，但在另一方面，你们的经验是非常丰富的。"

"客气，客气，你指的是哪一方面？"田耀武傻着眼问。

"就是内战和磨擦！"高翔说，"我们热诚地希望，你们高喊的收复失地四个字，不要包括这一方面的内容！"【阅读能力点：高翔才思敏捷、语言犀利，是个谈判高手。】

"绝不会那样，"田耀武把脖子一缩，红着脸说，"绝不会那样。"

田耀武抓耳挠腮，他觉得自己非常被动，有一件重大的使命，还没得机会进行。他看见高翔和高庆山也沉默起来，就用全身的力量振作一下，奸笑着说："我忘记传达委员长得一个极端重要的指示。委员长很是注重人才，据兄弟看，两位的才能，一定能得到委员长的赏识。兄弟知道两位的生活都是很苦的，如果能转到中央系统，我想在品级和待遇这两方面，都不成问题。"

"虽然我们很了解你，"半天没有说话的高庆山说，"好像你还不很了解我们。如果你事先打听一下我们的历史，你就不会提出这样可笑的问题了。"

【阅读能力点：高庆山义正辞严地拒绝了田耀武的拉拢。】

【读品悟】

本节主要通过田耀武和高翔的谈判来表现人物性格，田耀武的虚以委蛇与高翔的正义凛然形成了鲜明对比。

三十六

名师导读

田耀武带着护兵在街上来回转悠了两趟，碰巧看见俗儿，于是耐不住寂寞，晚上摸进了俗儿家。正在两人说话的空当，高疤回来了……

第二天，是子午镇大集。田耀武带着护兵在街上来回转悠了两趟。他逃走的时候曾经提高了人们的恐日情绪，现在凭空回来，又引起街面上不少的惊慌和猜疑。在一辆相熟的肉车子旁边，田耀武遇见了俗儿。

"你回来了呀？"俗儿手里攥着一把黄叶韭，倒退一步，打量着田耀武说。

田耀武点了点头。

"做了官儿啦，"俗儿笑着说，"派头儿也大啦！"

"你不是早就当了官娘子吗！"田耀武又像是哭又像是笑地说。

"受罪的官娘子，"俗儿说，"整天连个零花钱儿也没有。你看正是吃黄叶韭饺子的时候，我干站在这里看着，连点儿肉也割不起！"【阅读能力点：俗儿搭讪起来轻车熟路，不着痕迹。】

"这不是打发钱的回来了吗！"卖肉的掌柜刘福指着田耀武说，"我赊给你！"说完，笑着在肉架子上割下一块臀尖来，递给俗儿。

"那你就记在他的账上吧，"俗儿笑着接过来说，"我说田先生，今儿晚上，你一准到我家里吃饺子啊，我等着你，不见不散！"【阅读能力点：俗儿放荡的性格，一览无余。】

犹豫半天，趁着天黑没人儿的时候，田耀武到了俗儿家里。原来住在俗儿家的一班八路军，因为俗儿有事没事，也不管黑间白日地到屋里搭讪，班长生了气，前几天搬到别人家去了。老蒋正站在门口等着，一见他过来，就迎上去笑着说:"酒早就烫好了,锅里也开着,单等你来了下饺子!"

田耀武没有说话,三步两步迈到屋里,俗儿打扮好了站在灶火前面,笑着说:"真难请啊,你比大闺女上轿还为难哩!快上炕去吧!"

"高团长回不回来?"田耀武担心地问。

"司令部就住在这村里,八路军的规矩又紧。他不回来。"俗儿说,"他回来了,有我哩!你放心大胆地坐一会儿吧!"

老蒋安排着碗筷,田耀武和俗儿对面坐在炕上,喝了两盅酒,俗儿问:"你是个什么官儿,一月能挣多少钱?"

田耀武说:"往小里说吧,也是个专员!"

"是专员大,还是团长大?"老蒋问,他打横坐在炕沿下面,听得出神。

田耀武正要答话,有人一撩门帘进来,正是高疤!【阅读能力点:高疤回来了!情势急转直下。】

高疤一见田耀武,就抓起枪来,大喊着说:"我说这么晚了,还开着大门子,屋里明灯火仗,原来有你这个窝囊废,滚下来!"

田耀武把头一低,钻到炕桌底下去,桌子上下震动着,酒盅儿,菜盘子乱响,饺子汤流了一炕,俗儿一手按着炕桌,一手抓手巾擦炕单子上的汤水,一只脚使劲蹬着田耀武的脑袋说:"你还是个专员哩,一见阵势儿,就怂成这个样子。快给我出来!"一边笑着对高疤说:"你白在八路军里学习了,还是这么风火性儿,人家是鹿主席的代表,这一带的专员,来和咱们联络的,交兵打仗,还不斩来使呢,你就这么不懂个礼法儿!"

"哪里联络不了,到炕上联络!"高疤把手里的盒子在炕桌上一拍,把碟子碗震了二尺多高,饺子像受惊的蝴蝶一样满世界乱飞。【写作借鉴点:运用比喻表现了高疤此时愤怒异常。】

"是你不在家呀!"俗儿说,"人家是专来找你的!"

高疤坐在炕沿上,把炕桌一掀,抓起田耀武来。

有半天的工夫,田耀武才安定下魂儿来。高疤说:"你们过来了有多少人?"

"人倒不多,"田耀武说,"钱带得不少!"

"像我这样的,到你们那里,能弄个什么职位?"高疤问。

"兄弟能保举上校，"田耀武说，"可得把人马枪支全带过去。"

"你做梦吧！"高疤说，"八路军的组织，容你携带着人马枪支逃跑投敌！"

"这要看机会，"田耀武说，"在情况紧张的时候，在日本人进攻的时候！"【阅读能力点：国民党竟然设下如此毒计陷害共产党，可恨至极。】

"和日本勾手打自己的人，你们是中央军，还是汉奸队？"高疤说。

"这叫曲线救国！"田耀武说，"委员长的指示。"

"你为什么不去找别人，单单来找我？"高疤笑着说，"是特别瞧得起我高疤吗？"

"是呀！"田耀武也敢笑了，"就听说高团长是个人才！"他接着进行起游说工作来。

【读品悟】

从田耀武的享乐作风以及他对高疤的游说中可以看出，国民党是不会真正抗日的，他们只会给共产党的抗日使绊子、挖墙脚。

三十七

名师导读

鹿钟麟和张荫梧要到深泽县里来视察，群众冒雨等待着他们的到来，结果等到的却是他们对群众的指责。他们坚决要求群众擦掉"抗战到底"四个字儿，这究竟是怎么回事？

鹿钟麟要到这县里来视察，直接给深泽县政府下了公文，李佩钟向高庆山请示怎么办，高庆山说："召开群众大会欢迎。"

会场在县政府前面的跑马场上。宣传队在县政府的影壁上用艺术体写好"欢迎鹿主席抗战到底"的标语，每个字有半人高。因为拆除了城墙，这一排大字，在城南八里地都可以看得清清楚楚。

由高翔主持大会，这天早晨，下起濛濛的细雨来，城关和四乡的男女自卫队都来了，高翔和他们一同在雨中等候着。【阅读能力点：对于鹿钟麟的到来，人民给予了热烈的欢迎。】

鹿钟麟一直没来，直等到晌午已过，才望见了一队人马。

那真像一位将军。鹿钟麟到了会场上，由四五个随从搀扶下马来，他坐在台上，吸的香烟和喝的水，都是马背上驮来。休息老半天，才慢慢走到台边上讲了几句话，有四个秘书坐在他后边记录着。

因为态度过于庄严，声音又特别小，他讲的话，群众一句没听懂。

鹿钟麟讲完，是张荫梧讲。这个总指挥，用一路太极拳的姿势，走到台边上。他一张嘴，就用唱二花脸的口音，教训起老百姓来，手指着县政府的影壁墙说："谁出的主意？带那么个尾巴干什么？欢迎鹿主席——这就够了，这就是一句完整的话。干什么还加上个'抗战到底'四个字！"【阅读能力点：张荫梧这

是要给共产党来个下马威。】

"你们不抗战到底呀？"群众在台下说。

"混账！"张荫梧喊，"在我面前，没你们讲话的权利！"

"你才是混账！"群众也喊叫起来，"我们认识你！"

"把'抗战到底'四个字儿给我擦掉！"张荫梧拧着粗红的脖子退到后边去。

高翔到台边上来，他说："我们不能擦掉这四个字。这是四个顶要紧的字，假如你们不是来抗战，或者是抗战不到底，我们这些老百姓，就不要淋着雨赶来欢迎你们了！"【阅读能力点：高翔直接撕破了张荫梧伪善的面孔。】

"对！"台下的群众一齐鼓掌叫好。

"我们欢迎你们抗战，抗战是光荣体面的事情。"高翔说，"虽然在去年七月间，你们一听到日本的炮声就逃走了，我们还是欢迎你们回来，我们还是希望你们抗战到底！"

接着由高庆山指挥，在跑马场里，举行了全县男女自卫队的会操和政治测验。高翔请鹿钟麟和张荫梧参加检阅，虽然一切成绩都很好，这两位官长，像土地庙门口的两座泥胎，站立在台上，却满脸的不高兴。【阅读能力点：对于自卫队的成长，两位官长却不开心，很明显他们和共产党不是一条心。】

"半年来，群众在武装上、在思想上，都进步很快。"高翔说，"这是我们国家战胜日本帝国主义的强有力的保证！"

两位官长没有说话。

"张先生在事变以前，不是也训练过民团吗？"高翔又问张荫梧，"那时的情形和眼下不同吧？"

"不同。"张荫梧说。他招呼了鹿钟麟一声，就命令手下人把马匹拉过来，气昂昂地跳上马走了。

"不远送！"群众说笑着，继续进行检阅和测验，春儿带来的自卫队，表演得顶出色。

检阅完了，人们要回去的时候，李佩钟跑过来，叫住了春儿。【阅读能力点：转折句，李佩钟找春儿会有什么事呢？】

"什么事儿呀？"春儿笑着问。

"有句话和你说。"李佩钟拉着她走到广场前边的一棵小槐树下面说,"好久看不见你,我很想你!"

"我也想你。"春儿笑着,一边扬着手冲着她的姐妹们喊:"你们先走吧,一会儿我赶你们去!"

"这些日子,你在家里净干什么?"李佩钟问。

"不得闲儿,正赶着给军队做鞋。"春儿说。

"田耀武回到你们村里了?"李佩钟一下转了题目。【阅读能力点:可见李佩钟前面的问话是幌子,询问田耀武的回来才是重点。】

"嗯。"春儿说,"什么你们村里呀,不也是你的家吗?"

"你把这个带回去,"李佩钟从口袋里,掏出一封信说,"交给田耀武。"

"什么信呀?"春儿拿着信问。

"不是私信。"李佩钟严肃地说,"是个通知,我要和他离婚了。"

遇见这种事儿,春儿不知道该说什么好。呆了一会儿她说:"李同志,还有别的话没有?我该追她们去了。"

李佩钟送她,从拆平的城墙上绕到西关来。天气放晴了,天空跑着云彩,地基上长着一团团的野菜,黄色的小花头顶,吊着水珠儿。【写作借鉴点:景色描写表现了李佩钟此刻轻松的心情。】

【读品悟】

田耀武回来了,李佩钟正式提出要和他离婚,结束这段痛苦的婚姻,这是旧社会女性思想解放的一种进步表现。

三十八

名师导读

春儿在离黄村不远的大柳树下打盹,结果遇到一群小孩子,还被问得哑口无言,让人啼笑皆非。

春天,把新鲜的色彩和强烈的情感,加到花草树木的身上和女孩子们的身上。春儿跑了一阵,看看还是追赶不上队伍,就慢慢地走起来。小道两旁,不断有水车丁当响动。有一个改畦（指浇地）的女孩子,比春儿稍微小一点,站在那里,扶着铁铲柄儿打盹。水漫到小道上来了,那匹狡猾的小驴儿也偷偷停下,侧着耳朵,单等小主人的吆喝。

走着走着,春儿忽然困倦起来。她靠着道边一棵大柳树坐下,眼皮打起架来了。

这地方离黄村不远,野地里,有几个小孩子,追赶一只虎不拉鸟儿。

他们估计虎不拉儿要在这独棵柳树上落脚,一个小孩子就提着拍网奔这里跑来。这孩子长得像个小墩子鼓,来到树下,在拍网的信子上套上一个大蝼蛄,就往地下一按,正按在春儿的怀里。

"你这是干什么呀?"春儿一惊睁开眼,紧紧抱着她的枪支。

小孩子说:"你挪挪地方睡去吧,我要在这里下网!"

"我碍着你下网了吗?"春儿揉着眼,不高兴地说,"吵了人家的觉,还叫人家给你挪地方!"

"这是我们黄村的地方,"小孩子说,"要睡觉到你家炕头儿上睡去!那里没人撵你!"

"你这孩子说话怎么这么霸道?"春儿说,"就分得那么清楚呀?我们不都

是中国人呀？我们不都是为了打日本吗？"【阅读能力点：春儿将事情上升到了政治高度，打算唬住这群孩子。】

"你没有我们老师讲得好。"小孩子一擦鼻子，"快点儿动动吧，鸟儿就要飞过来了！"

春儿勉强站起来，把枪使劲往肩上一抢，虎不拉儿飞过来，刚要落树，吃了一惊，一展翅儿，像箭一样飞到崔家老坟那里去了，小孩子跺起脚来，那几个也围上来叹气，春儿说："抗日时期，你们不好好上学，却满世界跑着玩儿！"

"跑着玩儿？"小墩子鼓儿说，"我们这是练习打游击战，看看就要把全部敌人，包围歼灭在这棵柳树下面，想不到完全叫你给破坏了！你是哪村的？干什么背着枪？有通行证吗？"

"没有。"春儿掏掏挂包和口袋儿，笑着说。

"那就到团部去吧！"小墩子鼓儿镇静地说。

"什么团部？"春儿忙问。

"黄村儿童团团部。"孩子们说着围了上来。

春儿有些着慌，她赶紧解释，说是参加检阅去来。小墩子鼓儿说："那你为什么不和队伍一块行动？不是打算开小差，就是犯了自由主义。"【阅读能力点：这小孩子的理论知识还挺足。】

叫他们逼得没法儿，春儿打算到村里去，这时通城里的道上，跑来一匹马，骑马的战士，一会儿把身子贴在马上，一会儿又直起来，用力抖动着缰绳，孩子们都转过身去看了，春儿早笑得张开了嘴儿，认出那是芒种。

芒种跳下来，问清楚了是怎么回事儿，说："小同志，你们不认识她呀，今天全县妇女自卫队检阅，她考第一名！"

"看不透。"小墩子鼓儿说，神色上已经对春儿表示着尊敬。

"我给她证明，"芒种笑着说，"把她交给我吧！"

"那没有问题，"小墩子鼓儿说，"我们认识你。不过我们要给这位女同志提个意见：你在全县的检阅上考了第一，这自然是好，可是根据刚才的事实，你还有两个缺点。第一，脱离队伍，单独行动，这证明你的组织观念不强；第二，带着武器，在大道旁边睡觉，这证明你的警惕性不高。站在同志的立场上，我们

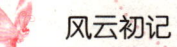

提出这两点意见，不知道你虚心不虚心，接受不接受？"【阅读能力点：这孩子说话条理清楚，有理有据，儿童团的力量真是不可小觑啊！】

"接受，我虚心。"春儿笑着和芒种走了。

【读品悟】

通过像个小墩子鼓的孩子对春儿的盘问，以及指出她的两个缺点，可见这个儿童团员观察入微，逻辑紧凑，是值得培养的好苗子。有了这样的后备力量，抗战胜利，指日可待。

三十九

名师导读

部队又要转移了,他们还会像以前一样跟老百姓不辞而别吗?对于部队的离开,老百姓们有什么表现?

春儿回到家里,这一晚上睡得很不踏实,白天检阅民兵的场面,还在眼前转。她感到屋子里有些闷热,盛不下她,她不知道,这是一种要求战斗的情绪,冲激着她的血液,在年轻的身体里流转。

她听见街上有狗叫,有马蹄的声音,有队伍集合的号令。

她坐了起来。

有人拍打门。她穿上衣服出来,从篱笆缝儿里看见芒种拉着一匹马,马用前蹄急躁地顿着地面。

她赶紧开开门,问:"黑更半夜,什么事?"

"司令部要转移了,"芒种说,"明天早晨这里就有战斗!"【阅读能力点:准备了这么久,战斗终于要打响了。】

"我们哩?"春儿说,"我们妇女自卫队怎么配合?"

"部队已经和地方上开过会,区上会来领导你们,你早点准备一下吧,我要回城里去了。"

芒种跳上马走了,队伍从村子的各个街口上开出来,像一条条黑色的线,到村西大场院里去集合。

听见响动,老百姓都起来了,大人一穿衣服,小孩子也跟着爬起来。

家里住着队伍的,男女老少都送到村外来。一路上,话语不断:"同志们,你们在我这里住了一程子,茅草房舍,什么也不方便,好在咱们是一家人,这没

风云初记

说的。你们再走到这里，千万不要忘了我，一定到家里落个脚儿。咱家里没有别的吧，可喝个开水儿，吃个高粱饼子呀，你们又不嫌弃！"

"大伯，我们一定来。"战士们小声说，"大伯回去睡觉吧，天还早哩！"

"你们出兵打仗多么辛苦，我缺那么一会儿觉睡呀？"大伯说，"这一程子，别的倒没什么，就是你大娘嘴碎一点，小孩子好发废（方言，发颤，调皮捣蛋的意思），你们没得安生！"

"大娘心眼儿很好，"战士们说，"小兄弟也叫人喜欢，好好叫他上学呀！"【阅读能力点：朴实无华的话语，凸显了战士们和老百姓的深厚情谊。】

"反正得供给供给。"大伯笑着说，"赶上这个年月，还能不叫他上上学？长大了，也叫他出去，和你们一样打日本！"

"等不到他长大，我们就把日本打跑了！"战士们笑着说。

一直送到场院里，站好了队形，大伯还不断猫着腰跑过去，和战士们小声说话儿，说两句就赶紧退回来。大娘也赶了来，着急地往一个战士手里塞上了一个热乎乎的大鸡蛋！

"拿着吧！"大娘喘着气儿说，"光着急，怕你们走了，也不知道煮熟了没有，你们趁热儿快吃了吧！"

"老乡们，肃静一些吧，"队伍前面，作战科长讲话了，"过去，我们转移的时候，总是不言一声就走了，使得老乡们惊惶，并且对我们不满。现在我把今天的情况简单分析一下，叫老乡们有个准备。【阅读能力点：对于以前部队转移时造成的失误，作战科长主动承认，吸取了教训。】敌人从保定、河间出动，沧石线上也增加了一些兵力。主要的是保定出来的这一股，已经侵占了我们的博野、蠡县、安国三座县城，有向沙河以南地区侵犯的企图。现在沙河和滹沱河里都没有水。我们一定能打退敌人的进犯，可是开头一两天，我们得先和他绕绕圈子，比比脚步！老乡们应该听区上和自卫队的指挥。坚壁东西呀，转移呀，帮助军队打仗呀，地方上都有布置。老乡们，我们再见吧，过几天，我们一同庆贺胜利！"

队伍分成两路出发了，全村的老百姓，站在堤坡上，直到最后一个战士也隐没不见，才回到家去，做战斗的准备。

春儿回到家里，往灯盏里添了些油，小灯立时亮了。她开开小柜，把几件衣服和一匹没织完的布包起来，藏在挖好的一个洞里。把纺车埋在柴草堆里，把粮食装好，背到野外麦地里藏了。看看屋里没有什么要紧的东西，才松了一口气，坐在炕上，她守着灯，整理好她的枪支手榴弹，把干粮装在背包里，披挂好就去集合她的人了。【阅读能力点：春儿利索地做好了作战的准备。】

高庆山的支队，奉命从县城开到五龙堂一带村庄驻扎，他接受了战斗的任务。

指挥部就设在他家有战斗历史的小屋里，他的父亲和女人都到街里工作去了。在小屋里，他召集区委同志们开了一个会。区委同志们的意见，希望高支队能在这里打一个硬仗，长长抗日的威风。他们说，这样一来，地方上的工作就更好做了。

高庆山说："目前的形势，还是敌强我弱。我们只能选择有利的时机，打击敌人，在战争的锻炼里，壮大自己的力量。用逐渐的由小到大的胜利，来保持和发扬军民的战斗情绪。"【阅读能力点：高庆山并没有打算硬碰硬，而是选择避其锋芒，逐步取得胜利，这是要稳中取胜。】

【读品悟】

部队要暂时转移了，老百姓和战士们依依不舍，互诉衷肠，进一步深化了"军民一家亲"的主题。

四十

名师导读

高四海和春儿以放羊做掩护，到崔家老坟去打探敌情，正巧有个汉奸来探路，他们能不费一兵一卒擒获汉奸吗？

区委连夜召集附近几个村庄的支部书记和武委会主任开会，布置了配合军队作战的任务。高四海担任了侦察组的组长，组员里面有一个女的，就是春儿。

"你要我去干什么呀？"从会场出来，春儿问高四海，"给你们添累赘吗？"

"快到家里打扮一下，我们一块儿去出探，"高四海笑着说，"我知道你是个顶灵通的孩子！"【阅读能力点：春儿的机灵人人皆知。】

一老一少，在堤坡小屋里打扮好出来，天刚发亮，高四海背着大柴草筐，系着白褡包。春儿举着红缨大鞭，赶着姐姐家那一群山羊。

她的腰里，挂着一个用破布袋片缝成的兜囊，盛着两颗手榴弹和几块硬干粮。

他们估计敌人可能从县城这个方向来，就奔着崔家老坟去。春儿赶着羊在道沟里，老头儿走在道坡沿上，四下里瞭哨着。

到了崔家老坟，老头儿站住说："我们就在这里安营扎寨，把羊轰上来！"

一丈多高的沟墙，就是山羊也爬不上去，春儿一个个把它们抱起来，老头儿拽着犄角，拉了上去。羊们抖抖身上的土，就跑到坟坎里去吃草了。【阅读能力点：一老一少配合默契，俨然一对父女，说明他们的掩护工作做得很好。】

老头儿把春儿拉上来。

"有人来了！"她小声对高四海说，把身子紧贴着树干。

145

从东边来了一个骑车子的,他在道沟上面,走走站站,看看前边,又看看后面。路过坟边,他从车子兜儿里掏出一支手枪来。

高四海还是弯着身子割芦草,整整齐齐放到筐里去。

"老头儿!"骑车子的人下来走到他跟前说,"你是哪村的?"

"你问我呀?"高四海直起身子来说,"小村庄,五龙堂的,你打哪里来呀?"

"你不要问!"骑车子的人把手里的枪一扬说,"问多了小心这玩意儿走火!"

"我不怕这玩意儿。"高四海说,"在我们这一带,凡是拿枪的都是八路军,工作人员。他们从来不吓唬人,除非是那些汉奸们。可我看着你又不像!"

"我不像吧?我不像一个汉奸吧?"骑车子的人笑着,把枪放在车兜儿里,把车子靠在石兽上。【阅读能力点:对于高四海不着痕迹的恭维,骑车子的人非常受用。】

"不要靠在那上边,那上边有油。"高四海说。

"可不是!你不说,我还没看见哩。"推车子的人把车子往前推了推,靠在高四海身边一棵小树上,转过身来坐在一铺芦草上说,"你这老头儿很好,谁在这老虎嘴儿里抹了这些油呀!"

"这是一对坏家伙,"高四海也坐下说,"你要不往它身上抹点油儿,它就祸害你,叫你翻车!"

"你们这里的人,也够绝的了。"骑车子的人说,"这样一挖道沟,汽车坦克都不好走,通到你们村里,都是这么深的沟吗?"

"到处一样。"高四海说,"咱这里哪有汽车呀?"

"你们没有,日本人有呀!"骑车子的人说,"一边走一边填沟,你看有多么别扭!"

"他别扭他的吧,用不着替他们发愁。"高四海把烟袋递给骑车子的人说,"谁叫他侵略咱们呀!抽袋烟吧!"【写作借鉴点:一个"咱们",再加上主动递烟袋,拉近了高四海和骑车人的距离。】

骑车子的人接过烟袋来,低头打火,他没有使惯火镰,老是打不着。

风云初记

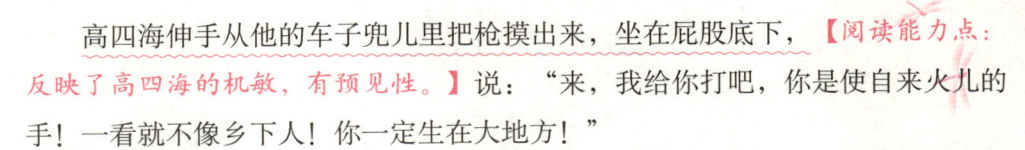

高四海伸手从他的车子兜儿里把枪摸出来,坐在屁股底下,【阅读能力点:反映了高四海的机敏,有预见性。】说:"来,我给你打吧,你是使自来火儿的手!一看就不像乡下人!你一定生在大地方!"

"唔!"骑车子的人说,"我是保定府人!"

"你是出来给日本人带路,你一定是个汉奸!"高四海说着站起来。

骑车子的人立起来,就去车子兜里抓枪。

高四海把枪一举说:"在这里呢!"汉奸扑过来要夺,高四海一闪身子,顺劲儿一推,汉奸就栽到一个石老虎身上,亲了个嘴儿,沾了满脸油泥。高四海把他的手背过来说:"你先不用回去给日本报信,就在这里凉快会儿吧!"

他把汉奸的裤带解下来,把汉奸的脑袋硬折过去塞到裤裆里,像打蒲包儿一样,用裤带捆了,推到芦草深处一个狐狸洞口上。

"大爷,你不要活埋我呀!"汉奸在裤裆里说。

"谁家的坟地叫埋汉奸呀?"【阅读能力点:这是高四海对汉奸的蔑视。】高四海说,"这叫看瓜园。说实话,你出来干什么?"

"日本人叫我来扫探这里有没有八路军,道路儿好走不好走。"

"日本人到了哪里?有多少人马?"

"到了新营。两辆汽车,20匹马队。现在也许过了河。"

"走哪条路,奔哪里来?"

"就打算走这条路,奔子午镇来。"

"你在树上猴着吧,我去给你姐夫送个信儿,"高四海望着春儿说,"就骑着这辆自行车!"

【读品悟】

面对汉奸,高四海面无惧色,一句"你不像汉奸"让汉奸放下戒心,然后用"咱们"和递烟袋拉近自己和汉奸的距离,最后趁其不备偷过手枪,这一连串的行动让人不得不承认他的侦查工作很出色。

四十一

名师导读

日本人的汽车已经开来了，回去报信已来不及，那么高四海他们会如何应对这突如其来的紧急情况呢？

高四海把车子拉进道沟里，骑上去歪歪扭扭地走了。

春儿一个人望着通城里的大路。大路上，除去有时飘过一个旋风，拧着沙土和柴草，跳过道沟，跑进麦地，连一只飞鸟儿也看不见。到处的村庄像封闭着，谁家房顶上也没有炊烟。

春儿揭开手榴弹的盖儿，她看见了日本人的汽车。这孩子头一次看见这种奇怪的车辆，它装载着敌人，凶恶地践踏着家乡的土地。

汽车在道沟旁边的正在扬花的麦地里走，密密的小麦扑倒了，在汽车后面留下了一条长长的委屈痛苦的痕迹。【阅读能力点：日本人丝毫没有顾及中国老百姓的庄稼，他们是冷血的。】

女孩子震动了一下，她用力咬着嘴唇，一只手紧紧搂着树枝，敌人的车辆马匹，像是在她的胸膛上轧过来了！

高四海回来了。

"大伯！"她招呼高四海，"日本人过来了，我们怎么办？"

"不要慌！"高四海把车子草筐藏好，把手枪掖在裤腰带上，脱下鞋来。

这老人上树，赛过一匹猿猴，他两只手攀着光滑的大叶杨树身，弓着身子，像走路一样。

"就是送信也来不及了，"春儿着急地说，"我们扔个手榴弹，叫村里知道吧！"

"等我数一数，"高四海一手扳着树枝，探出身子去望着，他说，"敌人数

目并不大，不要惊动他！"【阅读能力点：一老一少的对话，表现了春儿的焦急和高四海的沉着冷静。】

敌人的汽车从坟前面过去，两旁有几十匹马。他们浑身是土，满脸是汗，他们侵略别人的国家，一步步走在下到地狱去的道路上。高四海和春儿把身子隐在枝叶里。等敌人走到河滩中间的时候，高四海向空中放了三声枪。

那是一段大空地。敌人在阳光照射的白茫茫的沙滩上，像晾在干岸上的鱼。我们的部队在四处的道沟里飞快地运动着。

这只是一小股侦察性质的敌人，高庆山命令直属的一个营在很短的时间内把它消灭在河滩里。

战场就在五龙堂村庄的边沿，作战的又都是农民的子弟，五龙堂的老百姓，全围在堤坡后面助威来了。战士从他们身边跑过，老年人小声地鼓励和嘱咐他们。

秋分领导的妇女炊事组，对面站在堤坡里面，一排人捧着烙饼裹鸡子，一排人提着开水壶，像戏台上的执事一样。战士们顾不得吃东西，她们只能等候亲人们作战回来。【写作借鉴点：通过细节描写，凸显了军民一心齐抗战的景象。】

必须占领那片高高的丘陵起伏的柳坡子地。

芒种的通讯班，抱着一挺轻机枪，跑过一段沙滩，完成了这个任务。

河滩里的敌人四处乱窜起来，一辆汽车被打翻了，另一辆汽车想突围，回到崔家老坟来。

春儿在树上看得准准的，扔下了两颗手榴弹，在车厢里炸开了。

全村群众跑出来，帮助打扫了战场，军队进村吃了些东西，就向北方转移了。

【读品悟】

敌人的侦查部队在毫无准备的情况下进入了中国老百姓和红军为他们设下的圈套里。结果可想而知：敌人被全部歼灭。这说明：只要大家齐心协力，胜利就在前方。

四十二

名师导读

由于高疤的冒失行为，使得他驻扎的村子遭受了严重损失，那么高庆山他们采取了哪些应对措施来挽回局面呢？

但是，北边的敌情，发生了变化。【写作借鉴点：总起句，统领下文。】高疤带领的一团人，奉命驻扎在石佛镇附近一带的小村庄，任务是监视敌人，牵制敌人，在不利的情况下，迅速转移。高疤近来觉得自己在这个支队里，比起别的团长来，有些闷气。支队长一谈就是政治、政策，他对这些全都不感兴趣。他觉得，既是一个军人，就应该在打仗上见高低。很久以来，他就想露一手给大家看看：我高疤的长处，就在这打仗上面。【阅读能力点：高疤年轻气盛，这可不是什么好现象啊。】

为了热闹和吃喝方便，他私自带着一营人驻在石佛镇大街上。中午的时候，他听说子午镇打起来了，并且直属营打胜了，他越发跃跃欲试起来。敌人从安国县顺着通石佛镇的公路走，道路完全破坏了，敌人就沿着道沟沿走，并不防备附近村庄驻着我们的队伍。这也是敌人兵力较大的表现，高疤却单单把它看成了敌人的弱点，并且生了气，咒骂敌人不把高团长放在眼里，他很想跳到高房上去呐喊一声。他鼓动手下两个连长，带着一部分弟兄们上了房，当敌人的先头部队刚刚爬进他的火力圈的时候，他开了枪，暴露了目标。

敌人发觉前面有我们的队伍，就好像找到了目标，散开包围过来。

敌人火力很强，飞机很快也来了，炮弹炸弹毁了很多房屋，村子着起火来。【阅读能力点：由于高疤的冒失行动，村子遭殃了。】

高疤的队伍，还没有经过这样严重的阵势，支持不住，下面的人对高疤的冒失行为有很多抱怨，意见不一致，有的跟着老百姓逃散到漫天野地里去了。

老百姓见他们不能保护自己，反跟着乱跑，不愿意和他们在一起，排斥他们，他们就只顾自己逃到前边去。敌人打进了石佛镇北街口，眼看就包围了整个村庄，队伍和老百姓再也撤不出来了。

高庆山接到报告，研究了全部情况。他带领部队，采取极为隐蔽的形式，迅速地转移到了敌人的侧面。派一营兵力，去切断敌人。【阅读能力点：高庆山决策果断，行动迅速。】

芒种和他那一个班又参加了战斗。在路上，他见到那些满脸泥汗，饱受惊吓的妇女孩子们，一种战士的责任感强烈地冲激着他的心。

他带领一班人，在大洼里准备好，顺道沟翻过大堤。他们的任务是经过一带菜园，冲进一个坟丛，沿着潴龙河岸，占领石佛镇南街口那座大石桥。现在，园地里的春大麦长得很好，但是也还不能完全隐蔽跃身前进的战士。包围村庄的敌人，正要在桥头会合，遇到芒种他们的袭击，慌乱了一阵。

利用这个时机，芒种弯着身子跑到一架水车后面，然后冲到了那个坟丛里面，等候弟兄们上来。

前面不远就是潴龙河，河两岸，长满芦苇和青草，看不到里面的流水。敌人火力很强，现在芒种他们只能匍匐前进。他们一边射击，一边注意着眼前的每一棵小树、每一丛野草、每一个坑壕。他们觉得，所有祖国大地上生长着的一切，就连那西沉的太阳、河里的泥水，也都和他们的生命、和他们的作战任务，结合在一起了。【阅读能力点：在这反法西斯的战争中，国土上的一草一木都让战士们倍感珍惜。】

他们跃身抢到河边。然后，一齐把手榴弹投向敌人，占据了石桥，切断了敌人。但是芒种受了伤。

黄昏，炮火笼罩着平原。所有的村庄，都为战争激动着。青年和壮年，都在忙着向导、担架和运输。沿大路的村庄，建立了交通站，夜晚，有一盏隐蔽起来的小红灯挂在街里。受伤的战士们，一躺在担架上，就像回到了家。

在路上，抬担架的人宁可碰破自己的脚，也不肯震动伤员，又随时掩盖好被头，不让深夜的露水洒落在伤员的身上。【阅读能力点：战士们为了保护我们的家园而受伤，我们以细心呵护作为回报。】

妇女们分班站在街口上，把担架接过来，抬到站上去。那里有人把烧开的水和煮熟的鸡蛋送到战士的嘴边。

芒种的腿上受了伤，高庆山把他交给高四海带领的担架队，抬到子午镇春儿家里来休养。

春儿背着两支大枪，跟在担架后面，太阳下山了，地里有一阵阵的风声。她为亲人的受伤担忧，心里又十分兴奋。

她跑到前面去，把屋子打扫了一下，铺好厚厚的被褥。把芒种安排着睡下，把人们送走，她就去请医生了。【阅读能力点：春儿没有哭泣，而是麻利地做好一切后勤工作，使芒种可以安心休息。】

子午镇有个西医姓沈，是个外路人，因为和这里的一个女孩子结了婚，就在大街上甜井台旁边丈人家开了一座小药铺。他原来在保定一家医院里拉药抽屉，手艺自然不高，为人可是十分热情。住在丈人头上，更要亲密乡里，不管早起夜晚，谁家有了病人，去个小孩子请他，也从来没有支吾不动的时候，人缘儿很好，过年过节，常有人请他去陪客吃饭。

春儿到他家里，他刚从外村看病回来，在院里解车子上的药匣子，一听说春儿那里有病人，他又忙着把药匣子捆好，推着车子跟春儿出来。

来到家里，春儿放轻了脚步，医生把车子轻轻靠在窗台下，跟着走进屋里。

"他准是睡着了，"春儿说着点上小油灯，走过去照了照，芒种睁着两只大眼醒着哩。

"怎么又醒了，疼吧？"春儿问，"我给你请了先生来了！"

"来，我看看！"医生轻轻掀开了芒种身上的被褥，斜着身子坐在炕沿上，"春儿，你把灯端近点！"

春儿一只手护着灯，弯下身子去。她看见芒种腿上那些血，赶紧转回脸来，强忍住自己的眼泪。【阅读能力点：虽然春儿很坚强，但还是忍不住为芒种担心。】

医生给洗了洗污血，涂了些药，春儿把坚壁的新布取出来，扯下一条缠好了。

【读品悟】

面对高疤的轻敌，高庆山的第一反应是针对情况迅速做出处理，将伤亡降到最低，他的领导有方、处事果断可见一斑。

四十三

名师导读

芒种受伤了，春儿是如何照顾他的呢？他们又谈了些什么呢？

春儿送回医生，顺便约好医生的丈母娘来做伴儿。这位大娘，今年50岁了。她的丈夫和春儿的爹一年下的关东。

夜里，她抱着一条被子过来，指着炕上小声说："他吃饭了没有？"

"还没哩，"春儿说，"兵荒马乱的，咱这人家，有什么好做头呀？"

"我拿来了一把儿挂面，三个鸡蛋，"大娘打开被子说，"你去给他煮煮！"

【阅读能力点：大娘猜着春儿这里没有好东西招待芒种，所以提前准备好了。】

春儿添水做好了饭，端到被窝头起，叫芒种吃着。芒种吃完，和她们唠一会儿，就翻身向里睡去了。

"你跑腾了一天，也睡吧！"大娘上炕对春儿说，"上半夜我来支应着！"

春儿把灯盏移到窗台上，打横儿躺在大娘的身后边。她用力闭着眼睛，一直睡不着，翻了几个身说："大娘，咱娘儿俩掉换掉换吧，我侍候上半夜！"

"那我就先睡会儿，"因为扭不过春儿，大娘说，"你什么时候困了，什么时候再叫醒我！"

大娘靠着墙，把眼一闭，就轻轻打起呼噜儿来，睡着了。

她做起梦来。她梦见芒种的伤养好了，背起枪来对她说："大娘，这些日子，多亏你照看我，我一辈子忘不了，我要把你当亲娘看待！"

"那你不要挂意，"大娘对他说，"你打仗是为了谁呀，还不是为你的大娘呀？你只要告诉我你现在到哪里去，什么时候回来就好了！"

"我要到东三省去，"芒种笑着说，"我要一直打到鸭绿江边，把日本鬼子完全消灭！"

"那你等一下，"大娘着急地说，"等我换上双鞋，跟你去找你大伯！他走的时候，我的头上插着红花儿，现在头发白了，他还不回来。我要去找他，告诉他说：我们这里，因为有共产党领导，八路军打仗，穷人们全有了活路，年轻小伙子，不用再撇妻撂子受苦下关东，家来过好日子吧！"【阅读能力点：日有所思，夜有所梦，盼着丈夫回家就是大娘最大的梦想。】

"那就走吧，大娘，"芒种搀扶着她，跟在大队后面，走了很远的路，过了多少条河，出了山海关，穿过大森林，一天傍黑，在一间地主人家的场屋里，找到了她的年老的丈夫。

大娘的老眼里流下泪来。

"不知道队伍宿营，找到房子了没有？"芒种翻过身来说。

"睡醒了呀，"春儿笑着说，"还是说梦话？"

"睡醒了。"芒种说。

"大娘睡着了，"春儿说，"可老是说梦话。"

"大娘是个苦命的人，"芒种说，"她家那个大伯，小的时候，和我一样，给人家当小做活的，后来被逼得下了关东！比起老一辈儿的人们来，我们是赶上好年月了。"

"俺爹也是在关东呀，"春儿说，"你不要忘了他。"

"我怎么会忘了他哩，"芒种说，"我要好好打仗，一直打到山海关外去，把那里的人民也解放出来，把咱这一带因为穷苦、因为地主豪绅剥削逼迫、失家没业、东流西散的人们全接了回来！给他们地种，给他们房子住！"【阅读能力点：经过党的教育，芒种也拥有了远大的志向，他在不断成长。】

"这是你的志向呀？"春儿笑着说。

"这是我的头一个志向。"

"第二个志向呢？"春儿问。

"第二个志向更远大，我一下还说不周全，"芒种说，"党会领导我去实现的，我只要永远做在前头，永远不掉队就行了。"

"你是一个共产党员了？"春儿低下身子笑着问。

风云初记

"嗯。"芒种说,"你有志向没有?"

"为什么没有?"春儿直起身子来说,"你不要小看我!"

"说说你的吧!"芒种说。

"你等我想一想,"春儿昂起头来,"姐姐对我说,村里的支部,就要吸收我入党了,我的志向就是做一个好的共产党员!"

她说着,拉住芒种发热的手,又轻轻抚摸着他的头。

月亮照到炕上来,三个人的热情和希望,把这间常年冷清的小屋充实了起来。

【读品悟】

大娘的男人走的时候,她还是一个年轻的姑娘,可如今已满头白发,却还不见丈夫回来。作者通过大娘的亲身经历,揭示了旧社会里穷苦百姓的苦难生活。

四十四

名师导读

高疤吃了败仗，因为没有认识到自己的错误，于是被命令到路西去学习一个时期。他带着一肚子怨气在街上寻找解闷的地方，恰巧碰上了正在策反红军的白先生……

　　高疤不按照命令作战，部队受了很大损失，敌人退走以后，高庆山在石佛镇一家盐店的大院子里，召集支队的干部开会，检讨了这次战役，强调说明在目前形势下的游击战争原则，严厉批评了高疤，高疤红着脸坐在一边，不服气地说："扯那些原则当不了飞机大炮，我不懂那个，直接批评我打了败仗就完了！"

　　"我们要明白打败仗的道理！"高庆山说，"为什么打了败仗？"

　　"是战士松包，武器日蛋，寡不敌众！"高疤一甩胳膊说，"我高疤在战场上可没有含糊！"【阅读能力点：高疤还是没有弄清自己打败仗的主要原因，他还需要提高。】

　　"你是一个团长，一团人的性命在你手里。你不是一个走江湖耍枪卖艺的单身汉，部队受了损失，就证明你不是英雄！"高庆山说。

　　"那么该杀该砍，就请支队长下命令吧！"高疤低下头去说。

　　"我要请示上级，"高庆山说，"这次一定送你到路西去学习一个时期。"

　　散会以后，高疤趁着大家吃饭，一个人到街上来。石佛镇，是南北交通的要道，又是潴龙河的一个热闹码头，大街上有很多店铺，石桥头上有一家小酒馆，门口挂着一只破酒壶，高疤走进去，说："烫一壶，有菜没有？"

　　"菜是没有，"跑堂的说，"同志要喝酒，还有昨天剩下的两块豆腐，也许有点儿馊了！"

"拌了来。"高疤一拍桌子坐下。【阅读能力点：高疤此时也没那么多讲究了，只要能下口就行。】

喝了一通闷酒，高疤出了酒馆，上了大石桥。蹲在栏杆上面的小石狮子，一个个拧着脑袋望着他。【阅读能力点：物随心转，高疤心情不好，连看小石狮子都看不顺眼。】

桥下的河水冒着浪花，石桥的一头，还有一片血迹，有一班战士在这里作战牺牲了。

他感到烦躁，拐进河南岸的一家小澡堂里去。这是乡下的小澡堂，十天半月才换一次汤水，屋子里潮湿霉臭，池子里翻搅着白色的泥浆。高疤脱光了跳进去，在雾气腾腾里，踩住了一个胖胖的身子。

"谁呀？"那人像受惊的蛤蟆一样，翻身坐起来，抹着脸上的水说。

"高团长！"高疤大声说，"你看见我进来，为什么不早早躲开，是想绊倒我，叫我喝这口脏水吗？"

"啊，原来是高团长，"那人笑着说，"巧遇，巧遇！"

"你是谁？"高疤问。

"我们在子午镇田大先生家里见过一面。"那人说，"那天我们不是在一张桌子上吃饭来吗？"【阅读能力点：能和高疤一起在田大瞎子家吃饭的人，能是好人吗？我们不禁要问。】

"你是白先生？"高疤四脚八叉地仰在水里问，"你不是在保定做事吗？"

"这里是我的家，"那人说，"回来看望看望。"

"这澡堂的掌柜也算胆大，"高疤说，"今天他还开张！"

"我们这是沾的日本人的光，"那个人笑着说，"这是日本人洗过的剩水。"【阅读能力点：白先生一副汉奸的嘴脸，一览无余。】我们好久不见了呀，高团长近来一定很得意吧！"

"得意个屁！"高疤在水里翻滚着，像小孩子爬在泥坑里练习游泳，溅了对方一脸水，他也不在意。白先生只好缩到一个角落里，躲避他造成的浪潮，背过脸去说："没有升官？"

"就要到山沟里受训去了，"高疤说，"还升官！"

"八路军的事情，就是难办！"白先生叹了口气，"耀武这次回来，高团长和他有没有联系？"

"见过一面。"高疤停止了运动，靠在池子边上喘气说。

"听说中央的队伍占了你们县城。"白先生爬过来小声说，"我劝你还是到那边去。在这边永远吃苦受限制，在那边，武装带一披，是要什么有什么。千里做官，为的吃和穿，何苦自己找罪受？当了半辈子团长，又叫去当兵受训，那不是罐里养王八，成心憋人吗？【阅读能力点：高先生故意戳高疤的痛处，激起他的不满情绪。】"

"他们怎么占了县城？"高疤也吃了一惊。

"怎么占了？"白先生冷笑说，"这像走棋一样，八路军退一步，中央军就得进一步！空出的地面不占，还到哪里捡这样的便宜去？"

"里外夹攻，那我们不是完了吗？"高疤说。

"可不是完了呗！"白先生说，"日本的来头，你是尝过了，你看人家武器有多凶，人马有多整齐！这还不算完哩，听说各路又增兵不少，非把吕正操完全消灭不可！中央军再一配合，从今以后，八路军再不能在地面上存身了，你只好跟他们到山沟里吃野菜去，你舍得下这个地方，舍得下你的太太？"【阅读能力点：白先生在一步步瓦解高疤抗日的斗志。】

"我有点不信。"高疤思想了一会儿说。

"我要骗你，就淹死在这池子里。"白先生把脖子一缩说，"你想一想吧，升官发财，倒是哪头儿炕热？晚过去不如早过去，你要去，我们一块儿走。"

"我穿着八路的军装，路上不大方便吧？"高疤说。

"只要你去，"白先生说，"我家里什么也有。"

【读品悟】

高疤的指挥失误让白先生抓到了他的弱点，于是白先生用自己的三寸不烂之舌，说服了高疤投靠国民党。他们的卑鄙行径让人不齿。

四十五

名师导读

高疤从换下那身军装的一刻起，就意味着他已经背叛了革命。那么白先生和田大瞎子又想出了什么馊主意来破坏自卫队与百姓的军民联盟呢？

在姓白的家里，高疤换上一套便衣，在灯光下面，对着镜子一照，恢复了他一年前的模样。

由姓白的领着，他俩翻过石佛镇大堤跑了出来，没有遇到岗哨。这样晚了，路上已经断绝了行人。

"我们要先奔子午镇，"姓白的说，"到田大先生那里一下，你也可以顺便告诉家里一声。"

"白先生，"高疤说，"我不明白，你是给日本人做事，还是给中央军做事？"

"其实是一样。"姓白的笑着说，"原先我是投靠了日本的，当了汉奸，觉得有点对不起乡亲。中央军过来，田耀武对我说，我走的路子很对，还推许我是一个识时务有远见的人，叫我也给他们做些事情，这样一来，我的路子更宽，胆量也就更大起来了！"【阅读能力点：从白先生的话里，我们明白了，给日本人干事和给中央军干事，其本质都是一样的，它们都是破坏革命、反人民的力量。】

"我是个粗人，"高疤说，"现在的事情，真有点儿不摸头，从今以后，希望白先生随时指点。"

"其中并没有什么深奥的道理。"姓白的说，"你这样看：中央军和日本，合起来就像一条裤子，我们一边伸进一条腿去走道就行了。这个比方你不懂，我们再打一个：你原先不是一个走黑道的朋友吗？你的目的是偷，是发财。我们不管别人说长道短，不怕官家追捕捉拿，有奶便是娘亲，给钱就是上司，北边的风过来向南边倒倒，东房凉儿没有了，到西房凉里歇去，中国的事情越复杂，我们的前途就越远大！"【阅读能力点：姓白的能将这么无耻的事情说得理所当然，可见其将墙头草的本性发挥到了极致。】

"白先生真是一把老手。"高疤说。

"这一篇书叫汉奸论。"姓白的笑着说，"你学会了，就能在中国社会上，成一个不倒翁！"

两个人讲究着到了子午镇村边，由高疤引路，避开自卫队的岗哨，把姓白的送到田大瞎子家门口，他回到俗儿这里来。

田耀武也刚偷偷地回到家里。他的母亲正把李佩钟通知离婚的信，交给他看。田耀武说："你们不要生气，她乍不了刺儿！"

"人家是县长啊！"他娘说，"衙门口儿是她坐着，还不说个什么就是个什么？"

田耀武安慰他娘说："我们不承认她们这份政权。论起官儿来，我比她大着一级哩，我是个专员！我是中央委派的，是正统，她是什么？"

"可是哩，"他娘有些怀疑，"你做了官儿，你那衙门口儿在哪里呀，就在咱家这炕头儿上吗？"【阅读能力点：虽然儿子说得很有气势，但田耀武的娘还是有点不相信自己的儿子。】

"我们就要进攻县城，把她们赶出去。"田耀武说，"这不是白先生来了，你和日本联络了没有？"

"联络过了。"姓白的说，"我还给你们引来了一个向导高疤，明攻明打，恐怕你们进不去，就叫他带头，冒充八路军，赚来这座县城！"

"你们在村里，也要做些工作，"田耀武对他的爹娘说，"要尽量破坏八路军的名誉，在村里，谁抗日积极，就造他的谣言，叫群众不相信他！"

"反对共产党，造八路军的谣言，实在不是一件容易的事。"田大瞎子说，"我研究了一年多，也想不起什么高招儿来。眼下共产党就在村里，八路军就住在各家的炕上，你说他杀人没人信，说他放火看不见烟。村里穷人多，穷人和共产党是水和鱼，分解不开。像我们这样的户，在镇上也不过七八家，就在这七八家里，有很多子弟参加了抗日工作，他们的家属也就跟着变了主张，现在人们的政治又高，你一张嘴，他就先品出你的味儿来了，有话难讲。【阅读能力点：由此可见田大瞎子对军民关系已经做了一番深入的研究。】"

"田大先生的分析，自然有道理。"姓白的说，"可是我们也不能在困难面前认输，群众也有反对他们的时候，妇女出操，碰球开会，演戏扭秧歌，男女混杂，那些当公婆的就不赞成，当丈夫的也有的会反对的，我们就要看准这些空子，散放谣言，扩张群众对他们的反感。再如征粮的时候，做军鞋的时候，扩兵的时候，都要看机会进行破坏。"

"白先生很有经验，"田耀武介绍说，"他在东三省破坏过抗日联军的工作。"

"听了白先生的话，我看那个叫春儿的，就是个好对象。"田大瞎子说，"咱们那小做活的芒种，是她鼓动着参加了八路军，那天作战受伤，现在她家里养着。我看这就是个好题目，一敲两响，既破坏了八路的名声，又打击了村里的干部！"

"这些事儿，"田耀武的母亲说，"我不好出头，我得去找俗儿。"

"就去找她。"姓白的说，"她丈夫成了我们的人，她自然也得是我们的了！"

【读品悟】

从姓白的话中，我们不难看出，他在想方设法破坏抗日联军的工作，是个投机钻营、卑鄙无耻的小人。

四十六

名师导读

田大瞎子他们商量着要栽赃春儿和芒种,还要俗儿出头。他们到底想到了什么阴毒的计策呢?

医生又来给芒种换药,芒种的伤已经大见轻了,春儿站在一边,笑着说:"先生,你为什么不参加八路军呢?为什么不把自己的手艺贡献给国家呢?"

"年岁大了,"医生收拾着药箱子说,"腿脚又不得劲儿,八路军不要我吧?"

"请都怕请不到哩,"芒种说,"要是先生参加,为了工作方便,我看应该给一匹马骑!"【阅读能力点:由此可见芒种是粗中有细。】

"那你回到队上,就和我姐夫说,"春儿说,"叫先生去参加!"

"先不用!我还得和家里商量商量,一大家子人,全凭我跑动着养活哩!"医生笑着说,提起药箱子走了。

春儿出来看看阴了天,想先抱下些柴火。她走到柴火垛跟前,听见"吱吱"的声音,吓了一跳,以为是藏在柴火里的老鼠,下了小耗子,要不就是家雀儿安了窝。她走近一看,在抽去柴火的窝洞里,有一条绿色的带子拖下来,她一扯带子,掉下一个沉重的包裹来,"哇"的一声,里面是一个刚刚生下的小孩子。春儿慌得不知道怎样好了。【阅读能力点:难道这是田大瞎子他们为春儿和芒种下的套?】

正好大娘来了,大娘拿着包裹一看,是一个八路军用的绿色挂包,小孩子饿得快断气儿了。

"这是怎么回事?"大娘惊慌地说,"快把他丢到河滩里去!"

"一个活活的孩子，怎么能丢了？"春儿把他抱到屋里，放在炕上，端来芒种吃剩下的挂面汤，喂了小孩子两口。

"我劝你不要行这个善心，"大娘站在一边说，"这不定是哪个黑心肠的给你安的赃哩！"【阅读能力点：还是大娘经事较多，一眼看出事出蹊跷。】

"他给我安什么赃？"春儿说。

"你这孩子！"大娘说，"怎么不解理儿呀？一个十八九的大姑娘，炕上放着一个血娃娃，算是怎么说的呀？"

春儿一下红了脸，没有说话。

"你不去，我去把他扔了！"大娘抱起小孩儿来。

"我不。"春儿说，"我们不能造这个罪，他们给我安赃，安得上吗？"

芒种也不同意把小孩抛弃。他爬起来，端详着小孩子的脸，用手指把一根面条抹到小嘴里去，笑着说："你们来看，这小人儿长得像谁？"【阅读能力点：春儿和芒种还没有意识到危险已悄悄降临。】

"我看不出。"春儿说，"管他像谁哩？"

"我看很像老温，"芒种说，"你看这鼻子！"

"别拉闲篇儿了！"大娘说，"你们不愿意扔，就抱到我家里去吧，我七老八十的，他们没得说！"

大娘把小孩子裹好，抱了出来。刚一出门，就看见俗儿从田大瞎子家的房角拐过来，一步一探头，像一个等鱼吃的鹭鸶，大娘赶紧往回一闪。【写作借鉴点：运用比喻手法，描绘了俗儿在等待陷害春儿时机的情景。】

"闪什么呀大娘，"俗儿笑着走过来，"怕我冲了你们的好运气吗？"

"有什么好运气？"大娘用袖子一盖。

"那么大的玩意，盖得住吗？"俗儿走到跟前，伸手一扯说，"啊，这是谁家新添的大胖娃娃呀？"

"这是拾来的，你不要胡说。"大娘往前走着说。

"从春儿的炕上拾来的吗？"俗儿跟在后边说，"她家炕上躺着一个大八路，怎么又弄出了一个小八路儿来？哈，还用挂包兜着，这么小人儿，就穿八路军的军装吗？"【阅读能力点：俗儿这是硬要将罪名安在春儿身上了。】

163

"你嘴上留些德行吧,"大娘说,"冤枉了好人可有报应!"

"叫别人听听吧,"俗儿说着拐到大街上去,"整天价在一块儿,我准知道就不能干净。大娘,谁拉的皮条纤呀?"

大娘是个热脸皮的人,又从来不能跟人吵架拌嘴,只好返回来。把遇见俗儿的事和春儿说了:"真倒霉,碰上这么一个扇车嘴,管保嚷得一村子也知道了!"

"不怕她嚷,"春儿说,"我们要调查这件事。"说完就到街上去了。

【读品悟】

芒种在春儿家养伤,却被俗儿一帮人恶意陷害,弄个孩子来栽赃他俩,这帮人真是无耻。

四十七

名师导读

经过俗儿的大肆传播，春儿与芒种私自生子的传言必定会弄得满城风雨。那么春儿受传言影响了吗？她是如何应对的？

俗儿像一个屎壳郎，带着臭气一路嗡嗡着，她的谣言已经发生了影响。

有几个妇女围在临街的碾栅门口说话儿，一见春儿过来，就散开进去了，故意拿大腔吆喝拉碾的牲口。春儿走过去，她们又从门口探出身子来。

春儿不理她们，走到医生家里来。在春儿的一番思想工作之后，医生的小媳妇同意了医生参加革命工作。

从医生家出来，春儿准备好词儿到识字班去。这一天，妇女们到的很少，来了几个，也不愿意进讲堂，在门口推打吵闹。从来没到过的田大瞎子的老婆，和轻易不来的俗儿，却肩并肩地占据了前边的座儿。

春儿走到讲台上，说："今天，我来讲一段儿，是和咱们妇女顶有关系的、结婚生小孩子的事儿。"

站在门口的人们一听，都挤进来了，有的笑得捂着嘴，有的用两只手把眼睛也盖起来。

春儿说："我们常说，托生女人，是上一辈子的罪孽，这自然是迷信话。女人的一辈子，也真是痛苦得不能说。儿女是娘肚子里的一块肉，当娘的没有不疼孩子的。"

屋子里的人满了，还有很多人挤在窗台外面，推开窗户，伸进脑袋来。

春儿说："今天我在柴火垛里拾了一个小孩。我心疼那孩子，也心疼那当娘的。为什么要扔孩子呢？也许是家里生活困难，儿女又多，养活不起。也许是因为婚姻不自主，和别人好了，偷偷生了孩子。生活困难，现在政府可以帮助；婚姻不自由，妇救会可以解决。到了这个时候，为什么还按老理儿，忍心扔掉自己的孩子？那当娘的，在家里不知道怎么难过，伤心啼哭呢！"【阅读能力点：春儿没有出言为自己辩护，却为那个扔掉孩子的母亲而心痛，她有一颗金子般的心。】

在讲堂的一个角落里，有一个女人哭起来，她先是用手掩着嘴，后来一仰脖子，大声号叫起来。春儿跑过去，看见是一个寡妇，她的脸焦黄，头上包着一块蓝布，春儿说："嫂子，你不是早就闹病吗？家去吧！"

"我那亲妹子！"寡妇拉住春儿的手说，"那是我的孩子啊！"

【读品悟】

面对俗儿的造谣生事，春儿没有与之对掐，而是选择在公众场合摆事实讲道理，这才是真正的共产党员应该具备的素质。

风云初记

四十八

名师导读

经过这次被诬陷的事情，春儿建议变吉哥画宣传画帮妇女们普及一下妇女生产的知识，变吉哥是如何做的呢？

这个寡妇住在东头，还不过30岁，家里有两间瓦房，一个小场院。去年秋天，她从水里捞回几个高粱头，放在场里晒干轧了，堆起来。她坐在粮食堆边上，休息一下，准备扬场。那天闷热，抓一把粮食，扬出去试试，糠皮粮食一同落下来，望望场边的树，树叶儿一点儿动的意思也没有，她叹了口气，天越阴越沉，就要下雨了。

这时长工老温背着张大锄，从地里回来，他在这村里待了好几年，大人孩子全认识，也常和妇女们说笑，路过寡妇的场院，转脸说："还不快拾掇，雨就过来了。"【阅读能力点：老温对这个寡妇也是有着同情心的。】

"哪里有风啊！"寡妇说，"你有工夫没有，帮我甩出去。"

"有工夫没工夫，这只是三簸箕两簸箕的活儿。"老温说着把锄靠在场边树上，走过来抓起簸箕，用力把粮食甩出去，很快就扬完了场抓起扫帚来，漫去粮食上的草末儿，用推板堆在一块儿，寡妇笑着拿了布袋来。

刚装起粮食，大雨就过来了，寡妇赶紧收拾家具，老温替她把粮食背进小屋。

"全亏你，"寡妇跑进来说，"再晚一点儿，我这个大秋就完了。快擦擦你身上的汗，坐下歇一会儿吧！"

从这一天起，老温和这寡妇发生了爱情。寡妇的肚子大起来，她用布把它缠紧，后来就不愿意出门了。前几天俗儿来她家，冷不防叫她看出来了，俗儿说："你知道，八路军最恨这个男女关系，知道了，小人要摔死，大人要枪崩。"

寡妇老实，叫她给想个办法，俗儿说："添下来，你就交给我。"

妇女们叫俗儿和田大瞎子的老婆坦白，田大瞎子的老婆两手交叉捂着肚子，低着头高低不说话，群众的质问，她当作耳旁风。俗儿顶不住了，她说："那天高疤同着一个姓白的汉奸来了，在田大瞎子家开会，叫我们破坏村里的抗日工作，谁抗日积极就破坏谁的名誉，我和她就想了这个招儿，今后改过，再也不犯了。"

从这件事情，春儿想起来，应该为村里的妇女和儿童们做些工作。她请变吉哥按照乡村的实情，画两套画儿。【阅读能力点：春儿有着先进的意识，她这么做是要防患于未然。】

听说又请他画画儿，变吉哥很高兴，他说："当然，现在是武装抗日第一，可是社会上的落后势力我们也要负责扫除。关于婚姻自主，我可以编排着画，可是关于生小孩子，我就有点外行。"

"这有什么困难，"春儿说，"你可以问问你家我嫂子呀！"

"她知道的那一套，都是我们要改革的对象，"变吉哥说，"关于新的接生法，我得去请教那位给芒种看病的医生。"

当天晚上，他支架起做饭的案板，点上油灯，从老婆的梳头匣子里，找出几包颜色就工作起来。

他的创作环境并不安静，女人有病，孩子闹得慌。可是他能专心地工作，他对躺在炕上奶着孩子的老婆说："你们添孩子，是坐着还是立着？"【阅读能力点：虽然创作环境非常糟糕，但变吉哥能全身心投入，可见他的意志坚定。】

"你问那个干什么，"他的老婆笑着说，"这些脏事情，也能上画儿？你师傅怎么教你来着？你这些年不都是画的那些神仙、云彩、花鸟和大美人儿吗？"

"那都是为了侍候人，为了吃饭。"变吉哥说，"宣传迷信，粉饰太平，对人民没有什么好处。"

"那你就画吧，"他的老婆说，"我生孩子的时候，不是坐着立着，折腾了半宿吗？你这是画的什么呀，我困了，你别再问我了！"

"你先不要睡，"变吉哥说，"你听我说：我打13岁上，替师傅背行李，学画匠，到现在快30年了。整天价，风里来，雨里去，在那荒山野寺，面对着粉墙，一笔一画地工作。我专心学习，千里投师；精细描画，一笔不苟，饿了打开

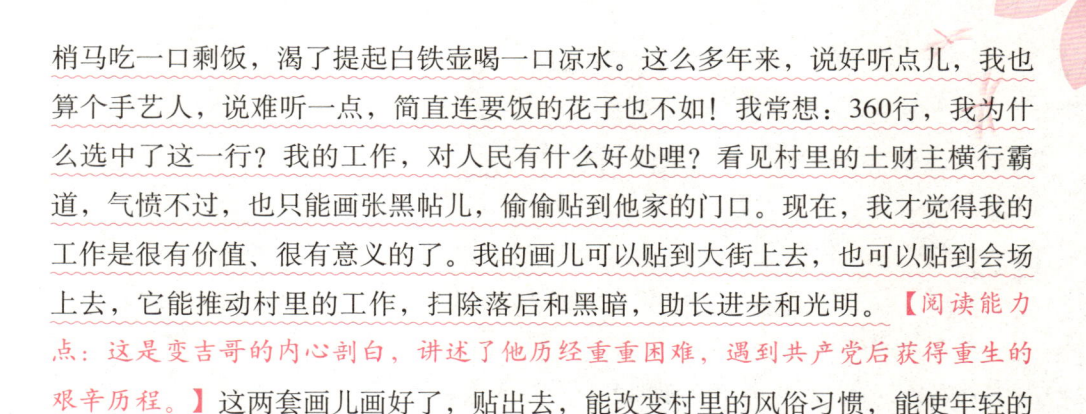

梢马吃一口剩饭，渴了提起白铁壶喝一口凉水。这么多年来，说好听点儿，我也算个手艺人，说难听一点，简直连要饭的花子也不如！我常想：360行，我为什么选中了这一行？我的工作，对人民有什么好处哩？看见村里的土财主横行霸道，气愤不过，也只能画张黑帖儿，偷偷贴到他家的门口。现在，我才觉得我的工作是很有价值、很有意义的了。我的画儿可以贴到大街上去，也可以贴到会场上去，它能推动村里的工作，扫除落后和黑暗，助长进步和光明。【阅读能力点：这是变吉哥的内心剖白，讲述了他历经重重困难，遇到共产党后获得重生的艰辛历程。】这两套画儿画好了，贴出去，能改变村里的风俗习惯，能使年轻的姑娘们找到合心如意的丈夫，能叫孩子们长得美丽和胖壮。一想起这个来，你看，我的画儿就越画越精彩了！"

他的女人笑着爬起来，站在他后面，看着他画，一直到夜深。

画儿贴在识字班的讲堂的两面土墙上，妇女们看过婚姻自主的画儿，埋怨着包办婚姻大事的顽固爹娘，咒骂着胡说八道的媒人，绕到南边去看怎样生养小孩的画儿。一看见一个产妇躺在那里，"嗡"的一声就返回来，像逃难遇见了情况一样。后来还是你推我，我推你，三四个人拉起手儿来，像过什么危险的关口，红着脸看完了这套画儿，可真长了不少的知识。她们明白，只有积极参加抗日的工作，参加村里的民主建设，参加劳动和生产，学习文化，求得知识，才是妇女们争取解放的道路。

【读品悟】

变吉哥一直在苦难的生活中奋力挣扎，却总是不得其所，直到共产党给他指了一条光明大道，使他看到了希望，有了奔头，从而改变了他的人生。变吉哥仅是中国劳苦大众的一个缩影，也象征着中国劳苦大众的觉醒。

四十九

名师导读

村北头田大瞎子家的狗，忽然叫起来，紧接着全村的狗都在叫。街上乱哄哄的，像是队伍进了村。接着有喊叫骂人的，有走火响枪的，有通通砸门子的……这到底是怎么回事？

乡村医生每天来治疗，芒种的伤口渐渐好了。他已经能够在春儿家的小院里走动几步，因为技术和器械的限制，有一小块弹片没有能够取出来，好在他的身体过于强壮，正在发育，青春的血液周流得迅速，新生的肌肉，把它包裹在里面了，他也并不在意。

这天从早晨就刮起了黄风，初夏的风沙阵阵地摔打着窗纸。天黑以后，风才渐渐停了，天空又出满了星星。和他们做伴的大娘，吃罢晚饭就来了，和春儿坐在炕头起，围着油灯给军队做鞋。芒种靠在被垛上，显得有些烦躁，他说："春儿，你把那马枪递给我。"【阅读能力点：伤刚好，芒种就坐不住了。】

"又干什么？"春儿抬起头来问。

"你和大娘坐开一点，让给我点灯明儿，"芒种坐直了笑着说，"我把它擦整擦整。"

大娘赶紧靠窗台一闪，说："黑更半夜，你可摆弄这个干什么？真是，你可留点心，别打着我了。你别看我老了，我还想活到把日本打出去呢！"

"又想把日本打出去，又不叫人拿武器。"芒种笑着说，"你这个大娘呀！"

这时，村北头田大瞎子家的狗，忽然叫起来。它先是汪汪了两声，接着就紧叫起来，全村的狗也跟着，叫得很凶。

"听一听！"芒种侧着耳朵说。

春儿和大娘全停下手里的活计。街上乱哄哄的，像是队伍进了村。接着有喊叫骂人的，有走火响枪的，有通通砸门子的。芒种眉开眼笑地说："好啊，我们的队伍回来了！"说着爬下炕来，就摸着找他的鞋。

"你先停一下！"春儿小声说，"别是日本进了村吧！"

"那明明是中国人讲话，怎么会是日本？"芒种说。

"那也许是汉奸。"春儿说，"你听听，骂得多难听，八路军有这样叫老百姓们子的？像砸明火一样！小心没过祸，我去看看吧！"【阅读能力点：突出了春儿的心思细腻，做事谨慎。】

春儿穿上鞋，下炕来，轻轻打开房门。她走到院里，扳着篱笆往外一看，田大瞎子家的外院里，已经是明灯火仗，人和马匹，乱搅搅地成了一团。

她看不见老常和老温。她看见田耀武和三四个人，站在二门的台阶上，喊叫："快！派人包围了村子！"

春儿的心一收缩："我们那些岗哨哩！"

她赶紧回到屋里，把情况和芒种说了，芒种判定这是张荫梧的队伍，自己不能留在村里，要冲出去。

春儿说："你的腿还没好利落，走得动？也许不要紧吧，我们和他们不是统一战线了吗？"

芒种背上枪，着急地说："我们信得住自己，可不能相信这些人。他们狼心狗肺，两面三刀，这回一定是编算（方言。计划，盘算，算计）我们来了，快走！"【阅读能力点：芒种已经看透了国民党的恶劣本质。】

"那我也就跟你走！"春儿说。

"要是他们来了，你们就全出去躲躲吧！"大娘说，"我给你们看门，我不怕他们，你们不要看我平常胆小，遇上了，刀搁在脖儿颈上，我也不含糊！"

开开篱笆门，芒种提着枪走在前面，春儿提着枪跟在后面，叫堤坡掩护着，往西南上走。穿过一段榆树行子，跑进那片大苇坑，已经离开村庄了。

在村西打麋场一圈麋罗儿里，他们遇见了老常。老常正影着身子向村里张望，一见是他们就说："我就结记（方言。惦记，挂念）着芒种，这就好了！"

"我们那些岗哨哩？"春儿急得跺脚说。【阅读能力点：这也正是我们的疑

惑之处，汉奸怎么能不声不响进了村子呢？】

"没有经验，叫他杂种们给蒙混了！"老常说，"他们进了村，还冒充八路军哩！"

"这些人呀！看不见他们穿的灰色衣服？"春儿说。

"前面来的，都是穿的绿衣服，胳膊上还戴着八路的符号儿哩！"老常说，"搭腔说话的，你们猜是谁？"

"我和他们又不认识，我哪能猜到！"春儿说。

"是高疤！"老常说，"我看这小子是叛变了。我们不能在这里耽误着，要赶紧到五龙堂，给区上去报信！"【阅读能力点：看来高疤真与国民党沆瀣一气了。】

三个人奔着五龙堂来，芒种说："老常哥，你怎么跑出来的？你听到什么情况吗？"

老常说："别提了。他们砸门子，我正和老温蹲在牲口屋里学习认字哩。一开门，田耀武和高疤拥进来，老温冲我使了一个眼色，我就想走。后来一想，要看看他们干什么、说什么，就借机会到里院去了两趟，听到田耀武讲：要拿县城。田大瞎子看见我，冷笑了两声，说：'老常主任！这里没有你的事儿，先到外边休息一会儿吧，回头我们就要正式谈谈了！'我一听事不好，才闪出来。"

"老温哥哩？"芒种说，"他也该出来呀。"

"我出来的时候就很难了，"老常说，"他叫我先走，他说他有一条命支应着他们。我们要快走，去报告区上。"

到了五龙堂，在高四海的小屋里，区委书记听了老常的报告说："情况十分紧急，敌人正在进行一个政治阴谋。我们城里武装力量很小，准备也不足。我们第一步，要去通知李县长做准备。第二步组织附近各村的民兵武装，打击敌人。"【阅读能力点：敌众我寡，现在不能和敌人硬碰硬，要灵活机变。】

老常、芒种、春儿担任了进城送信的任务，马上就出发了。他们没有走那条通往县城的大道，他们从紧紧傍着这条大道的一条小路走，可以近便一些。就要成熟的、沉重的、带着夜晚的露水的麦穗子，打着他们的腿，芒种在前面，差不多是用一条腿跳着跑。

风云初记

　　他们要走到前边,要保卫已经解放了的土地。过了黄村,他们听到了第一声叫明的鸡声,在树林里过宿的小鸟,也在不安地飞动。村庄、树林、道路和麦地都不是在旁观,它们在关切着,它们在警戒着。【写作借鉴点:将景物拟人化,凸显了形势紧张,人们惶恐不安。】小路在黑夜里,渐渐变得非常清楚,走起来非常平坦了,家乡要继续战斗,平原鼓励她的亲生的儿女,在黎明之前抗拒那些进犯的、叛变了祖国的敌人。

　　他们听见田耀武的队伍已经从子午镇出发了。大道上有乱糟糟的马蹄响。

　　如果是田耀武先到了,这一带的村庄和人民就又要从白天退回黑夜去,命运就十分悲惨了。如果,是芒种和春儿先到了,我们的家乡,就按照这两个孩子的宝贵的理想,铺平它的幸福的道路吧!【写作借鉴点:两个如果,突出了这场角逐胜负的重要性。】

　　芒种和春儿望见了县城,那拆平了的城垣,反射着星斗的光辉。

　　他们三个人的心里,同时一冷。难道拆去这座城墙,他们辛辛苦苦的工作,是做错了吗?无坚可守,今天夜晚,他们怎样来阻击敌人的进攻呢?

【读品悟】

　　面对敌人的突然袭击,敌众我寡,情势一触即发,这时候我们要的是冷静,是争分夺秒做好应急准备,所以大家要打起十二分精神,全力以赴。

五十

名师导读

芒种他们抢先一步进城报信，却最终没能挽回敌人侵占村子的后果。那么敌人强占村子后会做些什么呢？烧、杀、抢、掠？

芒种他们先到了。芒种刚刚和守城的几个民兵说明情况，叫春儿和老常快去报告县里，田耀武的几匹马队已经到了眼前。【阅读能力点：芒种虽抢占了先机，但敌人随后就到了，情势相当紧张。】

"站住！口令！"民兵们伏在原来是城门的土岗后面，喊叫起来。

"耳朵叫黄蜡灌了，连自己人的声音也听不出来？我是高团长！"答话的还是高疤。他的马已经上到土坡上来了。

"你这个叛徒！"芒种喊叫着射击了一枪，高疤的马直直地打了一个立桩，就倒下了。

高疤并没有受伤，吃了一嘴土，跑回田耀武的队伍里去。芒种指挥着几个民兵射击，民兵们的破枪旧子弹不好使唤，枪法又不准，看到敌人的大队，心里又有些害怕，实在抵挡不住，敌人分几路攻进了县城。【阅读能力点：民兵们还是没能阻挡得了敌人的脚步。】芒种拼命奔着县政府跑去。

白天，李佩钟用电话和司令部联系了，知道情况紧张。但是她知道的只是日本人有可能从东面向县城进攻，并没想到高疤的叛变和张荫梧匪军的偷袭。县委们分头下乡去做战时的动员，留下她做城关坚壁清野的工作。

她看着大车队把公粮拉到城外，又派人把一些重要的犯人押送到乡下去。政府的大多数干部，也都分配下去了。夜晚，她把重要的文件装到一个白色绣字的挂包里，放在身旁，准备天明以后到区上去看看。她躺在只剩下木板的床上，要休息一下，就听见了西关附近的枪声。春儿和老常跑了进来，她仓皇地带好文件，挂上手枪，跟着他们出来，刚刚走到大堂门口，就遇见了田耀武和高疤。田耀武用手电筒一照，就抱起一支冲锋式枪，向她扫射，她把文件投给春儿，倒在了跑马场上。【阅读能力点：田耀武这是明目张胆地要了自己媳妇的命。】春儿慌手慌脚地投了一颗手榴弹，田耀武和高疤跳开，钻小胡同跑了。

"背着她走！"春儿喊叫着老常，在地上摸着李佩钟的文件包。

老常背起李佩钟，春儿在前边，碰见了芒种，他们和城里的一部分工作人员，一群老百姓，冲出县城来。田耀武的队伍在城里抢夺着商店居民的财物，放起火来。在回来的路上，春儿哭了。她一直跟在老常的后面问："她要紧不要紧？"

"不要紧吧。"老常觉得李佩钟的伤很重，血不断流到他的手上来。他细心听着，李佩钟的气息虽然微弱，可是她还是活着的。

老常心里非常难过。他亲眼看见是田耀武端着枪打的她。老常想："这个畜生，平日那样窝囊，对待自己的女人，竟这般毒辣。从今以后，在天地之间，我是不能和田大瞎子这一家人在一起活着了！"【阅读能力点：经此一事，老常对田大瞎子一家心灰意冷，再无留恋。】

他们把李佩钟放在黄村南边一个小村庄上，找了医生来。

春儿叹气说："我们没有完成任务，还吃了大亏。去的时候，一个拐腿，回来又多了一个伤号。一个是叫日本鬼子打的，一个是叫张荫梧害的！"

这天下午，日本军队没放一枪，就进了县城。田耀武的队伍恭恭敬敬地交代了"防务"，就退回到子午镇来，实际上成为敌人的右翼。

他们在镇上，积极地恢复汉奸统治。他们搜查了各个抗日民主团体，逮捕了很多人。砸碎一切抗日的牌示，烧毁文件和报纸，封闭民校。田耀武打发两个护兵，跟在田大瞎子的后面，站在大街十字路口，给村众讲话，要选举村长。村众虽然很多，没有一个人讲话。田大瞎子忽然变得很谦虚了，他说："你们不要以为我又想上台，我是绝对不干这个的了。你们要选村长，不要选我。实在没法，你们可以选老蒋，因为这次打出共产党去，光复我们的村庄，是他女婿高疤的功劳！"【阅读能力点：看来田大瞎子懂得枪打出头鸟的道理了，所以不愿再做

"出头鸟"。】

　　田耀武在家里，把长工老温倒吊在牲口屋里的大梁上，下面是牛屎马尿。田耀武坐在土炕沿上，手提着一根粗马鞭子，拷问老温的口供。

　　"你是一个共产党！"田耀武咬着牙说。

　　"我不是。"老温说。

　　"老常是不是？"田耀武翻着一只白眼问。

　　"他是不是我不知道。"老温说。

　　"你说，你赞成国民党不？"田耀武奸笑着。

　　"我没见过国民党是什么样儿，"老温说，"你说他们一个人我看看。"

　　"我就是。"田耀武颠着脑袋说。

　　"啊！你就是。"老温咬着牙不言语了。

　　"你怎么不说赞成！"田耀武喊，"你是赞成共产党？"

　　"共产党我从前也没有看见过。"老温说，"这半年我才见到了。看见了他们的人，也看见了他们的主张行事。日本侵略中国，老百姓心慌没主，共产党过来了，领导着老百姓抗日，就是像我这样的人，心里也有了主张。八路军里面，干部们多是贫苦出身，当兵的也是村中的子弟。办公的讲究说服动员，做官绝不见钱眼开。从他们来了，村里的穷人也有了希望，老弱孤寡有人照顾，妇女们上学识字，明白了好多道理。道路上没有饿倒儿，夜晚没有小偷儿，睡觉全用不着插门。没有放债逼命的，没有图谋诈取的，没有拐儿骗女的。我不知道共产党将来要做什么，就他们眼前的行事儿，我看全都是合乎天理人心的！"【阅读能力点：老温的话句句肺腑，字字真情，可见共产党已经深得人心。】

　　"你还说你不是共产党，这就是你的口供！"田耀武狠狠地说。

　　"我能问你一件事吗？官长！"老温喘着气说，"现在不是团结起来打日本吗？你们为什么却来抄抗日军队的后路，给日本当开路先锋？"

　　"混蛋！"田耀武说，"不许你问。我要吊着你，一直到你改口为止。"

　　"恐怕我这一辈子是不能改口的了。"老温闭上眼睛说。

　　田大瞎子回到家里，很不以儿子的措施为然。他夺过田耀武的马鞭子说："东伙一场，不能这样。老温自然对不起我们，我们可不能和他一般见识。你在

风云初记

军队上打人打惯了，当家过日子，可不能全用军队上的规矩。麦子眼看就熟了，老温还得领着人给我收割回来。他这个人，有点认死理是真的，别的倒没有什么，他不过是受了老常的坏调教！快把他放下来！"

张荫梧也到这镇上来了一次，田大瞎子像孝子见了灵牌一样，就差没跪在他的面前问他这回站住站不住。但是，张荫梧脸上并不高兴。虽说今天占了八路军一点点便宜，他心里明白：深武饶安这个地区，已经不是一年以前他所统治的那个样子了，它已经从根本上起了变化，张荫梧说是人心变坏了。【阅读能力点：这里的民心已经向着共产党了。】

这天晚上，有人捡着地下的破衣烂裳痛骂了，有人守着空洞的猪窝啼哭了。街道上，很早就像戒了严一样，家家紧闭大门。小孩子们也惊吓地在母亲怀里哭了，母亲赶紧把奶塞给他，轻声说，"野猫子来了。"【写作借鉴点：通过细节描写，体现了张荫梧等人一来，人们的幸福日子也就到头了。】

人们偷偷埋藏着东西，谁都明白：这个中央军就是日本鬼子的前探。他们要在子午镇做一次日本进村的演习，我们也赶快做一次坚壁清野吧！

这一晚，这么大的一个子午镇，只有田大瞎子家和老蒋家热闹。

【读品悟】

张荫梧的部队侵占了子午镇，却无法侵占老百姓的心，他们的到来，使得老百姓更加想念共产党的好，可见共产党已深入人心。

五十一

名师导读

地里的麦子熟了，可在这个多事之秋，人们除了天灾，更担心的是人祸——日本人和张荫梧。在这章里，我们且看八路军和老百姓如何齐心协力，与敌人抢收麦子的。

正赶得这样不如意，地里的麦子熟了。去年河南河北全泛水，黑土地白土地里的小麦都很好。古老传言："争秋夺麦。"麦收的工作，就在平常年月也是短促紧张。

今年所害怕的，不只是一场狂风，麦子就会躺在地里，几天阴雨，麦粒就会发霉，也不只担心，地里拾掇不清，耽误了晚田的下种。是因为城里有日本，子午镇有张荫梧，他们都是黄昏时候出来的狼，企图抢劫人民辛苦耕种的丰富收成。【阅读能力点：今年的麦收，狂风、阴雨都不如日本人和张荫梧来得可怕，可见人们对他们已恨之入骨。】

这几天，城里的敌人，不断用汽车从安国运来空麻袋，在城附近抓牲口碾轧大场，子午镇的村长老蒋，也正在找旧日的花户地亩册子，准备取消合理负担，改成按亩摊派。

敌人是为麦子来的。

抗日县政府指示各区：要组织民兵群众，武装保卫麦收。

指示规定邻近村庄联合收割。芒种和春儿都参加了民兵组织，每天到河口放哨。高四海担任了子午镇和五龙堂的护麦大队长，他的小屋又成了指挥部。

白天收割河南岸的麦子。高四海到各家动员了，秋分又分别动员了那些妇女们。农民们鸡叫的时候就起来，拿着镰刀在堤坡上集合。他们穿着破衣烂裳，戴一顶破草帽，这些草帽不知道经过了多少次紧张的麦秋，抵御过多少次风雨的袭击。高四海从小屋里出来，肩上背一支大枪，腰里别一把镰刀。用过多年的窄窄的镰刀，磨得飞快，它弯弯的，闪着光，交映着那天边下垂的新月。高四海站在队前，只说了几句话，就领着人们下地去了。

这队伍已经按班按排分好，一到指定的地块就动起手来。割得干净，捆得结实，每个人都用出了全身的力量。这不是平日的内部竞赛，这是和对面的两个敌人争夺。胶泥地是割，河滩附近的白土地，就用手拔。抡着拔起的麦子，在光脚板上拍打着，农民们在滚滚尘土里前进。【阅读能力点：为了和敌人抢夺麦子，大家干劲十足。】

太阳出来的时候，他们的工作已经进行了一半。大车队在村东村西两条大道上，摇着鞭子飞跑。三股禾杈，在太阳光里闪耀着，把麦子装上大车，运到村里。秋分领导着妇女队，担着瓦罐茅篮，从街口走出，送了中午的饭菜来，也有人担来大桶的新井水。小孩子们也组织起来了，跟在后面，拾起农民们折断和遗漏的麦穗儿。

在五龙堂村里碾了几片打麦场。在场边，放几条大板凳，结实的小伙儿们，光着膀子站在上面，扶着铡刀。大车把麦子卸下来，妇女们抱着麦个儿，送到铡刀口里去。

中午，她们在大场中心撒晒着麦穗。几次翻过摊平，到起响的时候，牵来牲口，套上大碌碡。鞭子挥动，牲口飞跑，碌碡跳跃。她们拿起杈子，挑走麦秸，拉起推板，堆好麦粒。用簸箕扬，用扇车扇，用口袋装起。【写作借鉴点：一连串的动作描写，将人们在晒麦场热火朝天地劳作场景展现得淋漓尽致。】

晚上，民兵和收割队到河北去。三天三夜，他们把麦子全收割回来，地净场光，装到各家的囤里去了。田野像新剃了头似的，留下遍地麦茬，春苗显露了出来，摇摆着它们那嫩绿的叶子。

我们的军队，正在平原的边界袭击敌人。这是新成立起来的队伍，最初几天，曾经想法避开了敌人的主力。不分昼夜地急行军，跳出了敌人布置的包围圈。

在保定和高阳的公路上，连续袭击了几次敌人。敌人从深泽、安国撤走薄弱的兵力，我们赶在前边，破坏了公路，在唐河附近作战，又消灭了两股敌人。最后，高阳的敌人也撤回保定去了。

当日本鬼子从深泽撤退，民兵武装，就开始攻击张荫梧盘踞在子午镇附近的队伍，高疤随着田耀武窜到了冀南地区。

　　一场患难过去，李佩钟的伤还没好。芒种回到部队上，还住在城里，春儿和老常回了子午镇。【写作借鉴点：寥寥数语，交代了几个主要人物的现状。】

【读品悟】

　　老百姓在抗日县政府的指示下抢麦成功，人民军队不分昼夜急行军，打退了日本和国民党军队。军民同心协力，守卫家乡。

五十二

名师导读

老温听完说书，在回去的路上遇见了和自己相好的寡妇，寡妇希望老温娶自己过门，老温却在为没有自己的家而犯难，他们的婚姻可有出路？

这几天，五龙堂的打麦场上，变吉哥把这次人们的护麦斗争稍加编排，编成了抗日小段，说唱给书迷们听。

农民们听得入迷，直到西北角上变了天，甚至头顶已经有雨点滴落下来，他们还不愿意散："说完，说完。下紧了再走！"

雨渐渐下紧了，人们四散开来。高四海刚刚走到村口，有人叫住了他。

"四海大哥，慢走。"老温喊着赶上来，"我有个问题和你讨论一下。"

"有什么问题，到我那小屋里细讲。"高四海说，"这么大雨。"

"我和你讨论一下，我在田大瞎子家这活还做不做？"【阅读能力点：老温想脱离田大瞎子，自己拿不定主意，想找个人商量。】

高四海说："不做活，在这青黄不接（青，田里的青苗。黄，成熟的谷物。旧粮已经吃完，新粮尚未接上）的时候，到哪里去呢？"

老温说："我是不想再在这个人家待下去了，这回没叫他们吊死我，难道再等他吊我一回？凭我这年纪力气，就是给人家打短，我看也饿不着，为什么非缠在他家？"

"我也不愿意你在田大瞎子家里。"高四海说，"我是说，要研究一个长远的办法。如今村里的工作是多打粮食，支援前线。现在农闲时候你辞活，田大瞎子正乐意。要走，就像芒种，到我们部队上去。村里的工作，有老常他们也就行了。壮大我们的军队，才是最长远的打算。你回去就和老常谈谈吧。"

他们在堤口上分手，高四海上堤回家，有一个女人从堤上跑下来。

高四海问了两句话也没听出了是谁，刚刚走到河边上的老温，却听清了这是谁的声音。这声音，即使离得再远一些，说得再轻一些，他也会听得很清楚的。这是和他相好的那个东头的寡妇的声音。【阅读能力点：可见老温对寡妇也是有情的。】

妇女也看见了他，追上来了。她轻轻地说："喂，你等等我。"

等她走到身边，老温说："这么大雨，你干什么来了？"

"听说书来呀！"那女人笑着说。

老温和这个女人，在这样深的夜晚，这样紧密的雨里走着。他们走得很慢，风雨天对他们竟成了难得的时机。【阅读能力点：两人都很珍惜大雨给他们制造的相处的机会。】走到河滩里，看到那只被日本的炮弹打破，现在修理好了的摆渡船，那女人靠着它坐下来了。她说："我累极了，歇一歇再走。"

老温对面蹲在她的跟前，摸摸烟袋，想抽一锅烟，想一想又放下了。他说："你找秋分讨论什么了？"

"讨论我和你的事。"那女人说，"这样就算完了呀？我怎么把那孩子抱到街上来？难道叫他在小屋里长大，一辈子不见日头？"

"抱出来怕什么？"老温说。

"那样省事？"女人说，"他娘是我，他爹是谁？"

"人们不是全知道了吗？"老温说。

"知道是知道了，"女人说，"还得办一件事儿。"

"什么事儿？"老温说。

"你要把我娶过去。"女人歪着身子哭了，泪水和雨点一同滴在摆渡船底上。

虽然全身已经叫雨水浇湿，女人的眼泪，却一直浇进老温的胸膛里去了。他说："我要对得起你和孩子。你想，我不愿意把你娶过来？可是，我的家在哪里，难道叫你跟我去打短，在树底下睡觉。"【阅读能力点：老温想娶女人，却因为没有房子而犯愁。】

"我不嫌你穷。"女人说，"跟着你，我沿街讨饭也情甘乐意。再说，眼

182

下也没到要饭的地步。我家里不是有那么两间瓦屋，几亩碱地？就缺你这么一个人来耕种收拾它哩！"【阅读能力点：女人已经帮老温想到了解决房子问题的办法，她勇敢地迈出了一步。】

"那我不干。"老温说，"那不成了倒插门儿？再说了，我想得更长远一些。眼下顶要紧的是抗日。是要不叫日本和张荫梧再过来，他们一过来，你看还有我们的活路？我现在想的不是结婚，是怎么着辞了活去参加八路。"

"去抗日，那就更好。"女人说，"张荫梧在这里，俗儿不断找寻我，我连门儿也不敢出。你去抗日，我和孩子都有脸面。你的年纪过时不过时？"【阅读能力点：女人对于老温抗日全力支持。】

"抗日是看的决心，"老温说，"不像找男人看的是年纪。比起芒种来，我自然是老了一些，可是干起活儿来，不比他弱。论打整个牲口，铡个草什么的，他还得让我哩。"

"人家讲究是出兵打仗，"女人笑着说，"又不是当长工。"

"八路军里也有马队呀。"老温说，"我们就这样决定。"

"就这样决定吧。"女人说，"我们还是得先结了婚。头天晚上过了事，第二天早上，我就送你到队伍上。这不是我落后，这为的是端正我们娘儿们的名声，好有脸见人。"

"你说的也有道理。"老温站起来。

在旷野里，他亲了亲她那只亲近过一次的、现在被幸福和希望烧干了雨水和泪水的脸孔，就分别了。

【读品悟】

老温和寡妇的雨中谈话，使得两个相爱的人终于要走到一起了！他们向自己的幸福又迈进了一步，这也是社会的进步。

五十三

名师导读

老温向田大瞎子辞了工，紧接着就要办喜事了。春儿和大娘忙里忙外，帮着张罗，从此，老温也有了自己温暖的家，有了牵挂。

老温回到家里，把辞活的事和老常说了，还说了结婚以后就去参军的事，老常说："我们这些人，离不开土里刨食儿，可是眼下我们又没有自己的土地。既是要参加八路军，那我就不能拦你了。参加军队是根本，只有这样，我们才有长远的指望，不要犹豫，就去吧。这活什么时候辞呢？"

"明天一早就辞。"老温说，"我先在春儿家住两天。"

"那好。"老常说，"眼看40的人了，虽然我们穷，结婚也是一辈子的大事。要准备准备。咱弟兄俩就伴过十年了，我不能帮衬你什么东西，给新人添箱。可是我有力气，跑前跑后的还行。"

第二天早起，老温给牲口添上几筛子草，把自己的几件破旧衣服，两只鞋子，包裹好了，就找田大瞎子去。【阅读能力点：十几年的长工生活，老温却身无长物，可见地主阶级的剥削之严重。】田大瞎子说："老温伙计，这是你不干，可不是我辞你，你要和农会说清楚。按你们的律条是：东辞伙，工资按一年算；伙辞东，就得按月日算。回头我看看账，把你的活钱算给你。"

"算出来，你就交给老常哥吧。"老温说着走出来。

他来到了春儿家里，把小包裹往炕上一丢，说："春儿，我把活辞了，要在你这里吃两天闲饭，行吧？"

"行，太行呗！"春儿高兴地说，"我就去给你做饭。"

"我不能白吃你的饭，"老温笑着说，"我去给咱挑水。"他挑上水桶，把小瓮灌满，又给春儿抱了柴来，坐下就烧火。

春儿一边和面一边笑着说："打了点麦子，今天叫你吃白馒头。什么时候，我用上这么一个长工就好了。"

"不要盼那个。"老温说，"用上长工，人就黑了心。"

"我说着玩儿哩，"春儿说，"我是说添上你，我倒轻闲多了。"

"你轻闲不了几天，"老温从灶火里扯出一根火，点着烟说，"回头还得叫你忙活一阵。"

他告诉春儿，要和东头寡妇结婚的事。春儿赞成极了，不过，她为难地说："这是件大事，恐怕我料理不好，还是请大娘来吧。"【阅读能力点：春儿没有被封建思想所束缚，她是一个先进青年。】

"对，就请她来。"老温说。

春儿带着两手面，去喊叫大娘。叫她赶快过来，有要紧的事儿商量。

大娘立刻就来了，一听明白，就问："合了八字儿？看了好晌儿？"

"不用那个。"老温说，"八字只剩下四个字：人穷命苦。好晌不用挑，就是五月初五。"

五月初五是端阳节，也是老温的好日子。为了给他张罗，初四晚上，春儿整整一夜没睡，直到老常他们赶来两辆大车，老温穿戴好，到东头娶亲去了，她才稍稍休息了一下。

本来订了四个吹鼓手，可是村中的子弟班，自动来了八个人。老常到工会一说老温娶媳妇，那些工人们争着来赶大车，要求拉着老温和新媳妇，围着村子多转几转。【阅读能力点：人们的踊跃表现，说明他们对老温和寡妇的结合持赞成态度。】

到东头，天还没亮，新人上了车，大车一直转到五龙堂村南里去了。

太阳一露头，听见了大笛吹奏的将军令，大娘和春儿又忙了起来。

没多久，院里挤满了人，新人一下车，大娘和春儿赶紧把她围随到屋里去，随后就插上了门子。

小孩子们在门外顶撞着，爬到窗台上去撕窗纸，吹鼓手们站在院子里，拼命地吹打，四支大笛冲着天空，一低一扬，吹笛的人脸红脖胀，眼珠儿全鼓了出来。

院里放上几张方桌，酒菜十分简单，每桌上不过是一斤酒，一碟子绿豆芽儿，一碟子豆腐泡儿。人们喝得很高兴，老常带着老温，一桌一桌地给人们斟了酒，致了谢意。【阅读能力点：简单的酒菜，人们却很开心，他们在真心祝福老温。】老常说："酒薄菜少，我想也没人挑他的理儿。大家多喝几口，也算是给他送行吧，明天，老温兄弟就到部队上去！"

"这样更好。"人们说，"可有一桩，新报名的战士隔不得夜，明天一早，可不许叫新媳妇的大腿压住了！"

"不能，不能。"老温笑着保证。

晚上，老常又套上车，把新人和老温送回东头。大娘和春儿也跟了来，说了一会儿话，替他们端出灯盏带上房门，叫新郎新妇安歇了。

从这一天起，老温就有了老婆孩子。一夜的时间很短，多半辈子在田地里操劳过去的汉子，从窗纸的颜色，看出天就要亮了。从幼年起，他的两只粗手，只是在风沙的田野里，抚摸着青苗和黄谷、泥土和草根；只是在炎热的太阳下面，操持着鞭把和镰把、犁杖和锄头。现在抚摸着的是身边的妻子。从幼年起，在他耳边响动的只有大道上车马的声音、水井边辘轳的声音。现在听到了女人轻轻的嘱咐。除去田大瞎子的吆喝、老少当家们的白眼，在天地之间，原来还有这样可爱的声调和欢喜温柔的眼色。【阅读能力点：老温终于有了属于自己的幸福生活，我们也为他开心。】

然而，他还是很早就起来了。穿好他新做的服装，告别了新婚的妻子，到城里找芒种去报名参军了。

【读品悟】

老温是一个挣脱封建地主束缚、争取自己权益、获得新生活的典型，本节通过老温的婚事，反映了抗战时期人们思想的进步。

五十四

名师导读

老温去参军了,到了城里,他先找了一家豆腐脑棚吃饭,结果与秋分和春儿的离家多年的父亲吴大印不期而遇。

女人把他送出大门来。她一手抱着孩子,一手扶着门框,看着老温走到街上去。她说:"春儿给你做的这身衣服很可体呢,颜色也好。"

"到军队上恐怕就穿不着了。"老温爱惜地轻轻拍着褂子的前襟说,"等我换了军装,有方便的人就把它捎回家来,在外边丢了怪可惜了儿的。"

"衣裳不要丢,也不要忘记我们。这会儿城里不知道还有照相片儿的没有?你要能给我们捎回一张穿着军装照的相来,那多好啊。"女人说。【阅读能力点:女人想让老温照一张军装照留作念想。】

"照那个干什么,光花钱。"老温说,"家去吧,我这就走了。"

老温不愿意惊动别人,他很想从小胡同穿到村外去。可是老常正在井台上打水,早就看见他了,三把两把提上水桶,把担子往旁边一扔,大踏步赶过来说:"怎么起得这样早?也没吃点东西?我是说拾掇清了,再去叫你的。咱镇上的工人同志们,约会下要欢送你一下。"

"不要送了吧!"老温笑着说,"大家都很忙。"【阅读能力点:老温体谅人们生活的不容易。】

"早晨的工夫,忙什么?芒种走的时候,没有热闹一下,那时咱们还没有组织。"老常说着跳到当街一个半截碌碡上,向村西那头扬着手吆喝了一声,几个长工,就都放下水桶跑过来了。他们跑到小学校里,推出那架大鼓来。一个年老的,在后面抡起两根像擀面杖一样粗的鼓棰。

这是惊天动地的音响，使小孩子们，顾不得穿裤子就跑到街上来了，妇女们一手掩着怀也跟出来。男女自卫队，踏着鼓点，迈着坚强的步子，排队过来了。

"欢送老温同志武装上前线！"

在子午镇大街上，是什么力量在鼓动人心、在激励热情、在锻炼铸造保家卫国的决心呢？是谁在领导，是谁在宣传？【阅读能力点：两个问句，暗示了革命的力量是无穷的。】

"同志们，乡亲们！"老常站在碌碡上说，"老温同志就要去参加咱们的八路军了！他像我们一样，在别人家，辛辛苦苦干了几十年。昨天才成了个家，今天就到队伍上去。这是我们工人弟兄的光荣，这是我们工人弟兄的榜样。他为什么这样做呢？还是叫老温同志自己给我们讲解讲解吧！"他说完，就从碌碡上跳下来。

老温不愿意登台讲话，过去两个长工，差不多是把他抬到碌碡上去。

他站稳了，慢慢地说："我为什么要这样做呢？工人弟兄们会明白我的心思。我糊涂了几十年，从去年七月间到现在，才从一连串的实际事儿里，看出一个道理来。我从共产党八路军这里看见了咱们的明路，日本和张荫梧过来了那就是咱们的死路。只有这个八路军，才能保卫我们的国家，才能赶走日本，只有参加这个八路军，才能解放我们工人和那些受苦受难的人们！"

"老温哥，你先走一步，我们就跟上来！"子午镇十几个长工，围着老温到村外来。

到摆渡口，老温才伸着胳膊，把人们拦回去。在五龙堂的堤头上，又有很多人站在那里欢迎他了。

到城里一共是18里路，在这18里路上，老温有几十年的感触。到了城里，他才觉得肚里饿了，在十字街口找了一家豆腐脑棚，坐在临街的一张白木桌旁边的板凳上。掌柜的用围裙擦着手过来，老温说："盛一碗，多加醋蒜！称一斤馒头。"

他掏出烟袋，抽着，望着大街上来往的车马、军队。在过去，他最注意的是车马。牲口的毛色，蹄腿的快慢，掌鞭的手艺，车棚的搭法，车脚的油漆，车轴的响动。今天，他注意的是军队。【阅读能力点：注意点的不同，表现了老温生活及思想的改变。】

掌柜的端了饭菜来,他慢慢地吃着,还望着南来北往的人们。

从北边过来一个老年人,他的头发多日不剃,布满风尘,脸晒得很黑,皱纹像一条条的裂口。一身黑色洋布裤褂,被汗水蒸染,有了一片一片的白碱,脚下的鞋,帮儿飞了起来,用麻绳捆在脚背上。【写作借鉴点:肖像描写透露了这个老人经历了很多苦难。】这是一位走过远道的人,他已经很疲乏了。可是,看得出来,这是一个好强的汉子,走在人群里,他拿着一种硬架势。从这个架势,老温猜想这也许是一位赶四五套大车的好把式。

老人后面,有一位中年妇女,她穿一身蓝色洋布裤褂,头上的风尘,脸上的干裂,和老人是一样的,她背着一个黑色的破包袱。

老人走到十字街口,等女人跟了上来,笑着说:"这可就到了,这就到家了,还有18里路。"

"那我们就歇息一下子吧。"女人说话是外路口音。

"要歇息歇息,"老人说,"还要吃点儿东西。来,吃碗豆腐脑,我有七八年不吃这家的豆腐脑儿了。"

老人招呼着女人坐在老温对面的板凳上,女人侧着身子把包袱放在脚底下。

老人的口音,老温听着很熟。他仔细看了看,从老人那高兴时候眼里跳动的神采,认出了这原来就是他多年的老伙计,秋分和春儿的父亲吴大印!【阅读能力点:就算分别多年,老温还是认出了吴大印,可见两人感情非常深厚。】

"大印哥,是你回来了呀!"

老人站起来看了看,就抓住了老温的两只手。

掌柜的端来两碗豆腐脑,老温说:"再拿二斤馒头来,一块算账。唉呀,大印哥!这咱们可就团圆了,就差你一个人了。"

他拉着吴大印坐在他的身边。大印说:"我出去七八年,没有一天不想念你们。人一年比一年老了,在外边又剩不下个钱,光想回来,可没有盘缠呀!今年听说咱们这里也有了八路军,改了势派,我就一天也待不下去了,走!要饭吃,也要回老家。老弟,这一路真不容易呀,全凭你哥哥从小卖力气,修下的这副腿脚,换换别人,早躺在大道旁边了。老常兄弟好吧,芒种哩?"

"都好。老常哥是咱镇上的工会主任,"老温说,"芒种去年就参加了八路军。我对你说吧，咱这里可大变样儿了，庆山也回来了，是一个支队的司令，你看！"

"你看，"大印对那女人说，"这个支队的司令，就是我们那个大女婿！"

女人正低着头吃饭，抬起头来笑了。老温说："这是谁？"

"这是，"大印说，"这是你的新嫂子。出外七八年，这算是那落头。"

【阅读能力点：离家多年，回来的时候身边多了一个嘘寒问暖的人，这让我们也觉得欣慰。】

"我们这里的妇女可提高了，到镇上就要参加妇女抗日救国会哩，"老温高兴的说，"春儿就是主任！"

"春儿，就是咱们那小闺女。"大印又对女人介绍。

【读品悟】

老温要参军，打算悄无声息地走，不想惊动大家，然而大家却早为他准备了欢送会，这种人间真情让人感动。

五十五

名师导读

"少小离家老大回",一别十年,家乡的变化让吴大印激动,今昔对比,让他感慨。这不,为了保住革命的果实,为了让百姓真正当家做主人,他也积极要求参加革命工作。

在县城里,吴大印知道了村里的很多事情。故乡的新变化,在他的心里已经形成了一个约略的轮廓。

和老温分手告别后,吴大印领着女人回子午镇去,这18里路,他走得非常快,女人得时时喊叫他等一等。【写作借鉴点:"走得非常快"表现了吴大印想立刻回到村子的急切心情。】

一进街口,两个背枪的青年民兵,就把吴大印拦住了,虽然吴大印笑着说这里就是他的家,并且还能指着叫出一个民兵的小名,知道他是谁家的孩子。可是因为他身上带来的过多的风尘,身后女人的远方打扮和外路口音,使得两个青年查问得越发紧了。

十字街口的席棚那里,有人在讲话,尖利又带些娇嫩的声音,传到村外来了,吴大印望见那里,是一个女孩子站在台上。

"那讲话的不是春儿?"他对两个青年民兵说,"我就是她爹!"

两个民兵才好像想了起来。一个民兵带他们到会场上去,在路上,这个青年也不肯安静,不住地用鞋尖踢着道沟边上的土块,说:"走这么远路,怎么你就不开个路条呢?"

"没有路条,我能从关外飞回来?"吴大印兴奋地说,"到了自己家门,我就该是活路条,谁知道碰上了你们两个年轻的,偏不认识我。论乡亲辈儿,你该跟我叫爷爷呢！"

"咳！"青年民兵一拧身子，把枪支换到另一个肩膀上说，"你就算我的亲爷爷，出外这些年，回来也要查问查问哩！你们先在这里站一站，不要搅乱了会场，等妇女主任讲完了话，我再去给你通报。"【阅读能力点：可见经过上次高疤进村的事情，民兵们的警惕性提高了。】

吴大印和女人只好靠着墙站住，他提着脚跟，望着自己的女儿，想听听她在讲什么。

"妇女同志们，"春儿在台上正讲得高兴，"今天这个大会，是个选举会，选举村长和村政权委员们的大会。我们选举的村长，是抗日的村长，是坚决抗日的人，是誓死不当汉奸的人。选他出来，好领导我们抗日。我们妇女，在过去不能参加选举，就是穷门小户的男人，也不能参加选举。今天参加选举，是我们妇女的权利提高了，我们绝对不能马虎，要在心里过一下，看谁抗日坚决，就选举谁！"

春儿讲完话，就退到后面去。这一回站到台前来的是老常。台下的人正在鼓掌，人们问什么话，老常笑着解答着。吴大印等不及，他说："我可以过去了吧？"

"还得等一等，就要选举了。"青年民兵说，"我也要去投一张票哩！"

"我们也要去投票呀，"吴大印说，"赶上了，还能放过去？我当了一辈子长工，还没有参加过村长选举哩！"【阅读能力点：对于投票，吴大印表现得非常积极。】

"你刚来，你知道选谁？"青年民兵说，"允许不允许你投票，我还得去问问呢？"

青年民兵说着就到台那里去了。这时台下放上了几张桌子，每个桌子有一位写票的，一位监视的。工农妇青，都按小组编好，拿着票到桌子前边，轻轻说明自己要选的村长，写好了，再投进台前的票箱里去。

那个青年民兵只顾自己投票，一直没有回来。吴大印着急，自己走过去了。春儿第一个看见，从台上跳下来。吴大印说："春儿，别的事家去再说，我要写一张票！"

风云初记

群众决定让新回到家乡来的吴大印参加选举，发给了他一张票。吴大印拿着票走到写票桌跟前，写票员小声问他："你选谁？"

"我选老常。"吴大印说。【阅读能力点：从吴大印斩钉截铁的话语中，可以看出他对老常的信任。】

"他的大名叫常德兴。"写票员笑着说，"你真有眼力呀！"

选举的结果，老常当选了子午镇的抗日村长。老常站到台前来，讲了话，作了抗日的动员。最后，他约请他的老伙计吴大印发表一点回到家来的感想。

吴大印站到台上去说他的感想。他说，他出外不久，那里就叫日本占了，农民们更不能过活。在那里很受了几年苦，回来的时候，日本人又占了我们很多地方，他只能挑选偏僻的道儿走，整整走了三个月。可也见到很多新鲜事儿，在我们国家的广大地面上，不管是铁路两旁，平原村镇，山野森林，湖泊港汊，都有我们的游击队。凡是八路军到的地方，农民们就组织了抗日的团体，建立了大大小小的根据地。这些根据地，有时看着并不相连，有时又被敌人切断，可是，它们实际上是叫一条线连接着，这就是八路军坚决抗日的主张，广泛动员人民参加抗日的政策。他知道这条线通得很远，它从陕北延安毛主席那里开始，一直通到鸭绿江岸的游击队身上。他想，这条线，现在是袭击敌人的线，动员群众的线，建立抗日政权的线，以后，我们就会沿着这条线赶走日本。回到家来，看到村里的热烈的抗日气象，他要告诉大家的是：像我们这样同心协力坚决抗日的地面，是很宽广很强大的了。

他要求参加村里的抗日工作。

【读品悟】

通过上次高疤他们悄无声息进村的事情之后，民兵们提高了警惕，由此可见民兵们善于总结经验，吸取教训，这点值得我们学习。

五十六

名师导读

姐姐秋分回来告诉春儿，她的好日子到了，那么到底有什么事情将要发生在春儿身上呢？我们赶紧去看看吧！

这天下午，秋分又给爹娘送了一小笸箩白面来。临走，叫出春儿去说："你的好日子到了，今天晚上。"【阅读能力点：在春儿身上，将有什么好事要发生呢？】

"在哪里呀？"春儿笑着问，她的脸有些发红。

"在我们家里，吃过晚饭，你就赶快去吧！"秋分说。

春儿点了点头，姐姐走了。

春儿的心里，忽然觉得沉重起来。她想到入党不仅是高兴的事，从今天起，她是负起一种责任来了。一种重大的责任，她的生命，成了党的生命的一部分。党对人民所负的责任，她也要分担。她已经把自己的青春和将来，交给了党。党就要培养自己，使自己的生命发挥出最大的力量，完成最光彩最高尚的任务。

【阅读能力点：在春儿的心目中，入党是一件严肃的、光荣的事情，从此，春儿的人生，有了新的历史使命。】

她告诉爹和娘，就到五龙堂来。

春儿觉得脚下的土地，头上的天空，庄稼和人民，都在自己的身上，寄托着亲密的希望。【阅读能力点：春儿觉得自己肩上的担子重了。】

春儿过了河，上了堤坡，天空出现了那颗大明星。姐姐正在小屋门口等着，领她到屋里去。

炕上地下全打扫了，靠南边的小窗户，摆好一张桌子，变吉哥正装饰着他画的毛主席像。一盏明亮的灯放在窗台上。

高四海严肃地望着毛主席的画像。变吉哥安排好了，回过头来笑着说："大伯，你知道画这张像多难呀，遇见从延安来的人我就打听，有没有毛主席的照片，后来还是庆山哥给我借来了一张，是一位参加过长征的老战士保存的，我高兴极了，买了好纸张、好笔墨，等到晚上，老婆孩子全睡下了，我安安静静地画，整整画了三宿才成功，你们看画得怎样？"

"画得好，"高四海点头说，"他在望着我们，在鼓励我们，他经过了多年的艰苦的斗争，把党的事业领导到胜利。这些情景，从你的画像上，全可以看出来！"

"那样啊！"变吉哥高兴得红了脸，激动起来说，"大伯最能批评我的作品。春儿，你也说说！这可是为了你入党，我才精心画的呀！"

"我心里高兴极了，"春儿笑着说，"从今天起，毛主席来领导我这个穷孩子了！"

"那我们开会吧，"变吉哥立正了说，"我先向春儿同志介绍：高四海同志是五龙堂子午镇中国共产党的支部书记，我是支部的宣传委员，秋分同志是组织委员。同志们，我们今天举行春儿同志入党的仪式。我们接受春儿入党，因为她是敢于反抗地主压迫的雇农吴大印的女儿，因为她在抗日战争中勇敢负责地工作，更因为她对党的热情和忠诚。"

高四海讲话说："春儿！你还年轻，你要知道我们党的历史，要想念那些为党艰苦地工作和英勇牺牲的人们！秋分，你把我保存的那面红旗取出来！"

秋分打开一只破旧的红油板箱，取出那面旗来。这是12年以前农民暴动的时候，高庆山打着的旗帜。庆山把它插在堤坡上，在它的下面抵抗围攻的敌人，胸部的鲜血，染紫了红旗的一角。庆山出走以后，高四海叫秋分把它保藏了起来。它仍然完整，颜色凝重，十几年来，它不停地在这一带人民的心里招展。【阅读能力点：这面红旗是战士们用自己的鲜血染红的，它是中国的希望。】

高四海把红旗铺展在春儿前面的桌案上，春儿庄严地举起右手来，安静有力地说："我要做一个忠诚的、积极斗争不怕牺牲的党员！"

【读品悟】

　　原来的春儿只是懵懂而积极地做着抗日工作，可就在得知自己将要成为一名共产党员的那一刻开始，她明白了自己肩上负着的使命。她成长了！

风云初记

五十七

名师导读

芒种被部队保送到军事学院学习了，到了那里得知还要过几天才能开学。那么，闲着没事的芒种，会做些什么呢？

1938年7月，冀中区创办了一所抗日学校。这所学校，分作两院，民运院设在深县旧州原来的第十中学，军事院设在深县城里一家因为怕日本、逃到大后方去了的地主的宅院里。

部队保送芒种到军事学院学习。行前，他捎一个口信给春儿，说到深县学习去了。他带着组织介绍信来到深县，学校里到的人还不多，房舍也正在改造修理，看样子得过几天才能开学。他闲着没事，到旧州去玩了一趟，顺便打听：民运院是不是还招收学生，前来学习要经过什么手续？【阅读能力点：芒种已经被保送到军事学院学习了，那么他打听民运院的报名要求是要干什么呢？】教务处回答说：现在人数还不齐。学生入院，一般要经过考试，如果是地方上保送，文化程度低一些也没多大关系。芒种在回去的路上，坐在道旁树下，掏出钢笔日记本，给春儿写了一封信。叫她见信就来深县投考。

把信折叠好，赶进深县城，今天正是大集日，可是因为正在秋忙，遇不见一个他们那边来的熟人。把信交到交通站，又怕耽搁，他就站在十字街口等起来。

直等到晌午过了，才遇见一个贩蜜桃的，托他把信带到子午镇。小贩怕忘记了，把信压在桃堆里。

这些日子，春儿在家里倒比较清闲。她家地里的庄稼已经锄过三遍，今年雨水不缺。青纱帐期间，战争情况也不紧张。村里的群众基础，比过去巩固了，工作也顺利。自从父亲回来，她也有了照顾，新来的后娘，待她很好，帮她做饭做

活。她自己觉得，这么大的一个姑娘，现在竟有些娇惯起来了。【阅读能力点：春儿是个闲不住的人。】

这天晌午，天气很热，人们都在歇晌。春儿似睡不睡地，听到街上有卖蜜桃的声音。这个孩子，从来很少买零食。今天，她忽然从蜜桃联想到深县，想起吃个桃儿来。她跑到街上，卖桃的小贩刚进村，正把桃子放在南房凉儿里。春儿过去望着堆在筐子上面的小桃儿说："多少钱一斤？"

"500。"小贩蹲在两个筐子的中间，用白布手巾扇着汗。

春儿笑着说："称半斤吧！"

她随手就刨开桃堆，正要挑拣，一封折叠着的信，像认识她一样，从桃堆里挺了出来，她立刻看见了那亲切的字体和自己的名字。【阅读能力点：无巧不成书，可见作者构思精巧。】

小贩正要向她打听这个叫春儿的住在哪街哪头，她已经把信打开，看得入了迷。她告诉小贩，不称桃了。谢谢他给带了信来，问他是不是到家里坐坐喝碗开水？就跑回家里去了。

小贩也高兴碰得这样巧，虽说半斤桃的买卖没有做成。他想，对这位姑娘来说，这封信的内容，一定是比深县的蜜桃还要甜蜜。

刚刚看过了信，是要她去学习，春儿很高兴。可是当决定明天就走，她也像那些第一次离家远行的孩子们一样，心里有些烦乱起来。

她经过村、区、县，写好了介绍信。她又和本村的同志姐妹们告别。

她到五龙堂去看望了姐姐。回来，一夜差不多没有合眼，年老的父亲就催促着母亲起来给她煮赶路的饺子了。

她带了一个挂包，装着她珍惜的纸笔和文件，一个小包裹，里面只有一身替换的单衣和一双新做的鞋。【阅读能力点：春儿出去是为了学习，所以她选择了轻装上阵。】

起晌以后，春儿就到了旧州。

旧州实际上只是一个小乡村，并没有春儿想象的那样热闹。原来的第十中学却占着很大的地势。校门口，有一个战士，来回走动着站岗。春儿想起，她是要进到这里面去学习，是来这里投考了。她的心很快地跳动起来，脸也腾地红了。

风云初记

她被人领进教导主任的办公室，教导主任是一个年轻人，看来是刚从部队上调来的。

年轻人详细地问了问春儿在村里的工作和她的家庭生活，就叫人来测验一下她的文化。前来测验文化的是一个年老的教员。他虽然也很喜爱眼前这个女孩子的活泼态度，却为她回答试卷的情况皱了眉头。【写作借鉴点：一个"皱了眉头"，可以预见春儿的文化成绩不理想。】

"我没有上过学，"春儿不住地用手擦着脸上的汗，把卷纸也染湿，"我只是在冬校识字班里，念完了一本书。"

"你考的可是学院，"教员笑着说，"是大学哩。"

"文化可以慢慢提高，"教导主任解释着，是在安慰春儿，"她有一定的政治认识和工作经验。"

"那你就听候榜示。"教员摇摇头，拿着那张如果没有几处污手印，就是一张完全的白卷出去了。对于榜示，教导主任又给春儿解释一番，就叫人带她去吃饭。

这一顿饭，春儿吃得很不安心。她不知道这究竟算考上了没有？如果考不上，又怎样回到村里？她奇怪：为什么对着一张纸，坐了那么一会儿，身上就这样不舒服，比三伏天锄几亩小苗还觉累？对于文化，她真有点害怕起来。后来又想，既是叫她吃饭，就有几成儿希望，心里一宽，才吃完那拨搅了半天咽不下去的一碗小米干饭。【写作借鉴点：心理描写，突出了春儿此时的忐忑不安，说明了她对这个考试非常在意。】

【读品悟】

春儿虽然没有多少文化，但正如教导主任说的那样，春儿有一定的政治认识和工作经验，这些可以弥补她文化水平低的缺陷。我们衷心希望春儿能迈进大学门槛。

五十八

名师导读

春儿被学校录取了，从此她成了一名大学生。但这并不是事情的结束，相反，一切才刚刚开始，因为对于从农村出来的文化基础很差的春儿来说，还有很多困难等待着她。

榜示以后，春儿也跟着人们跑到大门口墙壁上去看榜，她从最后面找寻自己的名字，然而她的名字却列在了榜的前端。她被正式录取了，学院也正式开了课。

她们没有星期休息制度，芒种在一天黄昏的时候，来看了看春儿，给她送来一个他自己裁订的笔记本，还有一条用棉被拆成的夹被。春儿都收下了，在人群里红着脸送他出来，说："你有什么该拆该洗的，就给我拿过来。"

"这些事情我都会做了，"芒种说，"我们都在学习，哪能侵占你的宝贵时间。"

学院的学习很紧张，上午是政治科目，下午是军事科目。雇来很多席工，在大院里搭了一座可容500人的席棚。这里的教员都称教官，多数是从部队和地方调来的知识分子。他们参加工作较早又爱好理论研究，抱着抗日的热情来教课，在这样宽敞的大席棚里，能一气喊叫着讲三个钟头。

春儿对军事课很有兴趣，成绩也很好。政治课，她能听懂的有"论持久战"和"统一战线"，听不懂的有"唯物辩证法"和"抗战文艺"。虽然担任这两门功课的教官也很卖力气，可是因为一点也联系不到春儿的实际经验，到课程结束的时候，她只能记住"矛盾"和"典型"这两个挂在教官嘴边上的名词。

春儿认识的字有限，能够运用的更少，做笔记很是困难。在最初一些日子里，每天下午分班坐在操场柳树下面讨论，她发言也很少。

如果要讨论，春儿更愿意讨论些乡村里的实际事儿，可现在她主要的任务是要记些教条。

在一些日常生活里，她有时也感到和这些学生们相处不惯。【写作借鉴点：总起句，引出下文的叙述。】主要的，她觉得有些人会说会写，而实际上并不爱去做，或根本就反对去做；好教训别人，而他自己的行为又确实不能做别人的榜样；想出人头地，不是从帮助别人着手，而是想踩着别人上去。

春儿是善良的，她虽然看不惯，但她知道这些人和自己的成长环境并非一样。【阅读能力点：春儿对待别人很宽容。】

这些女学生，有的也会热心地帮助春儿。有时，在收操以后，她们叫着春儿到田地里去玩。

春儿在这里过的是军事生活。每天，天还很黑就到操场跑步，洗脸吃饭都有一定时间，时时刻刻得尖着耳朵听集合的哨音。夜晚到时就得熄灯睡觉，她没有工夫补习文化。有些课程，道理是明白了，可是因为记不住那些名词，在讨论的时候，就不敢说话，常常因为忘记一个名词，使得这孩子苦恼整天。为了记住它们，她用了很多苦功。

因为默念这些名词，她在夜晚不能熟睡。为了把想起来的一个名词写在本子上，她常常睡下又起来，脱了衣裳又穿上，打开书包抱着笔记本，站到宿舍庭院的月光下。【阅读能力点：春儿为了能赶上其他同学，正在加倍努力。】

【读品悟】

春儿成为学生后，有些功课学得不太好，但她毫不气馁，刻苦学习。她是一个勤奋、坚韧的好学生。

五十九

名师导读

三个月期满,芒种要回原部队上去,春儿要留在学院当下一期学生的小队长。眼看又要各奔东西了,他们会如何面对这分别时刻呢?

三个月的学习,让春儿收获了很多。现在,她理解了抗日战争的性质和持久战的方针,对于领导群众,她也觉得有些办法、有些主见了。对于各式各样的人,对于各种理论上的争执,她也有一些分析和判断的能力了。【阅读能力点:三个月的学习,让春儿的思想更加成熟了。】

并且,当她习惯了这个新的环境,心里有了底,学习有了步骤,她又慢慢胖了起来。眼下,她的相貌和举止,除去原有的美丽,又增加了一种新的庄严。确确实实,她已经很像一个八路军的女干部了。

三个月期满,芒种在军事学院毕了业,要回原部队上去。

春儿成绩很好,学院留下她,当下一期学生的小队长。【阅读能力点:因为成绩优异,芒种和春儿两人有了各自的岗位。】

芒种临走的时候,绕到旧州来看她。这几天学院正在青黄不接,春儿也有些时间,她请假送他出来。

春儿先到学院附近一家小饭铺里,用她节省下的津贴费,买了几个油炸糕给芒种吃。然后,他们顺一条小路,去找通往城北边的大道。

"把你的背包给我,"春儿拉着芒种那打得整齐的背包上的带子,"我给你背一截路。"

"不沉重。"芒种说,"你背着我可干什么哩?"

"你轻闲一会儿。"春儿硬把背包拉过来,套在自己肩膀上。她笑着奔跑

风云初记

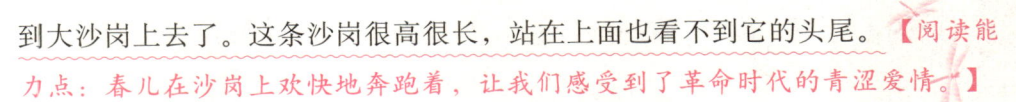

到大沙岗上去了。这条沙岗很高很长，站在上面也看不到它的头尾。【阅读能力点：春儿在沙岗上欢快地奔跑着，让我们感受到了革命时代的青涩爱情。】

"你回去吧。"芒种在她身后说，"把背包给我。"

"我累了。"春儿把背包放下，坐在树阴凉儿里，"我们在这里休息休息，我们要分别了，我要和你谈谈。"

但是很长的时间，她并没有谈什么。她拔着沙地上的野草玩儿。在她旁边，有一棵苍翠的小草，头顶上歪歪着一朵紫色的铜钱大小的花朵。虽然到了晚秋的时候，它才开放了这样小的一朵花，它那乳白的多汁的根，为了吸收水分和营养，向地下进行了怎样努力的坚韧的探求呀？它的根足足有一尺多长。

春儿挖掘着白沙下面的湿土，拍成一个小窑，然后用湿土在手掌里团成一个个的小球儿，放在里边。在小窑的旁边，她又堆起一座小塔。【阅读能力点：在离别时刻，春儿这么做显然不是为了玩，她到底想暗示什么？】

"上了三个月大学，"芒种说，"你会闹着玩儿了。"

春儿笑着把小窑小塔全毁了。她用力拍打着，用沙土筑成一个小平台，在平台上面，轻轻地整齐地插上三枝草花。

"这是什么？"芒种问。

"这是一个香案。"春儿指着那个小平台，抚摸着那三根草儿，"这是三炷香儿，咱们乡下结婚的旧规矩。"【阅读能力点：春儿在向芒种暗示：她想嫁给芒种。】

她笑着伸过手去，拉着芒种站起来，替他挂好背包，说："走吧，要不你就赶不到了，你看树影儿转到哪里去了呀！"

她站在沙岗上，望着芒种穿过一片梨树园，走到大路上去。有一架敌人的飞机飞了过来，它飞得很低又很慌促，好像是在侦察什么。

【读品悟】

春儿和芒种就要分别了，芒种虽然心里有春儿，却始终没有任何表示，于是，春儿用湿土造了一个香案，暗示自己愿意嫁给芒种。对于婚姻，春儿是勇敢的。

六十

名师导读

学院转移到深南地区。变吉哥和春儿接到一个任务,他们要一起去慰问一支新来到冀中的部队。那么这是谁领导的部队呢?这次慰问,让春儿有了什么感触呢?

民运院第二期收生,变吉哥也被录取了。

10月,武汉失守。11月,冀中区的敌情就很严重了。敌人在正面战场对蒋介石诱降,并在蒋介石节节败退的形势下,抽调大批兵力,进攻八路军,认为这才是它的真正的心腹之患。敌人又是先从东北角上蚕食(像蚕咬食桑叶一样,逐步侵占),侵占了博野、蠡县,并用公路把据点连接起来。不久,深县也被敌人侵占了。

学院转移到深南地区。一天,变吉哥和春儿接到一个任务,到滹沱河沿岸,慰问一支新来到冀中的部队。可领导同志并没有告诉他们是什么部队。

经过几天的跋涉,天明的时候,春儿他们到了滹沱河边。使他们兴奋的是,他们已经知道,他们前来慰问的部队,就是那传说和盼望了很久的,贺龙将军带领的120师。

更巧的是,司令部就驻在春儿的家乡子午镇。他们在村东头一家贫农的北屋里见到了贺龙将军。突然见到他,她只顾得浑身打量,好像在这位将军身上,每一个地方都带着红军时代的灿烂的传说,都是那些出奇制胜的英雄故事。

将军很和蔼。向他们致谢以后,他首先关心的是他们身体的健康。问到学校里的伙食,问到他们除去军事科目,平时还有什么运动?【阅读能力点:将军对这些后进士兵给予了无微不至的关怀。】

他们还见到了周士第参谋长,参谋长告诉她们:敌人好像发觉我们的主力过来了,情况变化得很快,叫他们先不要离开司令部,编成一个民运小组,跟着部队转移。

慰问了自己的部队,见到了红军时代的人物,是春儿生平很值得纪念的一件事。

春儿和变吉哥都到家里看望了看望。乡亲们偷偷地问春儿:她会见的到底是一个什么样的大司令?春儿保守军事秘密,只是笑着说:这是一位很有名的人物,一位很能打胜仗的将军。【阅读能力点:春儿保持着高度的警惕性,严守党的秘密。】

乡亲们虽然闹不清将军到底是谁,可是他们知道:这一准是真正老牌的八路过来了。

一开始就是紧张的行军。春儿还没经历过这样的行军,行军是从每天黄昏开始,宿营是在第二天的早晨。她们编列在一支队伍的后面,一走起来,就得跟着紧跑。队伍走开了,真像一条龙,它忽东忽西,忽南忽北,有时,使得春儿她们这些本地人,也闹不清方向,只是跟着紧转。只有在第二天驻下的时候,一打听村庄的名字,才知道又出来了一百几十里。

是连续的行军。最初几天夜里,春儿是累,是腿痛,是害怕掉队。后来,也就习惯了。每天黄昏出发的时候,她觉得很有精力,脚步跟得上,也就用不着那样紧追紧赶了。行军到了黎明,才是最困最乏的时候,她常常是走着路就做起梦来了。

到了宿营地,太阳升起来,坐到大场边上就不再愿意动弹。可是她的任务,正是要在这个时候完成。部队上的口音,老乡们听不清,有些风俗习惯又不相同。她要帮助管理员去找房子,借东西,要粮要草。她要向老乡们动员解释。等大家都进了房子,伙房里把米下了锅,她才能去休息。【阅读能力点:春儿既要跟上部队,还要负责部队的安置工作,这对一个女孩子来说真是辛苦异常,而她却默默地坚持着,她有着超乎寻常的毅力。】

敌人从东西两线向根据地压迫,调集了很大的兵力,跟在120师后面。

120师好像并没有要和它一决胜负的意思。这支部队只是在敌人的空隙里穿过,攻击敌人的弱点,在根据地的边缘打着回旋。这支部队也不是单纯的行军,它有很大的政治影响,有很强的吸引力量。它刚刚进入冀中的时候,听说只有两个主力团,现在它一路行军,一路扩大,谁也不知道它已经增加了多少倍的人马。

跟着这支部队,春儿走遍了冀中区。她望见过大城市里不安的灯火,听到过人民在那里受难的呻吟。

深夜里,春儿看见过那骑在马上的将军。他们有时停在村庄的边缘,从马上跳下来,掩遮着一个微小的光亮,察看地图和指示向导。他们骑马走在队伍中间,春儿不知道在他们前边走着的有多少人,在他们后边走着的又有多少。有时他们闪在一旁,让队伍通过,轻声安慰和鼓励着每一个人。到了宿营地点,战士们都睡下的时候,他们又研究敌情,决定行程。【阅读能力点:通过春儿的所见,从侧面暗示了行军路途中,将军们的身先士卒与运筹帷幄。】

仍旧是长距离的方向不定的急行军。春儿跟着部队,每天夜里,就又要经过无数的村庄。各个村庄的民兵都在集合,深夜里,区村的干部们还在工作。所有根据地的人民,站在门口,兴奋地欢迎他们,把必胜的信念,寄托在自己的主力部队身上。

她听到铁锤叮当的声音。在一处僻静的街道里,她看见一座打铁炉燃烧着,火苗闪在油黑的大风箱上。在火光里,那系着破油布围裙的,来自冀南或是山东的铁匠们,正在给农民打制破路的铁铲小镐,给民兵们修制枪支地雷。就是在阴雨连绵的夜里,炉火也不会熄灭,铁锤的声音也不会停止。

家乡啊!你儿女众多,你贡献重大,你珍爱节操,你不容一丝一点侵辱,你正在愤怒!【阅读能力点:这是作者对正处在水深火热的祖国的赞美。】

【读品悟】

本节通过春儿的视线,向我们展现了战士们行军的艰苦,以及将军们身先士卒的作风,有如此意志坚定、不畏强敌的人民军队,还有什么敌人不能被打败!

六十一

名师导读

在前面章节中，我们知道因为待遇差、纪律严，高疤背叛了共产党，成了中央军的走狗。那么，自从加入了国民党后，高疤的日子又过得怎样呢？

大敌当前，在家乡的土地上，存在着两种性质完全不同的军队，人民的斗争更加复杂和艰难了。

敌人的进攻方略，在张荫梧这些磨擦专家那里得到了充分的呼应。当敌人的军事行动显得非常嚣张的时候，张荫梧提出一个口号来："变奸区为敌区。"敌人进一步引诱他，对他表示友好，他便把"剿共灭党"的口号削去一半，只剩下"剿共"一条，紧跟着又感恩地喊出"反共第一"。敌人因为获得了这样忠实的汉奸伙伴，就在北平开了一次庆贺大会。

高疤叛变了八路军，张荫梧写了一篇文章，大加称赞，这篇文章在国民党的报纸上发表了，敌人的报纸也全文转载它。可是张荫梧对待高疤，就像他对待那些"礼义廉耻"的词句一样，也是用来一把抓，不用一脚踢。他对高疤的队伍没有供给，也不指明防地，叫他利用环境，自己找饭吃。高疤完全恢复了过去的生活方式。【阅读能力点：高疤只是张荫梧他们对付共产党的一张牌，张荫梧根本没把他当回事。】

当八路军和日寇在平原上转战的时候，高疤在这一带空隙里狠狠抢掠了一番。但是，高疤也能看出来，在人民武装日见壮大的形势下面，这绝不是长远的办法。有一天，他听说张荫梧为了配合敌人修好通过滹沱河的公路大桥，来到了五龙堂，他就带着他那一小股人马过河找上前去，追索给养。

张荫梧起初不接见他，高疤在村边开了火，张荫梧才叫人把他带进来。

他俩谈了一次话。在座的有田耀武。

"你来要求什么?"张荫梧问。

"补充和给养。"高疤说。

"我不能生孩子给你添兵,也不能种地打粮食给你添饷。"张荫梧说,"兵和粮食,你和老百姓去要。"【阅读能力点:不给补充和给养,却说得理直气壮,还要高疤去抢老百姓,如此做法真是厚颜无耻。】

"老百姓不给我们。"高疤说。

"你的手段哩?"张荫梧说,"道路多得很,你要灵活点。"

"上级的军令军纪呢,我们也不能不注意呀!"高疤说。

"笑话。"张荫梧说,"军令军纪是对八路军说的,你是什么?"

"我们可以换上皇协军的臂章吗?"高疤问。

"等我联络好了就换。"张荫梧说,"你记住,和日本友好,是我考虑好久得出来的上策,谁也不要怀疑。可是要做得秘密,不要给八路口实。你自己想想,自从你投靠我方,出力很小,影响很坏。我所以宽容,只是希望你以后能有些成绩。"

"希望总指挥多指示,"高疤说,"目前我们实在困难。前次遇到日本,因为条件没讲好,他们把我骑的马也抢了去,我要求总指挥发给我一匹好马。"

张荫梧没理他就出去了。【阅读能力点:张荫梧选择避而不答。】

"高团长,"田耀武抬起头来说,"你不要碰日本,那不会有好处的。"

"我哪里是碰他?"高疤说,"就是老躲,也有个躲不及呀!"

"你以后不要躲,要向他身上靠。"田耀武说,"我再向你说一次,我军北来的目的,绝不是为了抗日。这些好名声,叫别人去承受吧,对我们并不要紧。我们的职责是消灭共匪,这样就必须和日军协同动作,你好像对这个根本道理并不十分明白。"【阅读能力点:田耀武反共反人民的汉奸本性暴露无遗。】

"我明白。"高疤说,"从那天跟白先生到你这里来,他就给我讲清了。投靠日本,也得有些人马枪支呀,凭我这一群,日本也不一定收留。"

"收留的。"田耀武说,"就像我们当时收留你一样。这当然不是军事上的胜利,可也是政治上的胜利。"

风云初记

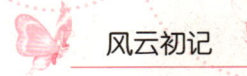

高疤顺便又向田耀武要求补充和供给。田耀武说，他更没有办法，自己只是一个空头专员。他给高疤出主意，叫他多利用家乡关系，把俗儿还放回子午镇去，探听一些八路的消息，联络一些反共的力量，还可以完成一些其他的任务。高疤只好答应了。

【读品悟】

高疤投靠了国民党，日子过得比参加共产党还要惨，他在这里连基本的人格都没有了。国共对比，不知高疤是否后悔当初的决定。

六十二

名师导读

队伍将要转移到山地去了,春儿没有找到芒种,于是就一个人回县里去。在回去途中的饭馆里,她受到了饭馆老板的礼遇,我们一起去看看吧!

当各方面的条件成熟了,120师用一个团吸引住敌人的主力,往死里拖,然后用全部力量包围上来,坚决、猛烈地歼灭了它。敌人有生以来还没见过这样严重的阵势,它着急施放毒气,也没能逃过死亡。

战斗结束以后,虽然敌人还占据着一些县城据点,冀中区的局面和人民的心情已经稳定下来。地方部队经过这一次战争的学习和考验,也能够逐渐在各方面适应新的环境,壮大自己和保卫根据地。120师不久就奉命转移到山地去了。

春儿接到通知,学院暂时结束。她被组织安排留在地方工作,她在区党委那里办好手续,想看看芒种,没有找见,就一个人回县里去。

晌午的时候,春儿走到安国县城南有名的大镇伍仁桥。自从敌人占据了一些县城,我们就把商贩动员到四镇上来。各处的抗日集市越赶越大,伍仁桥的四九大集,一到中午,就到处拥挤不动,各色货物一直摆到四下的大堤上来了。

安国城关有名的饭馆,也跟着农民到这里赶集做生意。南堤坡上有一家搭着席棚卖豆腐菜的馆子,生意最好。他们原来开设在安国南关药王庙对过,是一个山东老汉,因为老家遭了荒年,担着两只破筐来到那里,发财起家的,现在也转移到伍仁桥来了。老汉已经去世,儿子们全参了军,老伴儿只是坐在柜台上照顾着,掌柜的跑堂的全是家里的一班女将,年轻的女儿和媳妇们。这一班女孩子,长得都很好,在棚口掌柜的她家那位大姑娘,在大集日,密黑的头发,梳得整齐,穿一身十成新蓝布袄裤,一件洁白的护襟围裙,从领口挂下来。她一边做着菜，低头注意着火色，一边又不住地抬起头来，用她那一对又黑又大又水灵的眼睛，看着在她家棚前过往的人。

春儿饿了，走进来坐下，因为钱少，只要了一碗素豆腐菜。那个掌柜的姑娘一直望着春儿，把菜盛好，叫她的一个小妹妹端过来。

穿得整齐的小姑娘两只手捧着一个豆青大花碗，里面的豆腐和丸子冒起了尖儿，汤上面浮着很厚的荤油。她小心翼翼地把碗放在木案上，一歪，还是流了一桌子。

"吃吧，同志。我姐姐特别给你加了油水。"小姑娘低声笑着说。

"为什么特别优待我？"春儿仰着头问，又赶紧低下头去喝汤。

"你说为什么？"小姑娘蹲在她的身边说，"你从堤上走过来，我们老远就看见你了。姐姐和我说：'这个女同志是个老八路，刚打了胜仗的，她要到我们这里吃饭多好哇！'"【阅读能力点：通过两人的对话，表现了小姑娘和她姐姐对八路军的崇拜和敬意。】

"你姐姐长得多好看，她有了婆家吗？"春儿问。

"我早有两个小外甥了。"小姑娘说，"我们南关的家叫鬼子烧了，把我们赶到这大堤上来。"

听见姐姐叫了一声，她跑过去，端来一碟子热烧饼，说："你为什么不要干的？"

春儿笑了。

"我知道你没有钱。"小姑娘拿起一个烧饼，放进春儿碗里，溅出很多汤儿，"这烧饼不要钱，是我们姐儿俩请你吃的！"【阅读能力点：体现了小姑娘的善解人意。】

这一家人是多么值得留恋啊！春儿从大堤上跑下来，走得更高兴更轻快了。

在前面的道上，跑着一辆小牛车，赶车的是一个矮矮的身体浑实的女孩子。她穿一件褪色的宽大的红夹袄，卷着裤子露着腿肚。车上装着几棵大白菜，肥大得像怀了八个月孕的妇女，在车厢里滚来滚去。还有几个又大又圆的红萝卜，不断地从车后尾巴蹦下来。小姑娘回头看见了春儿，就喊："女同志，快赶两步，来坐车吧！"

"我走得动呀。"春儿笑着说。

"我一个人实在压不住它，"女孩子说，"你上来，它就稳当了。"【阅读能力点：女孩善意的谎言，只是为了让春儿少走些路。】

春儿上去，和她并排坐在前车辕上。这头黄色的小仔牛，肥胖得油光发亮，两只小白犄角，向前弯着，像个"六"字。它感到了新增加的重量，小尾巴愤怒地害羞地摆动了几下，老实了。

"你是哪村的？"春儿问。

"过河就到了。"女孩子往前一指说。

【读品悟】

本节通过春儿回县城路上的两件小事，表现了人们对八路军的爱戴与尊敬，暗示了八路军已深入人心。

六十三

名师导读

春儿在过沙河的草桥时,见到了心中牵挂的芒种,可是芒种只交代了两句就又匆忙地执行任务去了。这样聚少离多的日子什么时候是个头啊!

牛车很快就到了沙河的草桥。今天集日,桥头上挤着很多车辆,等着过河,看桥的老头儿,站在他那房顶和地面相平的小屋门口,和熟识的车夫打着招呼,又伸着手向远地来的车辆要桥钱。

车夫们正为抢先过桥争吵,堤坡上面忽然出现了一个战士,他全副武装,脸上满是尘土和汗,手里斜举着一面小小的军旗。他那跑上堤坡昂头一望的姿势,使人想起黎明的时候,一只虎或豹爬上了一座可以俯瞰一切的高峰。他后边有一小队人,严整地沿着堤坡走过来,他们前进的沉重有弹性的步伐,就像连绵的山峰向前移动,流水的节拍也加紧加强了。

当领队的人走到桥头上,和看桥的老头儿说了几句话,老头儿就向车夫们喊:"把车往外靠一靠,叫同志们先过去。"【阅读能力点:前面车夫们为抢先过桥而争吵不休,见到部队却纷纷无条件让路,可见人们对这支部队的尊重。】

春儿坐的牛车,本来在很多车辆的后面,队伍过来,她们也看不清楚。

因为过河就可以到家,赶车的小姑娘也不太着急,她坐在车上,撕着白菜的烂叶子,探着身子喂她的小牛儿。

春儿忽然感觉到了什么。她在车辕上站立起来,望着这队过河的人马。

他们差不多是用力按住枪支和弹药,在草桥上冲了过去的。带队的人站在草桥旁一只土袋上指挥着,春儿看清了,就从车上跳下来说:"小妹妹,我走着过去吧。我还要赶路呢!"

没等小姑娘答言，她就在人马车辆的中间插过，跑到草桥上喊："芒种！"带队的那人一转身。

"我们要调到山里去。"他低声地说，"我没想到在走以前还能看到你。"

"我到区党委那里打听你来，"春儿喘息着说，"他们说你们的队伍改编了。"

"这次战役以后，我升了指导员。"芒种说，"我们已经完全是正规军的建制。现在要到路西执行任务，你回家吗？告诉村里的同志们，就说我走了。"

【阅读能力点：芒种为了执行任务而匆忙离开，都没时间跟村里的同志们和春儿告别，可见革命已渗入他的生命。】

他的队伍已经过完，战士们在他和春儿的面前通过，都好奇地望望春儿，有的还做个怪样儿。春儿红着脸，芒种装作没看见。

"我不能也到山里去吗？"春儿着急地说。

"你向上级要求嘛！我们也许还要回来的。"芒种望了望她的眼睛，就转过身去，赶紧跑到队伍的前面去了。春儿沿着草桥的旁道走过来，跳过那些土袋。队伍过了河，就沿着南岸奔西方走了。

太阳已经被晚霞笼罩。

春儿站在河岸上，望着西去的队伍。河水翻滚着从西面过来，冲击桥身，向东流去。有一只刚刚开河就从下水航行上来的对槽大船，正迎着水流，紧张地钻进桥孔。她的感情也好像逆着大水行船，显得是多么用力又多么艰难哪！

芒种差不多没有回头。【阅读能力点：也许芒种只是不忍回头看到春儿留恋的眼神。】只有走在排尾的那个战士，春儿现在才看清他是老温，不知是真情还是和她开玩笑，不断地回过身来向她摆手儿，那意思是说：不要远送。

大车也陆续从桥上过来了。车一过桥，便像通过了一道险阻的关口一样，人马欢畅地奔跑起来，谁也没有注意她。夕阳在沉落以前，鲜艳得像花的颜色，春儿再回头西望的时候，它已经完全钻进山里去了。春儿想：芒种他们今天晚上，如果顺利的话，也可以赶到山里去的。在经过平汉路的时候，一场战斗也是避免不了的。她觉得她和他不是一步一步，而是两步两步地分离着。【阅读能力点：春儿跟芒种聚少离多，两人的距离越来越远了。】

她的脚步变得沉重起来，她的心不断地牵向西面去。路上行人很少了，烟和雾掩遮住四野的村庄。在战争环境里，这种牵挂使她痛苦地感到：她和芒种的不分明的关系，是多么需要迅速地确定下来啊！

当她走到子午镇村北的横道上，遇见了一个一边走一边发着哮喘的女人，是变吉哥的老婆。她手里拄着一根在路上捡起的干树杈，怀里还抱着一堆细小的干树枝。

"你这是到哪里去来？"春儿问她。

"学了学新兴样儿，"那女人又喘又笑地说，"送郎上前线。你哥哥要走西口，我这老婆子也难留。"

"变吉哥动身了吗？"春儿问。

"信上插着三根鸡毛（过去需要火速传递的紧急公文、信件，就插上鸡毛，叫鸡毛信），要不我是叫他和我耩上地再走。"女人说，"反正他干活也不中用，还是俺娘儿们自己遭罪自己受吧。"

"你送到他哪里了？"春儿问。

"送到他刘家大坟那里，我捎着捡了点干树枝，春天就是柴火缺。"女人说，"唉，我到他家里十几年，他出外像是上炕下炕，什么时候送过他？他到山里也不是一遭儿了。只不过过去是给人家画庙，这回是去学习，去抗日。你们说的，只要打败日本，我们就能解放，就能改善生活。我没有别的指望，我就是指望那一天！"

【读品悟】

本节通过面对离别，春儿的爱情求而不得，以及变吉哥的媳妇对他的默默支持、无私奉献，反映了由于日本的侵略，中国人民失去了太多太多。

六十四

名师导读

上一章中，我们看到了行色匆匆赶去执行任务的芒种，也看到了送夫去山区根据地学习的变吉哥的妻子。这一章里，我们才知道，殊途同归，正是要去执行任务的芒种，在关键时刻带着变吉哥冲过了敌人的封锁，把他安全送到了山区。

组织上安排变吉哥这次进山，主要是搞宣传慰问工作去的。今天晚上，他要赶到地委那里，办过路的手续。

赶到地委那里，已经是半夜时分。因为这里接近铁路据点，在寻找机关的时候，很费了一番周折。最后，一个民兵把他领到一家大梢门场院里，在一间像草棚的房间里，他见到了李佩钟。

李佩钟自从受伤以后，调到地委机关来工作，因为她的身体还不很健康，就暂时负责过路干部的介绍和审查。她正守着一盏油灯整理介绍信。在灯光下看来，她的脸更消瘦更苍白了。虽然她和变吉哥认识，可是不知道是由于哪一个时间的观感，她对于这位"土圣人"印象并不很好。变吉哥把学院党委的介绍信交过去，李佩钟问了他很多的似乎不应该在这个时间审查的内容。【阅读能力点：李佩钟将个人情绪带到了工作当中。】因为一天的劳累，变吉哥的态度变得很不冷静。

"我找这里的总负责人。"他说。

"总负责人是地委书记，你过路是部门的工作。"李佩钟说。

变吉哥抓起包裹来，就转身出去了。他到处找地委书记，结果他找到的地委书记不是别人，正是高翔和高庆山。

"我知道这里总没有外人。"变吉哥得意地说。

风云初记

  高庆山立时给他叫了饭和安排了休息的地方，并且告诉李佩钟，除去一般的组织介绍信，再用他自己的名义给那边负责文化工作的同志写封信，说明变吉哥在美术工作上有一定的修养和成就。高庆山还告诉他，明天晚上才过路，今天夜里可以好好睡一下。

  第二天早晨起来，李佩钟把组织介绍信和那封私人的介绍信交给变吉哥。他把组织介绍信慎重地带好，打开那一封私人介绍信看了看，信写得很长，变吉哥对于这样的介绍信，并不满意，他认为李佩钟的文字，过于浮饰，有些口气甚至近于吹嘘。他想：虽然地委书记关照自己的情意是可感的，但对自己来说，这是不必要的，他把这封信扯毁了。【阅读能力点：变吉哥不想搞特殊。】

  黄昏的时候，他们在树林里集合。他知道掩护他过路的是芒种带领的队伍，紧张的心情，就沉静了一半下去。他靠在一棵杨树身上，养精蓄锐地闭起眼睛来听指挥人的报告。

  近来敌人已经在铁路两旁掘了封锁沟，在一些重要的路口，还建立了炮楼，安设了电网。

  现在是阴历月初，一钩新月升起的时候，他们集合好了，从树林里出来。变吉哥看见芒种带着队伍爬到路基那里去了。

  大地有些颤抖。有一列火车隆隆地从南方过来了，不久他们看到北边不远是一座小车站，车站上的红红绿绿的信号全点着了。列车在他们面前还没有过完的时候，芒种的队伍就站立起来，列车一过去，战士们就跳上路基，一个人举起大锄刀劈开了铁丝网的栅栏，回头招呼人们快过。

  他们在铁路上跑过，有些没有见过铁路的人，还俯下身子摸一下铁轨。

  沿线的电灯和车站上的信号刷地一声全灭了，敌人已经发觉，可是它那一辆预备在车站上随时准备出动的铁甲战车，现在却开不出来，它的道路被刚刚要进站的这一列客车挡住了。铁甲车和列车，愤怒地慌乱地吼叫着。等到它们错开，我们的人已经过完了。【阅读能力点：过路队伍们等待的就是这千钧一发的时刻，我们不禁为他们的安全通过而喝彩。】

  铁甲车还是冲了出来，芒种他们伏在地下向它射击。

  过了铁路是一段急行军。因为不只要防止敌人的追击，还要通过敌人在山口

217

的封锁。这是沙河滩上，人们一路跑着，脚下不是泥沙就是尖石。这里的河水还在结凌，蹚水的时候，刺骨地寒冷。

进入山口以后，本来是可以休息一下的，可忽然下起大雨来，很多人头一次进山，就赶上了在大雨中爬山的艰难的时刻。

他们从冀中穿过来的薄底鞋，一着水很快就叫山石磨穿了，脚趾不断碰在石头尖上。下山的时候，越战战兢兢越容易被冲下来的红泥滑倒。

绕过几座山峰，雨渐渐停止了，一下到山脚，就奉命休息，人们就不顾一切地躺在岩石上草丛里睡着了。【阅读能力点：经过一夜的艰辛行军，战士们都累了。】

一觉醒来，大家吃了些东西，换了换鞋子，就又开始行军。天已经放晴，现在是早饭前后的时刻。一夜的紧张、劳累、惊恐、痛苦，都雨过天晴地忘记了，人们又沉入一种精力恢复、肚子饱、腿有力量的幸福的感觉里去了。【阅读能力点：战士们勇往直前。】

现在，大家才有心情看看山区根据地的可爱的景色。太阳照射在半山腰里，阳坡上的茅草小屋的炊烟和流散的薄云分别不开。穿着浅蓝色布衣服的妇女们站在门口。穿着白粗布棉裤的汉子们披着老羊皮袄，悠闲地抽着烟。小孩子们抱住大雄狗的脖子，为的是不叫它们向新来的同志突奔吠叫。

【读品悟】

战士们不畏艰险，不怕困难，连夜冲破敌人的封锁，翻山越岭，顺利地抵达了目的地。为了革命的胜利，他们相互扶持，一往无前。

六十五

名师导读

以前在地主家做活的时候，芒种是个莽撞的孩子，而现在，芒种却成了老温的上级，那么老温是如何看待芒种这一变化的？

随同部队，芒种和老温行进在荒凉和高险的山区。当部队继续向西北进发的时候，简直是一步一登高，好像上天梯一样。部队每一回顾，他们原来驻扎的地方，就好像栽到盆底去了。按照序列，芒种行军的时候，总是走在他那一连人的后面。老温现在是第三班的副班长，正好走在芒种的前面。

老温是顶爱说话的，更好在别人感到疲乏的时候，说个笑话。对于芒种，虽然他时刻注意到，现在他们已经不是在田大瞎子家牲口棚里的关系，而是正规军里的直属上下级，应该处处表现出个纪律来。但是他又觉得自己和芒种那一段伙计生活，不应该忘记，那也是一种兄弟血肉之情，和今天并没有什么两样。所以一有机会，他还是和芒种说长道短。【写作借鉴点：今昔对比，老温对芒种的感情发生了变化。】在芒种这一方面，老温看出来，变化是很大的。根据他们那些年相处时的情形，老温觉得芒种没有按照他的预计发展，而是向另外一条他当时绝不能想到的道路上发展了。这小人儿好像成熟得过早了一些，思想过多了一些。当然老温明白，这是因为他负责任过早了一些也过重了一些的缘故。芒种现在的脸上是很难找到那些顽皮嬉笑，在他的行动上也很难看见那莽莽撞撞的样儿了。

现在队伍还是向高山上爬。前边的人们不断地停下，用手挥着汗水，有的飞到后面人的脸上，有的滴落在石头道路上。山谷里没有一丝风，小块的天，蓝得像新染出来的布。

"我们要爬到哪里去呀？"老温说，"我看就要走进南天门了。"

芒种没有说话，他的眼睛老是放到最前面，放到他那一连人的领头那里。他注意大家是不是很累了，是不是快到休息的地方。【阅读能力点：现在芒种的注意力只在战士们身上。】

"指导员，"老温看见芒种不回答，就改了一个题目，"你说是六月天锄高粱热呀，还是六月天行军热？"

"热是一样的，"芒种说，"可是意义不同。"

"怎么意义不同呢，指导员？"老温说，"不是一样地出汗吗？"

"是一样地出汗，"芒种说，"那时出汗是为了田大瞎子一家人的享乐，现在流汗是为了全中华民族的解放。"【阅读能力点：芒种成长了，他的思想已经提高了一个层次。】

"是。"老温说，"一切问题都应该从抗日观点上看。可是，指导员，这民族解放是不是包括田大瞎子那些人在内？"

"谁真心抗日，就包括谁在里面。"芒种说，"田大瞎子反对抗日，自然就没有他。"

"我看没有他。"老温说，"我们抗半天日，要是叫他沾光，那还有什么意义？你说不是吗？"

"是的，"芒种说，"抗日战争解放了我们，我们要努力学习，努力进步才好。"

老温不再问了。前面传令，部队原地休息。在这一直爬上来的陡峭的山路上，战士们有的脸朝山下，坐在石子路上；有的脸朝左右的山谷，倚靠在路旁的岩石上；有的背靠着背；有的四五个人围在一起。【写作借鉴点：用排比句表现了原地休息时战士们的各种形态。】人们打火抽烟，烟是宝贵的，火石却不缺少，道路上每一块碎石，拾起来都可以打出火星。战士们说笑唱歌，这一条条人迹稀罕的山谷，突然被新鲜的激动的南腔北调的人声充满了。

太阳直射到山谷深处，山像排起来的一样，一个方向，一种姿态。这些深得难以测量的山谷，现在正腾腾地冒出白色的、浓得像云雾一样的热气。就好像在大地之下，有看不见的大火在燃烧，有神秘的水泉在蒸发。

风云初记

随后他们就继续行军了，他们在这无边的烟云里穿上穿下，云雾越来越浓，山谷里响起了雷声。

"又可以不动脚手地洗洗澡和洗洗衣服了。"老温兴奋地说。

在这些年代，风雨并不会引起部队行军的什么困难，相反，大家因为苦于汗热，对风雨的到来，常常表示了不亚于水鸟的欢迎，他们会任那倾盆的大雨在身上痛痛快快地流下去。【阅读能力点：这几句从侧面反映了战士们在行军路上的艰苦生活。】

这里的山路石头多，就是在雨中，也不会滑跌的。

往上看，云雾很重，什么也看不见，距离山顶究竟有多远，是没法想象的。可是雨并没有下起来，只有时滴落几个大雨点。他们绕着山的右侧行进，不久的工夫，脚下的石子路宽了，平整了，两旁并且出现了葱翠的树木，他们转进了一处风景非常的境地。这境地在高山的凹里，山峰环抱着它。四面的山坡上都是高大浓密的树木，叶子都非常宽大厚重，风吹动它或是有几点雨落在上面，它就发出小鼓一样的声音。粗大的铜色的树干上，布满青苔，道路两旁的岩石，也几乎叫青苔包裹。道路两旁出现了很多人家，人家的门口和道路之间都有一条小溪哗哗地流着。又有很多细小的瀑布从山上面、房顶上面流下来，一齐流到山底那个大水潭里去。人们在这里行走，四面被水和树木包围，真不知道水和绿色是从天上来的、四边来的，还是从下面那深得像井底似的、水面上不断蹿着水花和布满浮萍的池子里涌上来的。

"看见人家了吧？"芒种逗老温说。

"这是仙界。"老温赞叹地说。

【读品悟】

本节通过老温一路对芒种的观察，从侧面反映了芒种的飞速进步。令人可喜的是，如今的芒种已经是一个受人尊敬的合格八路军军官了。

六十六

名师导读

部队在这个物资缺乏、气候寒冷的地方作战,他们是如何克服这些困难的?人们又是如何支持和帮助他们的?

部队在这里作战,十分艰难。这地区群众的生活很苦,粮食和棉花都很缺少。天气冷得早,补充给战士们的服装,都是用旧衣改制,尺寸又小,很多人穿上露着腿腕和半截胳膊。鞋袜也是用破单衣做成的,妇女们,不分昼夜地搓着麻绳给战士们做鞋袜,把她们给丈夫纳好的厚鞋底也都捐献出来。

本来这里人烟就稀少,经过敌人的连续"扫荡",这地区就更显得凄楚荒凉了。

但是,在那吹着大风的山顶,在那砖石残断的长城边缘,在那堆插着乱石的河滩和道路上,部队在行进。

他们黄昏时分在狭窄的河滩上的乱石中间集合,然后爬上高山的绝顶,再冲下去,袭击川下敌人的据点。登上高峰,天空的星星也并不多给战士一些光亮,他们在羊肠小路上行进,伸手可以摸着天,脚下艰难,偶一失足,就会滚到万丈深的山沟里去。在行军中,常常听到"哗啦"一声,一匹负重的驮骡掉下去,就再也没法挽救它。【阅读能力点:恶劣的天气、险恶的环境并没有动摇战士们作战的决心。】

一天夜晚,他们露宿在一处山腰的羊圈里。这是牧人带领羊群来卧地施肥时搭成的。现在没有牧人也没有羊群,周围一排木栅栏,中间是厚厚的干羊粪。能在这里面睡一觉,使人感到难得的舒适和温暖。战士们靠在木栅上,小声说笑几句,就睡着了。

风云初记

整夜，一阵冷风，一阵骤雨，沉睡的战士连身也不翻。谁能知道，他们现在正做着什么甜蜜的梦？有人在梦里发出了轻微的笑声。【写作借鉴点：艰苦的环境与战士梦中的微笑形成了鲜明的对比，突出了战士们坚强的意志。】

芒种同一个战士在附近的山头上担任前半夜的岗哨。北风吹卷着他身上那件全连人轮流穿用的棉大衣。远处山坡上奔跑着嗥叫的狼群。在这样的时候，他的头脑很清楚，心境很安静。他直直地站在那里。

他守卫着荒山就像以前在冀中守卫着乡土一样。已经沉睡的弟兄们，占有了他全部的感情。参军已经有两年的时光，每个冬季，都在紧张的战斗里度过。两年来，他已经有显著的进步和变化。他现在能够用整个的心，拥抱这距离他出生地方很远而又荒凉的山区。【阅读能力点：芒种的胸怀已变得无私而宽广。】

因此，掩盖住狂暴的风声，他听到了山野和村庄发出的每一个轻微的声响，包括野兔的追逐声，羊羔落地的啼叫声，母亲们拍抚小孩的啊啊声，青年夫妻醒来时充满情意的谈话。

他下岗回到羊圈，躺在老温的身旁。在这样寒冷的夜里，老温睡起来也是这样香甜，他那高亢沉着的、表示着没有丝毫挂念和烦恼的鼾声，几乎要和山风争雄，响彻了梯田层层的山谷。

但是因为他身量高，脚手大，睡时肢体伸张，那短小的军衣包裹不住他，有一半身子露在外面。芒种给他往下拉了拉衣服，然后紧靠着他睡着了。【写作借鉴点：一个拉衣服的动作，体现了芒种对战友的默默关怀。】

【读品悟】

物资匮乏，条件艰苦，作战环境恶劣，这一切困难都没能阻挡战士们前进的脚步，他们是最可爱的人。

六十七

名师导读

部队要在一个寺院里过夜，光是老温睡的这个大炕上，就睡了十几个小和尚。为什么会有这么多小孩子跑来当和尚呢？

部队爬到了长城岭上的关口。战士们在关口休息了一下，他们爬上城墙，抚摸着那些大砖石。不知道由于什么，忽然有很多的人唱起《义勇军进行曲》来，一时成为全连全队的合唱。他们的心情像长城上的砖石一样沉重，一种不能遏止的力量，在每个人的血液里鼓荡着，就像桑干的河水。歌声呀，你来自哪里？冷峭的山风把你吹到大川。古代争战的河流在为你击节。歌声呀，唱到夕阳和新月那里去吧！奔跑在万里的长城上吧！你灌满了无穷无尽的山谷，融化了五台顶上的积雪，掩盖了一切的呼啸，祖国现在就需要你这种声音！【阅读能力点：对歌声的赞美，实际上是对战士们大无畏精神的讴歌。】

出关以后，往下去的道路很陡很难走，但部队很快就从一个山谷里走出来，到了宽阔的川里。过了流沙乱石的桑干河，沿着北山坡向西走，远远的前面有一个大村庄，显出一带红色的围墙和一片金色的脊顶，那是一座大寺院。

在寺院的山门前面有一个大场院，这场院的规模，叫芒种和老温看来，简直不亚于他们当雇工时从事劳动的场所。场院里有几垛莜麦秸和玉米秸，有十几个农民正在那里收拾晒好的粮食，有一个中年的僧人，手里拿着念珠，在那里监视着。

"这都是寺院的佃户。"部队里有个山西人对老温说，"这里的大寺都是地主。"

那个拿念珠的僧人不断地向战士们合掌致敬，含着笑说："同志们，辛苦。

团部就住在寒寺里,你们也可以休息了。"【阅读能力点:僧人对战士们很尊重,可见他对共产党印象很好。】

部队在这里过夜,上级告诉战士们要尊重佛教的风俗,保护寺院的文物。那位僧人是大寺的"总务",临时兼着村庄的粮秣委员。

"我们欢迎抗日的部队。"总务僧人对战士们说,"我们寺里就可以住下一个团。"

这个僧人还分班率领战士们各处参观。战士们并不进到佛殿里去,只是站在庭院中间,看看那些精雕细镂的红油隔扇,和殿顶上光亮耀眼的琉璃。

吃过晚饭,老温看见他们住的偏院里有几匹马,缰绳系在大石碑座上。几个通讯员站在旁边。

"哪个的马?"老温兴致很高。

"地委书记和专员的。"一个通讯员说。

"借你那手电筒照照。"老温说,"我看看你们这牲口。"【阅读能力点:尽管老温现在已是一名战士,但他对老本行的兴趣依然不减。】

通讯员只好给他一个一个照了照。

"喂得很好。这地方草肥。"老温说,"这匹白的一定走得好,就是脑袋长得笨了一些。"

他说完就到屋里睡觉去了。这一条大炕上,还睡着十几个小和尚。那些小孩围着战士们,不肯去睡觉。老温说:"像你们这样大小的,一共有多少?"

"可多了。"孩子们说,"15岁到18岁的就有一百多个。"

"你们愿意当八路军吗?"老温说。

"愿意。"孩子们齐声答应,"我们都是穷人家的孩子,没有办法才当和尚的。我们愿意跟你们走。"【阅读能力点:连孩子都被旧社会逼得无路可走,可见旧社会的黑暗。】

这一晚上,老温想起了童年见过的那些佛事,也想到了他那在子午镇的妻子,好久不能睡着。

他想:明天请芒种给家里写封信吧,把在这山地里见到的一些新鲜事由,说给她们听。

【读品悟】

部队在寺院里过夜,同志们听从上级的指示,尊重佛教的风俗,保护寺院的文物。说明了共产党部队的纪律严明,尊重百姓的宗教信仰自由。

六十八

名师导读

田大瞎子想减轻一点种地的负担,但他既不想卖地变产,又不想减少实际收入,那么他会想出个什么两全其美的办法呢?

自从门婿高疤叛变八路投降了张荫梧,经常在附近扰乱,俗儿也跟着走了,乡亲们早把他们看作汉奸,老蒋却并不以为耻,那团长老丈人的身份,也不愿下降。

在村里,他还是倾向田大瞎子。田大瞎子自从芒种、老温相继参军,老常当选村长,一力向外,这老奸头在农业经营上,有了个退一步的策略。他觉得这年月,多用长工,就是自己在家门里多树立对头人,非常不上算。可是不用人,这些田地又怎样收拾?田大瞎子并不愿意卖地变产,他觉得这份祖业不能从他手里消损丝毫。

田大瞎子想减轻一点负担。他左掐右算,想了一个自己觉得万无一失的办法。然后置办了一桌酒饭,找了个晚上的工夫,把老蒋请了来。

"好久不喝你的酒了。"老蒋好像很抱歉地说,"今天为什么这样高兴?"

"高兴什么?"田大瞎子说,"我是找你喝杯愁闷酒。"

老蒋也就装起愁眉苦脸的样儿,以适应主人的心情,并且大箸夹菜,大口喝酒。【阅读能力点:老蒋一边迎合着田大瞎子的表情,一边不忘自己好吃好喝。】

"小口着点。"田大瞎子严肃地说,"我们是壶中酒,盘中菜,细水长流,光为的多说说话儿。"

"有话就说吧。"老蒋放下筷子。

"我想卖给你点地。"田大瞎子又把那一只好眼闭起来说。

这对于抱了田家多年粗腿的老蒋来说，完全出乎意料。

"不要开玩笑吧。"他说。

"是实在话。"田大瞎子说，"我不愿意多用人。多用一个人，就多一个出去开会的，田里的庄稼还是收拾不好，生气更是不用提。"

"这倒是。"老蒋首肯。

"因为这样，我想卖地。"田大瞎子说，"我家没有坏地，当年买地的时候，都是左挑右拣，相准了才买的好地。我卖出去，自然也得找个相好知心的主儿，便宜不落外人。现在村里，就是咱两家合适。"【阅读能力点：田大瞎子首先拉近两人的关系。】

"可是，就是你肯，我也没钱呀！"老蒋说。

"当给你。价钱定低一点。"田大瞎子说。

"我一个钱也没有。"老蒋说。

"那我就不要你的钱。"田大瞎子说，"你只挂个买地的名儿，地让你白种。"

"打的粮食呢？"老蒋说，"负担呢？"

这是个复杂得难以议定的条款，直到半夜，老蒋才自认帮忙，答应下来。走出大门，他觉得田大瞎子实在不好惹。

达成的协议是：畜力由田大瞎子负担，打下的粮食，除去支差交公粮，全在夜间背到田家。如果不方便，则由老蒋背到集上出粜，把粮钱交来。老蒋想：这真是赔本赚吆喝的买卖，只是为了"交情"，他不好反驳。【阅读能力点：如此吃力不讨好的买卖，老蒋居然答应了！】

确定的地块，是老蒋家房后身那三亩。这确是一块好地，原是老蒋的祖业地，那年水灾，老蒋没吃的，又要陪送长女，磨扇压着手（比喻十分困难），田大瞎子乘人之危，捡便宜强买过去的。现在，他叫老蒋在亲人的骨肉上，挂上虚假的招牌。虽是老蒋，也觉得有些难过。

一切仪式，全像真事那样进行。老蒋请到了地的四邻，找来了两个中人。酒饭是老蒋预备，田大瞎子花钱。吃罢饭，写了文书，点了地价，这钱自然也是演戏的道具。

老蒋也有他得意的地方。无论如何，从今天起，村里传出这样一种风声：田大瞎子不行了，现在去了村北的地，买主是老蒋。除去两顿酒饭，这一点虚荣，也够老蒋过几天瘾。【阅读能力点：原来老蒋做这赔本买卖是为了让自己有面子。】

一到开春，老蒋借来田家的牲口，把地耕耙了一下。

这块地头起有一条绕村边走的小道，断不了有路过的人。

有和老蒋认识的，看见他耕作，觉得新鲜，就停下来问："老蒋，给田家做活吗？"

"你怎么看我是给他家做活？"老蒋翻着白眼说，"我自家的活儿，还做不过来哩！有对事儿的人，你给我留点心，我想雇个月工哩。"

"新买的地吗？"行人问。

"对啦，你们村里有去地的户，也给我注意点。地块大小没关系，最好是离我们村边近点，种着方便。"老蒋说。

"大骡子也是新买的吗？"行人笑着问。

"这还没定准。"老蒋说，"先拉来试试。这牲口，碾磨上倒好，拉犁有些瞎仗（方言，呆）。你看到有合适的好牲口，也给我注点意。"【阅读能力点：瞧这显摆的口气，不知道的还以为老蒋多么财大气粗呢！】

老蒋东一犁西一犁地耕完地，又累又饿，把牲口牵还田家，不想回家做饭，就到了西头卖烧饼馃子的何寡妇家里。何寡妇正坐在门限里，数那卖剩的"货"。见老蒋进来，连头也没抬。

"你说，人就是这样，"老蒋大声说，"没地的时候想地，等有了这么几亩啊，可也真够操心受累。"

"听说你要了地。"何寡妇数完货，把那装货的油柜子抱在怀里说，"真的吗？"

"有那么几个闲钱。"老蒋有些抱怨地说，"我本想存在你这里换烧饼吃，可是人家劝我置些产业。现在交完地价，还剩这么个零头，要是换烧饼，就够我吃这么一年二年的。先来一套。"【阅读能力点：老蒋的虚荣心膨胀得太厉害了。】

他过去掀开何寡妇的柜子，挑好一个烧饼一个馃子，夹在一起，"蛤蟆吞蜜"地吃起来。

"再来一套。"吃完了说。

"可是要现钱哪！"何寡妇说。

"少不了你。"老蒋站起来一抹嘴，"明天我一总把钱带来，把钱放在你这里我放心。你最近出去说媒来没有？"

"你问那个干什么？"何寡妇说，"现在可不兴那个了。"

老蒋笑嘻嘻地说："你看我种上这么几亩地，顾了外头顾不了家里，做半天活儿，谁还愿意趴锅做饭？有合适的，你给我说个人儿。"

"哪里一下子就有合适的，"何寡妇说，"你有钱就每天到我这儿吃烧饼吧。"

"那也行。"老蒋往外走着说，"可也不是长远办法。你留点心吧，咱这年纪，大闺女是不好说了，弄个寡妇什么的，我看行。"

【读品悟】

田大瞎子和老蒋的协议，虽然对老蒋没什么实际好处，却大大满足了他的虚荣心，让他到处炫耀。这样的人是容易被人轻视的。

六十九

名师导读

老蒋觉得跟田大瞎子签订的盟约不划算，于是决定在这三亩地里栽瓜，一来可以零卖些钱混点账，二来可以在这个夏天闹个"西瓜饱"。可是他对种瓜一窍不通，那么他该怎么办呢？

老蒋的行迹和关于他的风传，引起村中很多人怀疑。有人猜是那汉奸女婿给他捎来的款子，不知道有多少。嚷嚷得厉害了，村治安员也来找老蒋谈了两次话。

起初，老蒋对于那些传闻，暗暗得意，还不断制造一些新的材料，促使那传说更为有声有色。可是一到治安员要和他谈话，他就恐慌起来，甚至想销声敛迹，也觉得来不及了。【阅读能力点：老蒋的作为有点偷鸡不成蚀把米的感觉。】

自打和治安员谈过两次话以后，老蒋就很后悔和田大瞎子订立的盟约。他想来想去，总得在这几亩地里找些便宜，不能完全按照田大瞎子那如意算盘去做，干担嫌疑。他决定在这三亩地里栽瓜，为的一来可以零卖些钱混点账，另外这一夏天，可以闹他个"西瓜饱"。

可是说起栽瓜来，他更是外行。他只知道什么瓜种好吃，究竟瓜籽怎样安法，尖朝上还是朝下就把不定。另外，想到整天蹲在瓜园里松土压蔓，也实在腰痛。他想搭个伙计，自己当个不大不小的东家。想了半天，他想起春儿的爹吴大印。这老头子年上从关外回来，待在家里没事做，是百里挑一（100个当中就挑出这一个来。形容人才出众）的种地的好手，为人又忠厚让人。老蒋就找他去商量。非常顺利，吴大印一口答应了。

春儿不大赞成，她说："你和谁搭不了伙计，单招惹他？那地是怎么来的，和田家有什么干涉，你弄得清吗？我看你还是和老常叔商议商议去。"

找到老常，老常说："可以办。这地的事，反正有鬼，慢慢咱会看出来。可是和老蒋搭伙，收成了，他不能让咱吃亏。现在政权在咱们手里，不怕他。"

吴大印就到地里栽瓜去了。大印是内行，甜瓜籽净找的谢花甜、铁皮沙、蛤蟆酥、白大碗。西瓜也是找的黑皮、黄瓤、红籽儿、又甜又耐旱的好种儿。【阅读能力点：从吴大印的选种可以看出他是种瓜的行家。】养出了水芽，班排齐整地种到地里去。

吴大印在瓜园里工作。他种的瓜，像叫着号令一样，一齐生长。它们先钻出土来，迎着阳光张开两片娇嫩的牙瓣儿，像初生的婴儿，闭着眼睛寻找母亲刚刚突起的乳头。然后突然在一个夜晚，展开了头一个叶子。接着，几个叶子，成长着，圆全着，绿团团地罩在发散热气的地面上。又在一个夜晚，瓜秧一同伸出蔓儿，向一个方向舒展，长短是一个尺寸。

吴大印在每一棵瓜的前面，一天不知道要转几个遭儿。

子午镇的人们，都把这瓜园叫作吴大印的瓜园，似乎忘记了它的东家。【阅读能力点：这个瓜园被打上了吴大印的标志。】

老蒋成了一个甩手掌柜，就是想帮帮忙，吴大印怕他弄坏园子，也就把他支使开了。春天天旱，吴大印浇水勤，瓜秧长得还是很好。四月里谢花坐瓜，那一排排的小西瓜，像站好队形的小学生一样。

他们在瓜园中间，搭起一座高脚的窝棚。五月里，因为地里活儿多，吴大印和老蒋轮流着看园，一个人一晚上。在乡下，瓜园的窝棚里，曾经发生过多少动人的有趣的故事，而现在，他们的窝棚，却成了子午镇两个对立的政治中心。

每逢吴大印值班的时候，窝棚上就出现了老常和村里别的干部，春儿和那些进步的妇女们。老蒋值班的时候，围在窝棚上的就是他那些朋友相好，田大瞎子有时也在座。

【读品悟】

虽说是和老蒋合伙种瓜，但吴大印对这片瓜地倾注了大量心血，以致在人们的意识里产生了"吴大印的瓜地"的印记。更有趣的是，在老蒋和吴大印轮班守瓜的大棚里，来了两拨不同的客人，他们代表的是两个不同的阶级。

七十

名师导读

  瓜园里的瓜就要熟了，春儿和老温的老婆一起看瓜。突然，靠东边高粱地那里的瓜叶"哗啦"响了一下，接着"喀巴"一响，那是西瓜断蔓的声音。不好，有人偷瓜！

  五月的瓜园，是将近成熟的，丰盛茂密的，虫鸣响遍的，路人垂涎的。

  今天晚上，坐在瓜园里窝棚上看瓜的是春儿。春儿从部队回来，担任了妇救会的小区委。晚上父亲有事，她答应替他到这里来。

  可是，她刚刚爬到窝棚上，凉风刚刚把她身上的汗吹干，一个女人就到这里找她来了，那是老温的老婆。

  "你的孩子哩？"春儿问她。

  "在院里床上睡着了。"那媳妇说着也爬上窝棚来，坐在春儿的身边。

  "你找我有事情吗，嫂子？"春儿问。

  "没有事情。"媳妇说，"好几天了，我就想找你在一块这么坐一会儿，不是你没工夫，就是我没工夫。我们这样在一块坐坐多好啊，你就像我的亲妯娌一样。"【阅读能力点：相爱的人都去打仗了，相同的际遇拉近了她们的距离。】

  春儿拉过她的手来："我们就是姐妹。"

  那媳妇说："芒种和老温在外边也就像是兄弟一样，不知道他们现在分开了没有，我就是不愿他们离开。"

  "不会离开的。"春儿说。

  媳妇说："山里不知道离我们这里到底有多远。人要是能像鸟儿一样多好啊！我们是不是该给他们写封信了？"

"我帮你写一封。"春儿说。

"我们写在一块。"媳妇说，"话是一样的，末了落上我们两个的名儿就行了。"【阅读能力点：她们都在思念着远方的亲人。】

然后她们就不说话了，望着西面。月亮在流散的乌云里，急急地穿行着。不一会儿，月亮钻到一大块黑云彩里，一时露不出来了。

这园子两面叫高粱地夹着，北头是一块谷地，风从那里吹过来。天气凉快了，草虫们的声音也就疏稀了。媳妇听见，靠东边高粱地那里的瓜叶"哗啦"响了一下，接着"喀巴"一响，那是西瓜断蔓的声音。【阅读能力点：不好，有人偷瓜！】

"有人扒瓜了。"她轻轻对春儿说。

"也许是一个獾。"春儿小声说，"我们去看看。"

"我不敢去。"媳妇说，"叫它咬一口怎么办？"

春儿轻轻从窝棚上跳下来，轻轻地推开高粱叶，从高粱地里绕过去。

她看见一个白色的东西趴在地下，半截身子伸到瓜园里，扒着一个大西瓜，从瓜园里蜷伏着退回来。春儿把一只脚蹬在那个东西的脊背上，那东西叫了一声。

这声音不像獾，也不像刺猬。可是它只叫了一声，就再也不响。这种情形，倒使春儿有些害怕，她喊叫老温嫂子快来。好久，那媳妇才哆嗦着来了，月亮也闪出来，春儿看出趴在地下的是一个女人。

这女人把脑袋钻到地里，死也不回头。春儿硬拉她起来，还安慰她："你要是饥了渴了，吃个瓜不算什么，就是不该偷。"

那女人转过脸来，咧开嘴一笑。媳妇和春儿都吓得后退一步，原来是高疤的老婆俗儿。【阅读能力点：大家心里疑惑顿生，这个时候俗儿怎么会在这里？】

俗儿想逃跑，春儿追上捉住她，说："你偷瓜是小事，你得告诉我，你从哪里来，来干什么？"

"你管得着我从哪里来？"俗儿掸掸身上的土，一本正经地说，"谁偷你的瓜来？你攥住我的手了吗？"

"这还不算捉住你？"春儿说，"今天晚上，你得交代明白。"

"我没什么可以对你交代的。"俗儿从口袋里掏出一个小栊子,悠闲地梳理着她那长长的拖散到肩上的头发。她振振有辞地说:"这是我的家,我愿意什么时候回来,就什么时候回来。"

"你的家?"春儿气得说话有些不利落,"你在深县境绑过人家的票。"

"你捉住我了?"俗儿说,"你就是会给我扣帽子,你纯粹是诬赖好人。我不和你说,我们到区上县上去说,我们去找高庆山,我们去找高翔。多么大的头头儿我也见过。走,走,我不含糊!"【阅读能力点:俗儿开始胡搅蛮缠,死不承认。】

春儿不放她,紧跟在她后面。到了街口,正有几个民兵巡逻,春儿把她交给了他们。俗儿哼哼唧唧,想对那几个小伙子卖俏,民兵不理她,伸过几只老粗的胳膊来,她才着了慌。

"春儿大妹子,你不能这样!"她回过头来说,"你得看点姐妹的情面。想当初,咱两个一同参加抗日工作,是一正一副,不分彼此。再说,我对你们家也不是没有一点好处,那一年咱秋分大姐立志寻夫,是我成全了她,不然你们会打听着高庆山的真实下落,一家人接头团聚?人有雨点大的恩情,应该当海水一样称量,谁走的路长远,谁能到西天佛地。春儿妹子,你救救我吧!"

俗儿被捉,老蒋正在田家,陪着田大瞎子说反动落后话儿。田大瞎子的老婆,过去很少出门,现在每逢家里来人,就好站在梢门角,望着大街上,一来巡风,二来听个事儿。她回来给老蒋报信。老蒋正在"感情"上,一跳三尺高,大骂。

田大瞎子拦住他,小声说:"蒋公,不能这样。我们现在是要低头办事。你先到街上去听听看看,无妨和那些干部们说几句好话,保出俗儿来。我担保,俗儿此来,必负有重大任务,一定给我们带来了好消息。暗暗告诉她,这回千万不要再坦白。"【阅读能力点:田大瞎子比老蒋的心思更缜密。田大瞎子的话也向读者透露了俗儿后面必要干坏事的信息。】

"我不能向他们低头!"老蒋大声呼喊,"在家门上截人,这是什么规程!"

可是,等他跑到民兵队部门口,一看见有人站岗,他的腿就软了,说什么再也跳动不起来,像绷在地上了一样。胡乱问答了两句,他扭回头来去找吴大印说:"大印哥,咱弟兄们祖祖辈辈,可一点儿过错也没有。现在又同心合意,经营着一块瓜园。刚才听人们说，春儿叫民兵把你侄女儿捉了起来。大哥，我求求你，叫他们把俗儿放了。"

吴大印正睡得迷迷糊糊，也不知道哪里的事，就问："到底是为了什么呀？"

"就为俗儿摘了咱那园子里两个瓜。"老蒋说。

"这还值得。"吴大印穿衣裳起来，"别说两个瓜，就是十个也吃得着呀！"【阅读能力点：吴大印的话表现了他的正直。】

"你看，他们就是这样，随便捉人。"

"我去看看。"吴大印开门出来。

老蒋顺路又叫起老常来，一同来到民兵队部。

春儿对他们说了俗儿和高疤在深县绑票的事，主张送到区里，详细问问。俗儿坚决不承认，并且说，她因为高疤不正干（正正经经地干），已经和他离了婚，自己跑了回来，路上又饥又饿，到了自己村边，想摘个瓜吃，就闹成这样。

老蒋说："送到区上去干什么？自己村里的事，就由你们几个大干部解决了吧。我先保她回去，随传随到行不行？"

吴大印不愿意得罪乡亲，也说："那样好。春儿，就那样吧。"

春儿反对。她说："爹，你不知道底细的事，你不要管，回家睡觉去吧。老常叔，你说怎么办哩？"

"我同意送到区里。我和民兵们去。"老常说。【阅读能力点：作为村里的干部，春儿和老常的警觉性明显比别人高。】

俗儿在区里押了几天，河里的水就下来了，区里忙，来信说，问不出什么来，一个浪荡娘儿们，讨保释放吧。于是俗儿又回来了。

【读品悟】

本节通过俗儿偷瓜这件事，表现了田大瞎子、老蒋、吴大印、春儿和老常等人的性格特征。我们不得不承认，作者笔下的人物形象是性格独特、情感丰富、生动鲜活的。

七十一

名师导读

村子里可能要遭水灾了,眼看着西瓜即将成熟,吴大印会选择和村民一起挡堤,还是抓紧时间抢收自己辛辛苦苦种出来的西瓜?

这一年,冀中区有严重的水灾。一夜的工夫,滹沱河的洪水,经过代县、崞县、定襄、五台、盂县,从平山入冀中,过正定入深泽。一夜之间,五龙堂的河流暴涨了。

高四海从雨声和河水声里,预感到了今年的水灾严重。【阅读能力点:此句话表明高四海生活经验丰富。】

"看样子等不到天明。"高四海从炕上下来,戴上破草帽,提起放在墙角的那面破铜锣,站到堤坡上敲了起来。

这是习惯的专用的号令。五龙堂的居民,一听到这种锣响,从梦里惊醒,跳下炕来,抓起女人们急急递过的破草帽、破布袋片、铁铲、抬土筐,打开大门,蜂拥着跑到堤上来了。人们都集到大堤上,妇女们手里提着玻璃灯笼,灯光在风雨里闪动着。

人群的影子,一时伸到堤外河滩,一时又伸到堤里的坑洼。人们抬土培挡堤身,寻找缺口獾洞,踏实填补。

子午镇的居民,也在这一天夜里动员起来,抢修大堤。春儿领着妇女们,冒雨在大堤上工作。全村各户都出了人工,只有"蒋先生"在这纷乱的时刻,躺在他那小小的世外桃源里。【阅读能力点:这句话是对老蒋拈轻怕重、投机取巧态度的强烈讽刺。】

半夜的时候,原是吴大印看园睡在窝棚里,他听到五龙堂的锣声,吃惊地坐起来，望着这辛苦了几个月的瓜园发怔。瓜园是在接近收获的时候，遇到了灾难。他叹了口气，可是当老常呼喊他去组织人挡堤的时候，他就背上改畦的铁铲到街上去了。路过老蒋的家门，他把老蒋叫了起来，说："我和人们去挡堤。你到园里去看看，水要过来得快，你把那些大个儿的瓜摘摘，还可以腌一冬天咸菜吃。"【阅读能力点：吴大印虽然可惜自己辛辛苦苦种出的瓜，可在集体利益面前，他毫不犹豫地放弃了自己的利益，他的做法值得我们敬佩。】

这时雨下得小些了，天阴得还很沉，老蒋爬上窝棚，想钻到吴大印留下的被窝里再睡一觉。一下雨，蚊子都集到这里来了，不管鼻子嘴里乱撞，他只好坐着。大堤上，人声铁铲声乱成一片，看样子，水也许会发的，老蒋想。

他从窝棚上跳下去，在瓜园里踩了一趟。他把白天记住的几个快熟的瓜摘到窝棚上来，抹抹泥，接二连三地吃了，算是完成了吴大印交给他的任务。对于瓜园是否被涝，老蒋简直没有任何的烦忧，他认为地既然是田大瞎子的，涝了没收成也是他家的事。至于辛苦劳力的白搭，那又是吴大印的苦痛，与自己冷热无干。【阅读能力点：这几句话极力写出了老蒋自私自利的本性。】

想到这里，老蒋得意地一撤身钻进窝棚，蒙头盖上吴大印的被子，那真是不管风声雨声、锣声喊声，也不管蚊虫的骚扰，只乐得这黑甜一梦了。

在梦中，起初他觉得窝棚摇摇欲坠，自己的身体也有凌云腾空的感觉，他翻了一个身，睡得更香了。忽然，他的左脸被什么东西咬了一口，疼得入骨。他翻身坐起来，看见一只黑毛大獾带着一身水，蹲在他的枕头上。他的脚头有好几只兔子，也像在水里泡过似的，慌张跳跃，它们把头往窝棚下一扎，又哆嗦着退了回来。至于老蒋的身上，则成了百兽率舞，百虫争趣图：被子上有蚂蚱，有螳螂，有蝼蛄，有蜈蚣，还有几只田鼠在他的身子两旁，来往穿梭一样跑着，吱吱地叫着。老蒋顿然陷在这样童话一般的世界里，还以为是在梦中，然而脸确实是叫獾咬破了，血滴了下来。他用手一推，那只大獾才跳下去。

窝棚下面的水已经齐着木板，就要漫了上来。老蒋四下里一看，大水滔天，他这窝棚已经成了风雨飘摇中的孤岛，成了大水灾中飞禽走兽的避难所，他心里一凉，浑身打起寒战来。

大水铺天盖地，奔东北流。有几处地方，露出稀稀拉拉的庄稼尖儿，在水里抖颤

着。【写作借鉴点：采用拟人描写，写出了洪水淹没一切的可怕情状。】

瓜园早已经不见了，在窝棚上，老蒋啃剩的几片瓜皮，也叫兔儿们吃光了，老蒋一生气，把大大小小的动物，全驱逐到水里去了。

大水吼叫着，冲刷着什么地方，淤平着什么地方。坟墓里冲出的残朽的木板，房屋上塌下的檩梁，接连地撞击着窝棚。老蒋蹲在上面，生怕它一旦倾倒，那就是他的末日到来了。

天忽然放晴，太阳出来了，情景更可怕。

【读品悟】

眼看就要发大水了，在抢收西瓜还是抢修险堤的选择中，吴大印毫不犹豫地选择同村民一起挡堤，而老蒋抱着"事不关己高高挂起"的态度在瓜棚睡觉。两相对比，老蒋的心胸狭隘、损人不利己的丑陋人格显露无遗。

七十二

名师导读

在漫天的大水中，有几个赤着身子的年轻人，抬起一件黑色的物件，远远地投掷到大流里去，当这个黑色物件借着水流转弯的力量再次靠近大堤时，人们喊着："再扔远些！一定淹死她！"这个黑色物件到底是什么呢？

老蒋立在窝棚上，在耀眼的阳光下，越过白茫茫的大水，望着村边。

他望见子午镇西北角的大堤开了口子。这段口子已经有一个城门洞那样宽，河水在那里摆荡着，水面高高地鼓了起来。

村里的人们站在毁坏了的大堤的两端，他们好像已经尽了一切力量，现在只能呆呆地望着这不能收拾的场面。可是，遮过大水的吼叫，老蒋听到了一阵可怕的声音。他看见人群骚动起来，有几个赤着身子的年轻人，抬起一件黑色的物件，远远地投掷到大流里去。【阅读能力点：我们不禁好奇：这个黑色物件到底是什么，让人们如此唾弃。】

这个黑色的物件，像一只受伤的乌鸦没入黄昏的白云里，飘落到水里不见了。然后它又露了出来，借着水流转弯的力量，靠近了大堤。人群赶到那里去，那几个赤着身子的年轻人，把那黑物件重新抓了起来。

"再扔远些！一定淹死她！"

人们愤怒地急促地呼喊着。老蒋看见村长老常在阻拦着，在讲说什么。

"她是个汉奸，谁也不能心疼她！"

他只能听见人群的呼喊，并听不清老常的声音。那个黑色的物件挣扎着，又被抛进水里。

老蒋站立不住，突然坐了下来。他看出那几次被抛到水里的东西，好像就是

他的女儿。【阅读能力点：那被抛入水中的东西真是俗儿？如果是，人们为什么对她如此痛恨？】

他记得昨天夜里，风雨正大的时候，俗儿跑到他的屋里来问："水下来，咱村要开了口子，能淹多少村子？"

"那可就淹远了，"老蒋当时回答她，"几县的地面哩。"

"什么地方容易开口？"俗儿又问。

"在河南岸，是五龙堂那里最险。"老蒋说，"在河北岸，是我们村的西南角上。五龙堂那里守得紧。我们村的堤厚，轻易不开。听老辈子人说，开了就不得了。"

俗儿低头想了一阵就出去了。因为女儿经常是夜晚出去的，老蒋并不留心就睡了。

难道是她破坏了大堤？【写作借鉴点：虽是疑问，却让人听出了弦外之音：这是事实。】

老蒋再站起来，向着大堤那里拼命地喊叫，没有效果。他用看瓜园的木枪，挑着吴大印的红色破被，在空中摇摆。终于大堤上的人们看到了他，有些人对着他指画着、跳跃着。人们好像忘记了那个黑物件，它又被水流冲靠了堤岸，趴在大堤上不动了。

老蒋继续向堤上的人们呼喊求救，但是人们都四散开了。老蒋这时才注意到了他的村庄。他看见子午镇被水泡了起来，水在大街上汹涌流过。很多房屋倒塌了，还有很多正在摇摆着倒塌。街里到处是大笸箩，这是临时救命的小船，妇女小孩们坐在上面，抱着抢出的粮食和衣物。

老蒋跪在窝棚上，他祷告河神能够放过他那几间土房，但是他那窠巢，显然是不存在了。

他想如果是俗儿造的孽，那就叫人们把她抛进水里去吧。【阅读能力点：老蒋想到自己的土房因为俗儿不复存在了，便不顾父女之情，恨不得俗儿死了，凸显了他的冷酷无情。】

老蒋在瓜园的窝棚里，饿了两天两夜，并没有人来救他。直等到水落了些，吴大印才弄着一只大笸箩把他和铺盖一同拉回村里去。老蒋虽然饿得一副要死的样子，在路上还是关心地问："我一时不在，就得出问题。你们怎么这样麻痹，叫堤开了口子？"

"你不要问了。"吴大印说，"是你那好女儿办的事！"

"她一个女流之辈，怎么能捅开一丈宽的大堤？你们不要破鼓乱人捶，什么坏事也往她身上推呀！"老蒋说。

"她是一个女流。"吴大印叹气说，"可有日本和汉奸做她的后台哩！她带领武装特务放开堤，人家都跑了，就捉住了她。"

"俗儿死了吗？"老蒋流着眼泪。【阅读能力点：老蒋的眼泪是为谁而流？】

"要不是老常，一准是淹死了。"吴大印说，"老常说应该交到政府，已经又送到区里了。"

原来，那天夜里，大水齐了子午镇大堤，风雨又大。春儿带着一队青年妇女守护着西北角。这段大堤原是很牢靠的，没顾虑到这里会出事，老常才把它交给妇女们。春儿是认真的，她一时一刻也没有离开，晚饭也是就着冷风冷雨吃的。她在堤上来回巡逻，这一段堤高，别处不断喊叫着培土挡堤，这里的水离堤面还有多半尺，堤身上也没发现獾洞鼠穴。这一段堤里面因为多年用土，地势陡洼，春儿对妇女们说："我们要各自留心，这里出了事可了不得。"

夜晚守卫大堤的情景是惊恐的、冷凄的。水不停地涨，雨不停地下，风不停地刮。风雨激荡着洪水，冲刷着堤岸。【写作借鉴点：环境描写，强调了水势浩荡。】

忽然，春儿在队伍里发现了俗儿。

"你到这里来干什么？"春儿问她。

"你怎么这样说？"俗儿前走走后站站地说，"你们敲锣打鼓地号召人们上堤，我自动报名来站岗，你倒不欢迎？"

"人已经不少了。"春儿说。

"抗日的事儿，人人有责任。"俗儿说，"只能嫌人少，不能嫌人多。有钱出钱，无钱出力。这是上级的口号。在抗日上说，我可一贯是积极的，中间犯了一点错误，我现在要悔过改正。"

"以后有别的工作分配给你吧。"春儿说，"现在不是闲谈的时候。"【阅

【阅读能力点：春儿对俗儿过分的积极表示怀疑。】

"怎么是闲谈呢？"俗儿说，"我要重新做人，用行动来证明我的决心，你不能拒绝我！"

春儿整个心情关注在水上，她实在不能分出精神，和这样的人进行辩论。她离开了俗儿，小声告诉一个妇女自卫队员监视这个家伙。

风雨越来越大，大堤上黑得伸手不见掌。妇女们提来的几只灯笼，被雨淋湿，被风吹熄了，再也点不着。人们都很着急，说："这样的天气，有个马灯就好了！"

"想一想咱村谁家有。"春儿说。

"田大瞎子家有一个，谁去借来吧。"一个妇女说。

虽然跑下堤不远就是田家的大门，可是谁也不愿意去。俗儿说："你们不去，我去卖个脸。这也是为了大家，我和他可没有联系。"

人们撺掇着她去，俗儿忽地就不见了。她去的时间很长，才慢慢回来。【阅读能力点：时间很长，说明俗儿出去不止借灯这么简单。】

"借来了没有？"人们喊着问。

"借来了。"俗儿拉长声音说。

"怎么还不点着？"春儿说。

"慌得没顾着，你们来点吧。"俗儿上到堤上来，把马灯放在地下。

"谁带着洋火？"妇女们围了过去。

洋火潮湿，风雨又大，换了好几个手，还是点不着。春儿急得过去，提起马灯来一摇，说："里边没有油？"

"那可不知道。"俗儿说，"抗日时期哪里找煤油去！"

随着她的话音，在大堤转角地方，发出一声剧烈的爆炸，接连又是几声。【阅读能力点：伴随着俗儿轻飘飘的话，大堤被炸开了！俗儿已经恶贯满盈了。】春儿赶过去，堤下响起枪来。大堤裂了口，水涌进来，男人们赶来时，破堤的特务们钻高粱地跑了，但终于捉到了俗儿。人们急着挡堤，已经堵挡不住。群众提议，把俗儿投到水里淹死。

等到大水成灾，房倒屋塌，庄稼淹没，人们更红了眼，天明时，几个青年人把俗儿架到堤上，投到开口的大流里去。

最后是老常把他们拦下了。

【读品悟】

如果说俗儿以前的行为还能让人强忍，那么她帮着特务炸毁堤坝的行为就是灭绝了人性。她助纣为虐，丧尽天良，死都不足以解村民的心头之恨。

七十三

名师导读

田大瞎子"卖"给老蒋的那三亩西瓜地都被水淹了,但是公粮还是要交的。这时候,无论是老蒋还是田大瞎子以及春儿的爹吴大印,都不承认自己该交这三亩地的公粮。那么,村干部对这引出了一系列麻烦的三亩地最后是如何处置的呢?

冀中区的抗日军民,尽力抢救了水灾,排除了积水,及时播种了小麦。

政府调剂了小麦种子,使受灾的贫苦农民,也因为明年麦收有望,情绪安定下来。在冀中,每逢水灾以后,第二年的小麦总是丰收的。今年因为时间紧迫和地湿不能耕作,农民们就在那裂成龟背花纹一样的深阔的胶泥缝里,用手撒下麦种。妇女儿童都组织起来,参加了这一工作,在晚秋露冷的清晨,无数的农民弯身在广漠的大平原上。

因为山地水灾更严重,部队又集中在那里作战,冀中人民虽然受灾,但有些过去的余粮,还是按时交纳了公粮。春儿帮助村干部们,向群众解释:"我们少吃一口,也要叫山地的人民度过灾荒,叫我们的部队吃饱。"

"我们明白这个道理。我们每天每人省下一把粮食,集到一块就能养活很多人。我们苦一些,总是可以吃到麦收的。"群众都这样说。

春儿和村干部们都在行动上做了真实的表率。

但是征收到田大瞎子家的时候,田大瞎子提出他的地已经减少三亩的问题。

村干部找到老蒋家去,老蒋知道了田大瞎子不认账,说:"你们不来,我也得找你们去。这三亩地是我买的田家的,有文契中人在。可是,我把地租给吴大印了,说明是死租,租米他还没交,这公粮也应该由他负担才对。"【阅读能力点:老蒋这是欺软怕硬,摆明了要坑吴大印。】

村干部们又只好去问吴大印，吴大印一听气得话都说不出来，后来他说："根本没有那么回事。原先是老蒋不会种瓜，才找我帮忙，我算个短工的性质。忙了半天，没落一个钱，怎么倒叫我拿公粮？我不管这地是谁的，反正赖不到我头上。"

"就要赖在你头上。"老蒋说，"我是把地租给你了，当面说得很清楚。"

两个人吵了起来，气得吴大印当天晚上没吃饭。村干部研究了这个问题，认为现在这块地里还没有播种小麦，地在老蒋手里，迟早也得落个半荒。

吴大印家中缺地种，就叫他承租下来，根据边区法令，减租减息，好年头地主也不能随便收回，佃户有很多保障。至于公粮的事，这块地确实因为种瓜寸草没收，可以请求上级减免。

村干部提出这样一个建议，老蒋在火头上答应了。晚上他去报告了田大瞎子，田大瞎子喊："你简直是一个老混蛋，你拿着我的地去送人呀！"【阅读能力点：田大瞎子恼羞成怒了。】

"你怎么骂人？"老蒋今天不知道为什么，竟敢和他顶撞起来，"你设的圈套，你自己去解吧，别想把我勒死在里面。"

"我去解？"田大瞎子说，"我要你干什么？"

"我是你的什么？"老蒋立起来，指着自己的鼻子，"我是你的奴才吗？下人吗？狗腿衙役吗？你这个老奸臣！"

"我的酒饭都喂了狗！"田大瞎子抓起桌上的一把锡酒壶，就掷到老蒋的头上去，一下打破，老蒋血流满面，跑到区上告了。

区上先找人用棉纸和一些草药面，给他糊上伤口。问了情由，同意村里的建议，决定由村里帮助吴大印，赶快在这三亩地里播种小麦。

第二天，田大瞎子听见了，像疯了一样，提着一口大铡刀，站在地头上说："看，谁敢种我的地！"

区上派人把他逮捕起来，因为他罪恶累累，决定交付公审。公审地点就在子午镇村边毁坏了的五道庙遗址上，这里是一堆烂砖瓦。这一天，天气很晴朗，没有风。附近村庄的农民都赶来了，凡是租种着或是租种过田家土地的人，凡是给田家当过长工或是打过短工的人都来了，他们挤到人群的前面。农民的怒火在田

野里燃烧起来。【阅读能力点：田大瞎子的所作所为已经引起了公愤。】

会上，由村干部控诉了田大瞎子历年来的罪恶：破坏抗日，勾结汉奸张荫梧，踢伤工人老温，抗拒合理负担，把政府对他的宽大当作软弱可欺。建议政府从严法办！

"不叫汉奸地主抖威风！"群众呼喊着同意了这个提议。

卷在抗日暴风雨里的，反抗封建压迫的高潮大浪涌起来了。一种积压很久的，对农民说来是生死关头的斗争开始了。一种光焰炽烈的，蔓延很快的正义的要求，在广大农民的宽厚的胸膛里觉醒了！

另外一个阶级，在震惊着，颤抖着，收敛着。他们亲眼看见田大瞎子，像插在败土灰堆里的一面被暴风雨冲击的破旗，倒了下来。【阅读能力点：田大瞎子的下场震慑了地主阶级。】

送公粮到边区山地的大车队伍，在腊月初的风雪天气里，绵延不断，浩浩荡荡地前进。

子午镇和五龙堂的车队，只是其中的一个小队。高四海是小队长，春儿是指导员，她的任务除去政治工作，还要前后联络这些车辆和照顾那些车夫们，使得行进和休息的时候，人和牲口都能吃饱喝好，找到避避风雪的地方。

大车行军，遇到风雪是最大的困难。车夫们宁肯艰难地前进，也不愿意站在风地里停留休息。他们一心一意要赶到铁路边上，交割了任务。

他们走到定县境，平汉路上隆隆的、彼伏此起、接连不断的炮声和爆破声，使远近的大地和树林都震动起来，拉车的牲口们，竖起耳朵惊跳着。

车夫们也从来没有听到过这样激烈的战斗的声响，炮火的声音完全把寒冷赶走了。【阅读能力点：抗日的热情驱走了百姓心中的严寒。】

这是向敌人进攻的洪大的声响，是华北抗日战场全体军民出动作战的声音。这一年冬季，日本向蒋介石进一步诱降，投降的空气笼罩着国民党的整个机构。响应敌人，他们发动了反共高潮。

我们发动了粉碎敌人封锁的大战，拔掉敌人据点，破坏敌人的铁路公路。这是一次强烈的总攻，战争在正太、同蒲、北宁、胶济、平绥、平汉、德石全部铁路上同时展开。

247

芒种所在的部队调回了平汉线，各地民兵、民工都来参加战争和破路工作。炸毁凿断，两个人抬起一段铁轨，一个人扛起三根枕木，一夜的工夫，平汉路北段就只留下了大大小小的坑洼。

"把大车赶到山里去吧！"车夫们在路上呼喊着。

在铁路边缘，一种通过两道深沟的运粮工作，紧张地进行着，无数民工扛着公粮口袋，跑过横搭在深沟上的木梯，木梯不断上上下下跳荡着。

在这样紧张的战争情况和紧张的工作里，芒种和春儿，虽然近在咫尺，但也未得相遇，做一次久别后的交谈，哪怕是说上几句话，或相对望一眼也好。实际上，此时此刻，他们连这个念头也没有。他们的心，被战争和工作的责任感填满，被激情鼓荡着，已经没有存留任何杂念的余地。【阅读能力点：在国家大义面前，芒种和春儿已顾不上儿女私情。】

当把粮食平安地运进边区，平原和山地的炮火还没有停止，而且，听来越响越激烈了。

【读品悟】

田大瞎子最后受到了人民的审判，他的结局，给剥削百姓的地主阶级敲响了警钟。这时，普通老百姓都在忙着上交、运输公粮，为人民军队英雄抗日提供充足的物质保障。

后记

  我们的整个故事,好像并没有结束。但故事里的人物,将时时出现在我们的眼前,走在我们的身边。你尽可以按照你自己的学识和见地、阅历和体会、心性和理想,去判断他们每个人将来的遭遇和结果。

  不过,有些关于李佩钟的事,我想在这里告诉读者一下。李佩钟,在我们的故事里,并不是头等重要的人物。但是,一篇故事的作者,对待他的人物,似乎不应该像旧社会戏班的班主对待他的演员,有什么重视和忽视的分别。有些细心的读者,除去关心芒种和春儿是否已经结婚,也许还关心着她的命运。李佩钟自从那年受伤之后,身体一直衰弱,同年冬季,敌人对冀中区的"扫荡"非常残酷。一天夜里,地委机关人员被敌人冲散,李佩钟从此失踪,很长时间,杳无消息。后来就有些传言,说她被敌人俘至保定,后来又说她投降了敌人。第二年春天,铁路附近的一个小村庄,在远离村庄的一眼土井里掏水的时候,打捞出一个女人的尸体。尸体已经模糊,但在水皮上面一尺多高的地方,有用手扒掘的一个小洞,小洞保存了一包文件。这是一包机密的文件,并从文件证实了死者是李佩钟。这样就可以正式判定:当她们那一队人被敌人冲散以后,夜晚,李佩钟一个人徘徊在铁路旁边,想通过沟墙到山地里去。据同时失散的人回忆,那一夜狂风吼叫,飞沙走石,烽火遍地。李佩钟或是寻求隐蔽;或是被敌人追逐,不得已寻死;或是在荒野里奔走,失足落到这眼土井里。土井里水并不深,也许是她太疲乏了,太饥饿了,太寒冷了,她既不敢呼喊求救,也无力攀登出险,就冻死在水井里。她的生命,就这样结束了。但在死以前,她努力保存了这包文件。

  作者在描述她的时候,不是用了很多讽刺的手法吗?但是,她那苗条的高高的身影,她那长长的白嫩的脸庞,她那一双真挚多情的眼睛,现在还在我脑子里流荡,愿她安息!

  现在回想起来:在那样窒息的年月里、残酷的环境里,不管她的性格带着多少缺点，内心带着多少伤痛——别人不容易理解的伤痛，她究竟是决绝地从双重的封建家庭里走了出来，并在几次场合里，对她的公爹和亲生的父亲进行了针锋相对的斗争。这也是一种难能可贵，我们不应该求全责备。她参加了神圣的抗日战争，并在战争中牺牲了她的生命。她终究是属于中华民族优秀儿女的队伍，是抗日战争中千百万烈士中间的一个。

她的名字已经刻在她们县里的抗战烈士纪念碑上。